少年绘

# 小祖宗

XIAO ZUZONG

文化发展出版社
Cultural Development Press

**图书在版编目（CIP）数据**

小祖宗 / 睡芒著. -- 北京 ：文化发展出版社，2020.10

ISBN 978-7-5142-3124-3

Ⅰ. ①小… Ⅱ. ①睡… Ⅲ. ①长篇小说－中国－当代 Ⅳ. ①I247.5

中国版本图书馆CIP数据核字(2020)第177392号

# 小祖宗

睡芒 著

出 版 人：武　赫　　责任编辑：周　蕾
责任校对：岳智勇　　责任设计：郭　阳
责任印制：杨　骏　　特约策划：紫　总　贝　贝
版式设计：啁　啁　　封面设计：睡　芒　何嘉莹
封面绘制：morncolour

出版发行：文化发展出版社（北京市翠微路 2 号　邮编：100036）
网　　址：www.wenhuafazhan.com
经　　销：各地新华书店
印　　刷：嘉业印刷（天津）有限公司
开　　本：880mm×1230mm　1/32
字　　数：241千字
印　　张：8
印　　次：2020年10月第 1 版　2021年3月第4次印刷
定　　价：39.80 元
I S B N：978-7-5142-3124-3

# 目录

小祖宗 01 /001
小祖宗 02 /006
小祖宗 03 /016
小祖宗 04 /021
小祖宗 05 /030
小祖宗 06 /036
小祖宗 07 /043
小祖宗 08 /054
小祖宗 09 /061
小祖宗 10 /067
小祖宗 11 /072
小祖宗 12 /078
小祖宗 13 /084
小祖宗 14 /090
小祖宗 15 /096
小祖宗 16 /103
小祖宗 17 /106
小祖宗 18 /113
小祖宗 19 /116
小祖宗 20 /121

# 目录


小祖宗 21 /125
小祖宗 22 /128
小祖宗 23 /134
小祖宗 24 /141
小祖宗 25 /147
小祖宗 26 /156
小祖宗 27 /165
小祖宗 28 /173
小祖宗 29 /178
小祖宗 30 /185
小祖宗 31 /191
小祖宗 32 /198
小祖宗 33 /204
小祖宗 34 /209
小祖宗 35 /213
小祖宗 36 /219
小祖宗 37 /226
小祖宗 38 /229
小祖宗 39 /234
小祖宗 40 /239

曹烽从火车站挤出来，背着掉色的迷彩军用包，扛着一蛇皮口袋外加提着一塑料桶的土特产，晒得古铜色的脸上淌着晶莹的汗珠。他自幼干惯农活，砍柴狩猎无一不精，力气很大，提着这么多东西毫不费劲，随着出站的人流一起，穿越地下通道拾级而上。

阳光从出站口照耀而下，曹烽抬起结实的胳膊擦了把汗，漆黑的眼睛望着光明——他是第一次来大城市。

火车站出站口站着许多举着姓名牌接人的，他把包放在地上，四处张望。有个大妈给曹烽发了张小卡片："大哥，住宿按摩要不要？"

他摆摆手，一副为难的模样拒绝，大妈却还是缠着他，挤眉弄眼地说有美女陪，曹烽满是汗珠的脸上有些不自在的红，手足无措地摇头。这时，他忽然眺望到人群中一个穿西装的瘦青年，对方戴眼镜、穿皮鞋、打领带，洁净得一尘不染，看起来是个"上流社会"。

青年手里高举着一张纸，纸上写着两个字：曹烽。

终于找到人了，曹烽喜出望外，大步朝他走去，在青年面前局促不安地站定："段先生……您、您好。"

这句话他在火车上练习过无数次，但还是不够标准，口音浓重。他会写很多汉语字，可仿佛缺乏模仿语言的天赋，怎么也说不好。

小张拿起照片对照了一眼，黑皮肤，白牙齿，挺俊的眉眼，自然卷。上身是青得发黑的布衣，下着直筒大管青布裤，这种装束，一看便知是寨子里来的少数民族。

“你就是曹烽？”就是没想到这么高，他还得仰头看。

“我是。”曹烽局促地放下东西，擦了擦手心的汗，“我是曹烽，段、段先生您好。”

“我是段行长的司机，我姓张，行长在开会，让我来接你。”小张用脚尖轻轻地踢了一下地上的蛇皮口袋，眼睛瞥着塑料桶，“你带了这么多东西？”

“这些都是从家乡带来的土特产。”曹烽意识到这个人不是一直资助他的段述民，犹豫了下，叫他，“张哥。”

这个称呼很受用，小张说：“你怎么这么迟才出来？”他原想帮曹烽提个东西，一看他汗流浃背的模样，背包又脏又破，就没伸手。

“对不起，我找不到位置，有点迷路。”曹烽低着头道歉，汗水滴到干燥的地面上。

他去过最大的地方就是县城，从没来过像临州这样摩登的大城市。

小张打开后备箱，把东西给他塞进去，客客气气地说：“小少爷快放学了，我还得赶去学校去接他，你的书包。”小张朝他伸手，示意他把书包放后备箱里。

迟疑了几秒，曹烽把书包放在了后备箱里，他看着这辆黑色的汽车，黑色的漆锃亮，像镜子一样的反着光，很气派。

小张拉开车门坐上车，他平时会给段述民、段语澈，还有段语澈的同学开车门，但这个曹烽，他还不至于。

曹烽站在车旁没动，他从没坐过这样的车，不好意思用手去碰，更不好意思坐进去，怕弄脏了。

小张摇下车窗，有些好笑地道：“愣着做什么，快上车！”

“好、好的。”曹烽窘迫地照做，很拘谨地坐在车上，车里开着空调，冷气吹得人很舒服，座椅也是，真皮质感，他不敢靠上去，生怕已经浸透后背的汗水弄脏车子，他坐得笔直，头挨着车顶，一动也不敢动。

小张从后视镜里打量他的样子。

完全就是个乡下人，大山里出来的，土的不能再土的那种，皮肤黝黑，眼睛憧憬地看着窗外。大概是从没见过这么高的楼，这么漂亮的街道，眼里充满着明亮的光。

段述民资助了很多学生。

段述民是临州市广商银行分行行长，如今金融机构也在响应上面的号召，探索金融扶贫的路径。但在他资助的那些贫困生里，听说这个曹烽是成绩最好的那个，而且每年都会给段述民写信致谢。

不知道该说纯朴还是心机深。

小张看着他那双黑色眼睛，手机响起，他接起电话："段行长。"

后座的曹烽立刻紧绷了身体。

"嗯，是，接到了……"小张手打着方向盘，"现在正开去学校接小澈少爷。"

段述民说："学校说他没参加体检接种疫苗，早上点了个到就没人了，老师现在正到处找人。"

小张讶异地张大了嘴。

这小祖宗，果真是在国外野惯了，前两天就不军训，这才开学几天啊，就这么逃课？

段述民恼火地说："打电话也不接！我估计他在附近哪个网吧上网，你先去找找看，找不到我再给派出所打电话。"

车子开到学校，小张把车停下，熄火，看了眼曹烽。

曹烽抓了抓头发："张哥，我跟你一起去找吧。"

"算了，你不认识……"

"我跑得快，两个人找起来快一点。"

小张迟疑了下，看他那副执着的模样，道："这样，我给你看小少爷的照片，他长得好看，很白，人群中一眼就能看见。差不多这么高，一米七七的样子。"他一边比画高度，一边打开手机，翻出一张段语澈初中的照片，还戴着红领巾。

曹烽定定地看着照片。如他所言，这个小少爷长得很好看，眉眼精致得像画一样，笑起来露出酒窝，虽然还未长开，但已经可以想象等他长大后会有多么受欢迎。

两人进了一个网吧，小张问网管打听："有没有外国语的学生来这里上网的？"

网管吐出瓜子皮，懒散地说："就这么多机子，你自己找找。"

网吧足有上百台机子，黑色的窗帘紧闭，环境幽暗，烟味弥漫在这个困顿的空间里，有不少上网的人，看着都还没成年的模样，还有人穿着校服。

曹烽也常去网吧，但在他们县城，黑网吧都很小，一个小时一块钱，挤挤挨挨的

十台电脑嗡嗡待机，乌烟瘴气。

小张说：“你找这边，我找那边，多注意穿蓝色校服的学生。”

找了一圈，两人一无所获，又去了另一个网吧，还是没人。

小张已经开始焦急了，把自己的电话写给曹烽：“我们分头行动，你别走丢了，如果见到小少爷，你就给我打电话。”

小张去了另一家网吧，曹烽则去了学校门口。学校对门是几家挨在一起的文具店，旁边是面馆、早餐店、奶茶店……扑鼻的香味弥漫开来。

实验外国语已经到了下午放学的点，穿着校服的学生一波一波地涌出来。

这么多的学生，曹烽一时眼花缭乱，同时强烈地感到格格不入，来的时候，他穿着洗干净的衣服裤子，连脚趾缝和后跟都搓得很干净，但在闷热的火车上捂了三十个小时，流了大量的汗也没洗澡，身上什么味儿都有。

他不近视，能看得很远。开学季，文具店里学生很多，曹烽走进一家看了看，老板立刻警惕地看着他，就好像他是什么小偷一样，问他买什么。

“我……随便看看。”曹烽看见了货架上各式各样的笔记本、文具袋、笔，还有玩具，图案都很漂亮，看着很时髦，都是从没见过的款式。几个学生正议论着哪个更好看。

来之前，他就知道段先生家里有个儿子，比自己小几岁，所以曹烽特意给他准备了礼物。

但一进这家文具店，他立刻感觉到自己的礼物似乎有些拿不出手，弟弟不会喜欢的。他的目光从光鲜亮丽的文具和玩具上，移到冰柜，里面是各种他没见过也没尝过的饮料，他舔了舔干燥的嘴皮，看见一个学生从里面拿了一瓶橙汁饮料，递给老板三块钱。

曹烽忍住了喝水的欲望。

放学潮堪比从火车上下来那会儿，学生们蜂拥而至，但全都不约而同地小心避开了曹烽，那些隐秘的视线被他注意到了，他自卑又敏感——那是一种看待臭水沟老鼠的目光。

老板一看他居然影响了自己的生意，立刻挥手赶客：“去去去！你不买东西不要打扰我做生意。”

曹烽当即羞愧难当地说:“对不起。”

从文具店出去，然后去下一家店继续找，他搜索得很仔细，沿着街道寻了很久，经过一家快餐店时，忽地停住了脚步。

漂亮的少年靠着点餐台，黑发柔顺，露出耳朵，白衣长裤，脚上穿一双洁白的袜子、蹬着名牌运动鞋。服务员递给他一个蛋卷冰激凌，他笑着跟人说谢谢，笑起来眼睛会弯，琥珀色的瞳孔干净又温暖，和照片上一样。

少年舔着甜筒，朝店外走来，抬眼间注意到外面站着的曹烽。

洗的发白破洞的黑布鞋，像是穿着走过了万里长征，衣服洗得发皱，破旧得如同刚从垃圾堆里捡来似的，脸上冒出绵密的热汗，嘴皮很干很干，看着渴坏了，也饿坏了。

“喂，你别盯着看。”周泽亮瞅见男生精壮的小臂肌肉和高大的个头，也有些发怵，低声对段语澈说，“少数民族的，很野蛮的。”

“哦。”段语澈近来对“少数民族”这个词有些敏感，走了几步，发现这个男生还是盯着自己，黑色眼睛里是一种相当执拗而纯净的目光。

他看了男人一眼，把刚找的零钱拿出来，和一包卫生纸，一起递给这个皮肤黝黑的少数民族，不在意地说:“喏，冰激凌三块五，你可以进去买。”

少年清澈的声音入耳，曹烽愣住了。

“拿着吧。”段语澈舔了口甜筒，嘴角多了一圈白色的冰激凌渍。

曹烽没接。

看着他做好事，周泽亮直接把他拉走，眼里露出不高兴:“小心乞丐缠上你。”

“我不是……”曹烽刚想解释自己不是乞丐，就注意到了快餐店的玻璃反光，说句不好听的，自己也就比乞丐看起来干净一点。

而眼前的少年，是曹烽这辈子见过最好看的人。

“小澈，你手机又响了。”周泽亮说。

“不管他。”段语澈一手捏着快要在高温下融化的甜筒，另一只手把手机掏出来看了一眼，直接摁了挂断，“又是我爸，烦。”

“你爸真的把他资助的穷学生接回家了？”周泽亮把鸡块袋子递给他，“是不是他私生子？”

段语澈叼着鸡块，含糊不清地说：“我问了他他说不是，还说我胡思乱想。”

前些日子刚听说段述民要把资助的少数民族贫困生接回家送到实外读书，就找过周泽亮发牢骚，两人琢磨了半天，觉得这个贫困生很有可能是段述民的私生子，段语澈一门心思乱牛角尖，和段述民爆发了激烈争吵，还说了很伤人的话。

最后他弄清楚了这个叫曹烽的贫困生确实不是段述民的种，可拉不下面子去道歉，也很反感陌生人住到自己的家里来，便一直和他“冷战”到现在。

“那贫困生多大？”

“不清楚，比我大点吧。”

“你当心点，要真是你爸私生子，跟你抢家产怎么办？”

“跟我抢？”融化的香草冰激凌滴到了手上，段语澈直接丢进了垃圾桶，语气轻飘飘，“我弄死他。”

两人说着话的工夫，周泽亮注意到了身后——那个乞丐又跟上来了。

他推了推段语澈的肩膀：“喂。”

“干嘛？”

“你看后面，那家伙跟着咱们是不是？”

段语澈回头看了一眼，男生一个踉跄，似是想躲，但是无处可躲，黑不溜秋又狼狈的模样活似个刚从垃圾桶里钻出来的流浪犬。

“还真是跟着咱们！搞什么？”周泽亮拽着段语澈快步离开，“那家伙是不是看你有钱，要抢劫？”

“我觉得不像，”段语澈心里说，那样的眼睛，一看就知道不是什么坏人，“没准就是想感谢我呢？”话音刚落，那人就大步走到两人身后。

周泽亮立刻戒备地把段语澈往身后一护，警惕地盯着他：“干什么？！”

曹烽跟了一路，终于鼓起勇气追上去，他只是看着段语澈，一言不发地把钱还给他。

段语澈低头看向他手里的几块钱，恍然大悟——原来是不要自己的钱啊。

两人对了一下眼神，周泽亮心里暗自嘀咕，早说是还钱的嘛，跟那么半天搞什么，还以为要抢劫。他一把伸手把钱夺了回来，揣到段语澈的包里，二话不说拉着他就走。

曹烽见两人要走，心里一急，抬步就追上去。

“怎么还跟着啊！”周泽亮立马回头瞪过去，嚷嚷道，“有完没完？告诉你啊，我叔派出所的，再跟着马上报警抓你！”

曹烽并不看他，目光单是望着段语澈，可一到关键时刻，他说话就磕巴，这是他的“病根”，他三年前才正式学普通话，很多同学嘲笑他的口音。

他支支吾吾半天，也没能让人听懂在说什么。

周泽亮一皱眉，对段语澈耳语：“你认识啊？”

“不认识。”段语澈抬头端详了几秒，“你是？”

“我、我是……”曹烽张了张嘴，不知道该怎么解释，用手背抹了抹额头的汗珠，好半天说不出话来。

周泽亮越看他越觉得像坏人，连忙拉着段语澈走。

两人直接叫了个车离开，曹烽追了起码有五十米，鞋都跑掉了，弄得周泽亮在车里直骂“疯狗”。

曹烽追不上去了，茫然站在街头，眼睁睁看着出租车消失，半晌，转身去捡自己

掉在马路中央的鞋。

出租车开到了周泽亮家门口，开门的是周泽亮他妈，一见到段语澈，立刻热情地招待："哎呀！小澈来了啊！快进来吹空调，阿姨再去做两道菜。"

段语澈立马道："不用了阿姨，不用特意做，我刚吃了点零食，不饿，吃不了多少。"

"你也别客气了，"她一脸不赞同，"学习累坏了吧？多吃点，年轻人哪能不多吃点？长身体呢！"

周泽亮先出声："妈，我先带他上楼去了啊。"说完便拉着换了拖鞋的段语澈快步走向自己的房间。

段语澈和周泽亮是初中同桌，现在升高中了，也在同一个学校。他初中读的是私立，那时候才刚刚回国，除了长相是东方面孔，他一点也不像中国小孩，和土生土长的中国人有非常大的区别，中文都说不利索，甚至有谣言传他是在欧洲长大的中德混血、四国混血……什么乱七八糟的都有。

不少人知道他爸是行长，段语澈外号就叫行走的ATM机。

但段述民觉得他在私立那边太混了，爱跟人打架，染了些不好的毛病，自己又没空管，怕他叛逆期出事，就安排他去了更严格的实外读高中。

但他中考成绩并不好，没有上实验外国语的录取分数线，这才把他塞进国际班。

国际班的大部分学生，都是准备出国留学的，英语课多，每周还有两节外教课，为的是让学生顺利通过托福、雅思或AP。

现在才刚开学没两天，周泽亮一边开电脑一边问道："今晚你不回家了啊？"

"不回。"段语澈把书包丢在地上，倒在他的床上，手臂遮着眼睛。

周泽亮想了想道："那行吧，不过也不能让你爸担心，给他打个电话，就说在我们家留宿。"

段语澈哦了声，说知道了，但还是没动。

下楼吃饭时，周家的座机响了，周母起身去接电话："喂？段行长啊……哦哦，是的，他在我们家呢。"

段语澈听见了一点声音，就抬起头来。

周泽亮用筷子指了指:“你爸?”

段语澈点头:“好像是。”

“妈!”周泽亮大声道,“你给段叔叔说一声,小澈今晚上住咱们家吧……”

周母听见了,转告给电话里:“两个孩子说想一起学习……嗯,明天我送他们去学校……”

段述民应了一声:“麻烦能不能让段语澈接一下电话?”

周母把电话筒递到段语澈手上,他接过放到耳边,但没出声。

“今晚想在同学家住?”段述民的声音听不出喜怒。

他低低地“嗯”了一声。

“别跟爸爸置气了,”段述民尽量用平静的语气道,“今晚可以在同学家住,明天必须回家!还有,必须去学校上课,你们马老师今天专门跟我说了情况,你成绩不好爸爸不说什么,但是对待学业,对待老师要有基本的尊重。”

毕竟小孩是在瑞士长大的,那边的教育和国内不一样,那边小学生就没上过一节正经的学问课。孩子他妈刚把孩子送回来的时候,专门跟他说过这个问题,段述民很理解儿子,很少在学业问题上难为他,哪怕被老师叫到学校去,他也总是客客气气地给老师解释儿子特殊的情况。

他继续道:“明天下午我会去你们学校一趟,到时候你就跟我回家。”

“来学校做什么?班主任叫的?”段语澈皱着眉头。

段述民说有点事情,又叮嘱了他几句。

在别人家里,段语澈不想跟他吵架,用鼻音“嗯”了一声,表示知道了。

第二天,周母把两个孩子送到了学校,同桌飞机问段语澈昨天干什么去了:“马老师让我们找你,这怎么找得到人啊。”

段语澈说去网吧了。

飞机大名叫杜鹏飞,因为留着一头把一米六五的身高拔高成穿鞋一米七的飞机头,而得此外号。飞机瞅着他满不在乎的模样,道:“等下马老师就来了,他肯定叫你去办公室,就一点都不怕他罚你?”

段语澈摇摇头,说不怕:“还能把我开除吗?”

果不其然,没几分钟,胖胖的马小波出现在教室里,走到段语澈座位旁,敲了敲

他的桌子道:“跟我来一趟。”

马小波倒也没骂他,就是告诉他必须抽时间去接种疫苗,而且这种事再也不允许有下一次了:“这次念你是初犯就算了,学校有学校的规章制度,逃课超过三次就要劝退,你也不想成为这学期第一个被开除的学生吧?”

段语澈心里并不在乎,嘴上应了声,他早已习惯了苏黎世宽松的教育方式,哪怕已经回国超过了三年,却还是不能接受这种高压的教育。

尤其每次一到下午三点,就严重地犯困,因为按照常理来说,下午三点就该放学回家了。

至少在以前是这样,课程内容也远不如国内的课这么无聊,烹饪、手工、踢足球……一天上四节课,三点放学,再坐校车慢悠悠地回家。

正当他撑着下巴在物理老师讲课声下昏昏欲睡之际,教室里一阵骚动。

“刚才马老师带着的那个是不是转学生?”

“我上午抱练习册去办公室的时候,听见办公室老师说我们班要来一个少数民族的特困转学生……”

“转学生?真的假的?”

“男的女的?我们国际班还有特困生?”

嗯?

特困转学生?少数民族?

如今他对“少数民族”几个字敏感得很,因为段述民昨天接回家的那个,据说就是个少数民族。

段述民说今天要来学校办点事,该不会……?

段语澈睁开眼,眼睛朝斜对角的班主任办公室瞥去,办公室里拉着深蓝色的窗帘,只透出一个缝,一盆深绿色的水生盆栽正向着阳光奋力生长。

国际班七班处于中央教学楼的走廊尽头,办公室在拐角的第一间,只要办公室打开窗帘,坐在教室里的学生很容易就能看见老师在做什么。同理,老师也很容易看见正在上课的学生到底认不认真,谁在睡觉、谁在听讲,谁又在传纸条。

所以大多数的时间里,坐在窗户旁的同学都很默契地把窗帘拉得紧紧的。

今天之所以会打开,是因为教室风扇出问题,天气太闷热了,开窗透透气。

正当他在心里瞎琢磨是不是他想的那样，就瞥见了走廊外的段述民，西装革履地在窗外站着，好像是在找他。

段语澈扭过头看他，段述民正好也看见他，伸手指了指黑板，示意听讲。

段语澈拿出手机看了眼时间，快下课了。

下课铃响，段述民不在教室外面了，段语澈猜他可能在办公室，走了过去。

办公室门关着，恰好有个学生进去，门“咯吱”打开，他朝里张望，正好看见他爸在跟马小波谈话。

说来也巧，他和这个班主任马老师算是熟人。马小波和他初中的语文老师是爱人关系，几年前段语澈刚回国，中文说的不好，每句话都是英文夹法文、还有德文，偶尔才能蹦出一个中文，他在苏黎世住德语区，上学又是在法语区，回国后难以接受国内的教育方式，以至于每一科都学得很差，门门不及格。

前两个暑假段述民安排他去语文老师那里补课。

这两夫妻都在家里补课，一个给高中生补英语，另一个给初中学生补语文。

马小波知道他小时候在瑞士长大，让他的几个学生来找段语澈说话，权当免费练习口语，结果跟着段语澈学了一口让人无语的爱尔兰口音。

段语澈没打算进去，只是嚼着口香糖，抱着手臂站在门边，冷不丁地，眼睛倏地瞥见旁边另一个老师的办公座上，坐着一个正在认真写试卷的高大男生，顶着一头毛茸茸的黑色卷毛。

他一下就想到了刚才议论的——特困转学生。

段语澈和他对视了几秒，顷刻间便忆起了这个卷毛是谁。

昨天刚在校外见过！

曹烽却仍是直愣愣地看着他，昨天发生的事还历历在目，没能把他带回家，曹烽非常内疚。

后来听他描述，小张知道了段语澈又和周泽亮在一块儿，就打电话给段述民说了这件事。

段述民习以为常，知道小孩闹别扭，也没说什么，让小张把曹烽送回家。

曹烽就此住进了段家，一栋大别墅，他从未见过这么漂亮的大房子，而且段叔叔还给他安排了一间宽阔的卧室，对他很好，今天带他去买了衣服，甚至还亲自带他

来学校报到。

“那就麻烦马老师了，谢谢您了，我们家语澈性格皮，得好好管教！他要是做了什么错事，您尽管给我打电话！”段述民站起来，很真诚地握了握老师的手。

“应该的。”马小波和气地说，“这些都是小事，您也做过老师，知道这是我们做老师应该做的。对了，学校里不允许学生使用手机和游戏机，一经发现全部没收，如果是上课使用被其他老师发现，可能还会记过。”

前两天马小波就发现段语澈在上课时玩游戏机。

虽然和这位段行长只有几面之缘，但认识段语澈已经有两年多了，出于信任，他们全家都办了广商银行的储蓄卡，还买了基金和保险。

段述民马上打包票：“您放心！等正式开学，我就把他手机没收，坚决不耽误学习！”

马小波满意地点点头，看见曹烽站起来了，说道：“还有一个事，曹烽的发型不合格，下周一会检查仪容仪表，最好这周末先去剪一下头发。”

他声音中气十足，段语澈清晰地听见了“曹烽”的名字。

他难以置信地盯着那个卷毛。

三个人在办公室里又说了几句，这才出来。

段述民先出来，段语澈直接跟上去，心里仍然是不可置信的，怎么可能这么巧？

他目光在段述民和曹烽脸上来回扫了几次。

贫困生和段述民长得确实不太像，他爸白白净净很斯文，曹烽完全是粗犷的长相，从深刻的浓眉到坚毅的下颌，都和段述民不同。

心里松了口气，明知故问地对段述民说：“他谁啊？”

“曹烽，不是跟你说了吗？”段述民怕他使气当面给人难堪，便用一只手抓着儿子的手腕，“你曹烽哥哥转过来跟你读一个班，他成绩好，你跟他好好学习。”

段语澈瞪大眼睛，差点骂出一句脏话。

他回头看了一眼那身材比段述民高大不少的乡巴佬。

高高大大的个子，抱着一摞全新的教材，身上穿的是新衣服，脚上蹬一双新鞋，背着新书包，一看就知道是段述民给买的。但尽管一身干净的新衣，也掩盖不住那股怯懦的、从大山里出来的乡土气。

默了几秒, 段语澈问: “他成绩很好吗? ”

段述民说好, 表情显然是很满意的: “他中考八百多, 比你多了接近五百分, 是他们那边第一名。” 说完招手叫了后面的曹烽一声: “小烽, 来, 这是弟弟, 段语澈。小澈, 这是哥哥, 叫哥哥。”

段语澈不乐意, 紧闭着唇一言不发, 心想就那种小地方, 学得再好能有多好, 再说学习好有什么用?

教育所致, 他对成绩向来是不甚在意的。

听见段述民的话, 曹烽干燥的嘴唇微张, 喊: “弟弟。”

听听, 连普通话都这么糟糕, 还谈什么成绩好?

段语澈面无表情地睨了他一眼, 像是在他的眼睛里确认什么般……但只看见了曹烽的紧张不安。

深黑色的瞳仁, 出人意料的清澈。

段语澈最后没说话, 这时马小波出来了, 叫住曹烽: “来, 曹烽, 老师带你去班上看看, 给你安排个座位。”

曹烽看向段述民, 段述民拍了拍他的肩膀, 说: “去吧小烽, 今天适应适应环境, 等会儿放学和弟弟一起出来, 叔叔来接你们, 别怕啊。”

曹烽 “嗯” 了一声, 微微鞠躬: “叔叔再见。”

见他又来这套, 段述民也不知道该说什么好了, 因为昨天刚把这小孩接回家, 就给他下跪, 说感谢自己这些年对他的帮助, 甚至掏出他中考的八千块奖金给段述民, 说今后做牛做马来还, 真是把他吓了一跳——资助那么多个学生, 可没见过这样的。

可这不过是凑巧而已, 曹烽家乡是国家重点扶贫区, 而曹烽又是寨里为数不多的能考上县城初中的小孩, 更别提他学习那么好, 是个栋梁之才——一听说他家里的事, 段述民就决定把他接到临州, 让他来这边读高中, 接受更好的教育, 一开始是打算让他住校的, 但最近自己有事忙, 段语澈皮, 就想着接回家和儿子处个朋友, 如果到时候有什么不合适的, 再送去住校也不迟。

段语澈在一旁冷冷地旁观着, 直到马小波把曹烽带进教室, 才和父亲说话: “为什么让他和我读一个班? 资助他这么多年, 是把他当亲生的了? ! ”

在国际班，基本上大半的学生都是要出国的，这个班相对实外其他班级更为特殊，很多学生都是交了天价进来的。

毕竟还在学校里，他控制住音量，声音不大，却充斥着十足的愤怒。

资助也就罢了，接回家也不闹了，读一个学校也就罢了，可现在读一个班级，他难免猜忌段述民的用心。

“不是跟你说了？”段述民一只胳膊搂住他，站在二楼栏杆处低声说，“曹烽成绩很好，又是少数民族，上面有政策，学校不仅没收钱，还有补贴。你要是实在不喜欢他，相处不来，过段时间，我再把他送来住校。”

原本都过了录取时间了，跨省转学理应收费，但曹烽成绩非常好，他县城的校长更是写了推荐信来夸这个学生的优秀程度，加上还是段述民亲自出马，所以很容易就挂上了学籍。

段语澈一下哑火了，不远处来来往往的是课间打闹的同学，默了几秒，点点头，很勉强地接受了。

当然，段述民的确有让曹烽监督他的意思，他这个儿子正是叛逆期，难管教、不听话，而且他也没陪伴孩子度过童年，是直到几年前，孩子妈患癌，才把孩子送回国跟他这个亲生父亲一块生活。

可他这个做父亲的工作又忙得昏天黑他，根本无暇管孩子。

上课铃响了，段述民最后叮嘱道：“曹烽比你大两岁，要懂礼貌，叫哥哥。等会儿放学了，跟他一起出来，别闹小脾气，爸爸的车停在老地方。”

段语澈回到教室，老师也刚进教室，在讲台上说翻到第几页。

他进去的时候根本没有如何费劲去找，一眼就找到了坐在后面一张空位上的曹烽。

他是一个人坐。

曹烽的模样实在惹眼，长得很高大，皮肤黝黑，在临州这种江南水乡，根本看不见这样粗犷的男孩子。

对方朝他露出一个善意的笑，露出牙齿，段语澈不得已扯了下嘴唇，算是笑了，快步回座。

“转学生是苗族的。”同桌的话痨飞机翻开练习册低声说。

“你怎么知道？”段语澈在抽屉里翻找起地理练习册。

“刚才你不在教室，小波老师把他带进来介绍了一下，好像叫曹、曹……”

“曹烽。”段语澈接道。

“对对，曹烽，你咋知道？”

“在办公室听见的。”段语澈问他，“练习册多少页？”

“二十五页。”

段语澈翻到二十五，上面干干净净——他没写、也没交作业，这一周都是这样。

他看向办公室的方向，这回窗帘拉得更开了，能清楚地看见马小波在和他父亲段述民谈话。

怎么还在聊，有完没完？

他知道段述民喜欢给人推销他们银行的产品，哪怕干到了行长的位置，还是改不掉这种习惯。

今天是周五，不用上晚自习，黑板一角写着各科的作业，段语澈看了一眼，也没去找练习册，把空书包背在背上，回头看了眼。

曹烽是站着的，因为值日生要打扫，而扫把就放在他位置后面的清洁间里，要他让座才能开门。

他贴着墙站，怀里抱着新书包，又黑又怯的眼睛注视着段语澈，段语澈也看着他，在心里做了好几秒的斗争，随即朝他勾了勾手指。

“在学校里，我们要装不认识。”段语澈带着他往教务处的方向走，刚才马小波让曹烽去这里领取校服，周一升旗，必须穿校服。

曹烽跟在他身后上楼梯，听见他的话顿了顿，然后“嗯”了一声。

“你不要告诉任何人说你住在我家，我也不会告诉别人你和我什么关系，有句俗语叫什么……叫明修浅道，暗度陈仓，就是说哪怕背地里住一个屋檐，表面上也要装作不认识。”

曹烽听得有些蒙，从来没听说这个成语还有这个意思，哪怕他普通话说得不好，可不代表不知道那个字念“栈”。

段语澈见他不说话，停下脚步去看他。

曹烽想到昨天段述民说的，他说弟弟小时候是在国外长大的，所以很多生活习惯和这边的人不同。

他的确与众不同，曹烽还没见过段语澈这样的男孩子。

抬头望着他近在咫尺又遥不可及的面孔，曹烽慢慢地点了点头。

几年前考上县城的初中，试图去交朋友时，遇见过更恶劣的情况。

在县城上学第一天，天还没亮就从寨子里出发，打着火把下山，步行了十公里，过河的时候脱了鞋，结果鞋不小心掉了一只，他下水去捞，弄得浑身都湿透了，山里气温低，水在他身上几乎结了冰。

他脏兮兮的像个乞丐，身上、脸上全是黑泥，进教室时，所有的人都在看他，没有善意。

从那天起，他就明白像他这样格格不入的人，交朋友是很难的一件事，更别提段弟弟看起来和他完全是两个世界的人。

很快，段语澈带着沉默的曹烽去领取了新校服，出后门找到了自家的车。

车上，段述民坐副驾驶座，他和曹烽坐后座，小张发动了汽车。

这个司机是今年才聘的，以前段述民都是自己开车，去年年底出了场小事故，把车后座的段语澈吓得不轻，这才冒着被举报的风险聘了小张。

段语澈紧挨着门坐，低头发消息，绝不肯离曹烽更近半分。

曹烽没有玩的，想和弟弟说话，但段述民在讲电话，也不敢出声，局促不安地看了看窗外，又看向弟弟。

他似乎一点也不懂得隐藏视线，目光直勾勾的，段语澈刚开始还忍着，过了会儿忍不住了，火大地抬起头来瞪他，用口型说："看什么看？"

被那双漂亮眼睛一瞪，曹烽像是被"吓到"了，立刻转头对着窗外。

段语澈注意到他脸和耳朵都红了，由于皮肤黑，所以不明显，但还是能看出来。

他一脸莫名其妙，心里有点无语。

长得人高马大，胆子怎么这么小。

快到家了，段述民问两个小孩想吃什么，段语澈说随便，曹烽立马说自己可以做饭。

"哈哈哈，哪能让你做饭。"段述民笑起来，"这是你来我们家的第二天，昨天都没招待你吃好的，今天得下馆子。"

段述民又问他，在苗寨吃些什么，有没有什么特色菜。

曹烽说有啊："酸汤鱼、糯米饭、腊肠饭……"一口气报了好多个菜名，他继续道，"几年前老家成了旅游景区，到现在开了十几家农家乐，我放假的时候就去厨房帮忙。"哪怕不下厨，也跟着大人一起去山里打猎，他年纪虽小，但身材高大，力气也大，比成年人也不差，能独自和野猪搏斗，九死一生活了下来，甚至还伤了它。

现在他身上还有野猪刨出来的疤。

"那你做饭手艺应该很不错了，改天有空了让你下厨试试，我和你弟弟就可以大饱口福了。"

段述民又露出怀念的神情，他当年是跟着扶贫考察团一起去的贵州，才找到了这个深山里的原始苗寨。

后来有记者去了，对外报道了这个神秘的地方，开始陆陆续续来一些游客光临，这逐渐成了靠砍柴为生的村民们的经济来源。

政府出钱给修路，还建了希望小学，而段述民也尽了自己的绵薄之力，资助了一个学生。

听着两人对话，段语澈只是沉默地听着，他根本不懂这些，而他和段述民的相处时间，也不过短短三四年罢了。

晚饭去的不是什么大餐厅，段述民平日应酬吃惯了那些，带两个小孩下馆子，就去了小区对门新开的一家接地气的农家菜馆。

段语澈不太能吃辣，段述民照顾他口味，点的大多都是清淡的菜。

段述民很热情，见曹烽客气，给曹烽夹菜："别斯文，都是一家人，多吃点，对了小烽，你喝不喝酒？"

曹烽摇头。

段述民哈哈大笑："你们寨子里的糯米酒，我怀念得很。"

说起这个，曹烽眼睛很明亮，说只装了一壶糯米酒来，在他包里。段述民听后心情更好，和他大聊苗寨今天的发展。

吃完饭，段述民就离开了，段语澈给曹烽说："他要去健身房上课。"

段述民近日做了身体检查，三高。

他一把年纪，又整天坐办公室，隔三岔五要出差应酬喝酒，医生便建议他多运动，于是段述民就去健身房报了个私教课，这才去两个多月，不到十节课，就把他们行的产品推销给健身房所有的客户和教练了。

段语澈怀疑他就是去发展客户的。

曹烽听得半懂，问健身房是什么。

"你们那边没有吗？"

曹烽摇头，段语澈便耐心地解释："就是健身的场所，很多健身器械，比如跑步机，他专门请了个教练教。"

曹烽听明白了，诧异地问为什么不在小区里跑步，他无法理解跑步机的存在意义，段语澈说太热了："健身房有空调，凉快一点。"

这对他更是难以理解，曹烽还要再问，段语澈及时打住，在路边买了十块钱的炒板栗，把曹烽往理发店里领，进去就说："洗剪吹。"

洗头小弟招待道："来这边洗头。"

曹烽看见了洗剪吹20元的牌子，登时吓得把他直往外拉："小澈……"

段语澈正剥着栗子，不明所以地望着他。

"我回家自己剪吧。"他嗫嚅着道，"这个很简单的，不要乱花钱。"

段语澈："我有卡。"

曹烽犹豫了下，还没来得及说话，就被他一双手往里推。

曹烽一辈子都没来过理发店，局促得厉害，里面没人，那洗头小弟指了指一张洗头床，示意他躺上去。

他半懂地问："躺下吗？"

洗头小弟觉得有些好笑："对的。"

"哦……"曹烽有点纠结，他身材高，先坐下，然后脱了鞋和袜子，慢慢躺上去，在洗头小弟不可思议的目光注视下，理所当然地把脚放进了洗头池里。

"噗——"进来拿毛巾的洗发小妹笑出了声。

"唉唉唉，不是这样的。"洗头小弟憋着笑，连忙摆手说，"这个，不是放脚的。"

"那、那是……"他不知所措地坐起身。

听见里头的声音，认真吃着板栗的段语澈，探头看了一眼，正好看见曹烽把脚从洗头池里挪出来，一个劲儿地说对不起。

他愣了几秒，才反应过来曹烽刚才干了什么。

天啊，段语澈难堪得恨不得钻进地缝，他怎么能干出这种事？

"没事没事，以前也有顾客……"那洗头小弟想安慰这个高个子，可还真没顾客这么干过。

曹烽脸上跟火烧似的，又懊悔又心疼钱，早知道离开寨子的时候长辈要给他剃头的时候他同意了就是。

段语澈看他乖乖躺下了，这才在外面找个椅子坐下，打开手机，有许多条消息，

都是周泽亮。

他关系好一些的朋友，都直升了以前私立学校的高中部，也只有周泽亮，还跟他读一个。

手里噼里啪啦地按键盘打字："你知不知道他……"

一串小作文直接发过去。

周泽亮："这奇葩也太好笑了吧，哈哈哈，真的要跟你读一个班？那不成了你爸的眼线？"

接着又说："以后咱俩逃课干坏事，他告状怎么办？"

"他不敢。"段语澈发现曹烽虽然长得高大，长得又凶又野蛮，眼窝很深，一双眼睛陷入阴影，瞧着叫人捉摸不透，但实际上胆子特别小。

他继续打字道："他挺老实的，应该很好收买……"

周泽亮出谋划策："首先，肯定要和他保持距离。其次，要拿他的把柄，这样无论以后我们做什么，他有把柄在咱俩手上，肯定不敢告状的。"

"你说得对。"其实段语澈自认也没什么见不得光的秘密，但如果曹烽总是盯着他给他爸告状，总归觉得不舒坦。

周泽亮说："给他买鞋，再给他买点其他的，请他吃东西啊，买书包啊，随便送点，他肯定没见过。"

很快，曹烽湿着头发出来了，略长的卷毛软塌下来，蜷曲地贴着脸颊和脖子，水珠顺着湿漉漉的黑发，沿着脖颈滴落，整个人看起来好像有哪里不太一样，段语澈忍不住多看了一眼，低下头，然后又看了他一眼。

曹烽坐在他旁边，滴水的发丝打湿了灰色的T恤，段语澈问："怎么不包个毛巾？"

曹烽一副不可理喻的模样，低声说："毛巾居然要收一块钱！"

段语澈："……"

几分钟后，理发师就干脆利落地给曹烽推了个寸头出来，段语澈还在玩手机，听见“剪好了”，乍一下抬头看见他的新造型，一下没反应过来。

好像变了一个人似的。

曹烽以前是自然卷，这样的发型油得快，显脏，一会儿不梳理就乱蓬蓬的，但一下给他剃平了，曹烽那双天生的锋利眉眼，就完全显露了出来，假如不笑的话，有点锋芒毕露的凶相，看着很不好惹。

对上曹烽好像在等他说什么的目光，半晌，段语澈评价了一句：“剪得不错。”

曹烽露出了笑眼。

理发师把碎发吹掉，揭开剪发围布，曹烽站起，在镜子里打量自己，摸了摸短短的头发，扎手。

两人回家的时候还很早，脱鞋的时候段语澈看见他穿着一双破了好几个洞的黑袜子，没忍住，说家里有新袜子，又给他拿了几双段述民没穿过的出来，让他把破的丢掉。

“好……”曹烽有些窘迫，踩在凉拖里、从袜子里透出的脚趾都红了起来。

段语澈跟他没有任何的共同话题，但待他也挺客气，打开客厅的电视，告诉他怎么用遥控器，调了几个台，就回到自己的房间洗澡。

曹烽没怎么看过电视节目，寨子里接的光纤信号很差，而很多苗民也不会讲普通话，哪怕政府给送了电视机，老人也不会用。

他对段家巨大的液晶电视非常感兴趣，看段语澈走了，就过去摸了摸电视

屏幕。

曹烽喜欢研究这些东西，但现在不是研究的时候，他把电视关了，回房间拿了个东西。

一个人的时候，段语澈喜欢听着古典乐坐在地上拼图，旁边放一盒巧克力或一袋浪味仙，成功找到一块拼图就奖励自己吃一口零食。外面传来了敲门声，声音很小，敲了好几声才听见。

段语澈感觉应该不是段述民回来了，摘下耳机道："进来。"

曹烽推开门，背着手站在门外，观察段语澈的房间。

段语澈的房间格局和他那间类似，只是更大，湖蓝色的墙面，白色的家具，有一整面的大书架，放满了书，还放着一些车模、航模……书桌旁放了一个冰箱，还有一架白色的三角钢琴，地毯上散乱着一张大的、还没完工的拼图，墙上挂着几幅拼好的拼图。

他坐在地上，放下拼图块抬头看曹烽："有事吗？"

曹烽点点头，背在身后的手紧张得出了汗："小澈，我可以进来吗？"

"嗯，什么事啊？"

"就是……这个……"曹烽慢慢地走了进去，很腼腆地从身后把盒子拿出来，递给他。

"给我的？"段语澈愣了一下，伸手接过。

"嗯。"曹烽低着头，眼睛始终看着他。

"啊，谢谢你啊。"

还买了个盒子装，挺用心，段语澈抬头对上他的眼睛，黑色的、质朴的。

曹烽涨红了脸，喜悦浮在眼底，说不客气。

段语澈掂量了下重量，还有点重，不知道是什么，牛肉干？

"我拆了啊？"

曹烽点点头。

段语澈打开盒子，是个新奇玩意儿，他不认识："积木？"

"是鲁班锁。"

"鲁班锁？"

“嗯。”

段语澈怎么可能知道鲁班锁是什么，他连鲁班是谁都不知道，曹烽朝他伸手，段语澈把东西给他，他示范给段语澈看，解释鲁班锁是什么。

见他把积木拆分成了一个个精致的小零件，段语澈有些新奇：“你做的吗？”

曹烽又“嗯”了一声，段语澈看了眼他的手，手掌很大，看起来就像经常干活的手，他由衷地说：“挺厉害的。”

段语澈他妈妈是做装置艺术的，这是一种新型的艺术方式，她在世界各地做各种各样的大型装置艺术展览，通常一个展览就是好几个月，常年都不在家，每当她出门前，就会给段语澈做个小玩具，有时候是个小的机器人，有时候是解谜的游戏，妈妈问他：“Tommy，妈妈回家前，你能把这个解开吗？”

只是，当他反复把玩具拆解掉，又组装起来，她还是没回家。

段语澈拿着鲁班锁，想到会为自己做玩具的妈妈，心里对他多了一分好感：“谢谢，我很喜欢。怎么做的？”

曹烽见他喜欢，更高兴了，这证明他一开始的担心完全是多余的：“木头做的。”

“我知道木头，我是说……怎么想到的？”

“老祖宗传下来的手艺，我们寨的人，什么样的都会做。”千年前起，他们苗寨就自给自足了，哪怕不跟外界接触，也能自循环，曹烽把零件给他，“弟弟，你试试。”

从他手里拿过零件，段语澈习惯性地用德语说了句谢谢。

曹烽没听懂，问：“什么？”

“哦，Danke就是谢谢的意思，是德语。”

曹烽听段述民说过，说弟弟会说几门语言，这足以使他吃惊：“德语吗？小澈还会讲德语？”

“当然啦，”段语澈玩着新玩具，一脸不在意，“我小时候的邻居都是德国人，同学大部分是法国人，我会几十门外语……”

“几十门？”曹烽嘴都合不拢了，太吃惊了。

段语澈抬头看了他一眼，旋即笑了一下，眼里有掩饰不住的骄傲：“都是一些简单的骂……唔，能跟人交流的其实就几门，”他掰着手指细数，“德语、法语、英语还有中文，当然我中文也说的其实不太好……”

其实他自认为自己的中文水准很不错，而且能说那么多门外语，他简直是天才好吗。

不过没有必要在曹烽面前炫耀，曹烽连普通话都没他这个半桶水讲得好呢。

段语澈一边拼鲁班锁，一边随意地问：“对了，你是哪个民族来着？”

曹烽说是苗族。

“哦。”段语澈托着下巴，好奇地问：“那为什么姓曹？”

他盯着曹烽虽然黑但透着英气的脸瞧，眉目是有些锐利的形状，深黑色的浓密剑眉，眼神却很清澈，这双眼睛下是挺拔的鼻梁，连嘴唇形状都漂亮。

五官倒是很帅气，就是品味不敢恭维。

曹烽用蹩脚的普通话解释自己有苗名，接着用一门段语澈完全听不懂的鸟语解释了自己的名字。

“……什么？”段语澈完全听不懂，苗语听起来比很多外语都复杂晦涩。

曹烽重复了一遍，段语澈还是没记住，只听见大什么根，是四个字。

曹烽说：“上学的时候汉族老师给我取了曹烽这个名字，我一直在用。”

“哦，这样，”段语澈耐着性子跟他聊天，“那苗语怎么骂人的，你教教我？”

曹烽“啊”了一声，有些茫然，不知道他怎么会提出这样的要求。

“就是脏话啊。”段语澈一脸认真，“我会讲几十种语言的脏话，你教我用苗语怎么骂人，我也教你……教你法语吧？”

曹烽瞬间脸就有些红，他小时候粗野惯了，脏话当然是没少说的，而且那时候年纪小，不知道说的是什么，长大才明白有多么粗俗不堪。只是要在段语澈面前说那样的话，简直提不起勇气来，支支吾吾了半天，教他说了一句：“就是笨蛋的意思。”

……这哪能叫脏话啊？

段语澈不知道该说什么，又转了话题：“那你们上学，学汉语吗？”

“汉语是必须要学的。”曹烽回答，“老师都是汉族人，国家有十五年义务教育政策，来了很多支教老师。”

段语澈知道这种扶贫政策，段述民有段时间就在搞这个：“学英语吗？”

曹烽说学。

段语澈听他普通话都这么烂，就知道他英语肯定也说得不好，没有继续聊这个话题，又问他多大。

曹烽说十七岁，快十八了。

段语澈早知道他年纪不小，因为看起来很成熟，如果不说还以为曹烽早就二十了，但倘若说十七八……要是认真地瞧，似乎也就是这个年纪的模样，只是比其他同龄人更高大一些罢了。

聊了半天，也没把手里的鲁班锁拼回原样，但在曹烽手里，几秒钟就复原了，段语澈赞叹不已，问他鲁班是谁。

很出乎意料的，曹烽懂得很多，给他讲鲁班，鲁班锁究竟是什么。

这是一种看似简单，却凝结着不平凡的大智慧。

不多时，段述民回家，见到两个小孩居然在聊天，诧异极了。

他还以为以段语澈的性子，是绝对不可能跟曹烽聊到一块儿的，还打算今晚跟他好好聊聊，告诉他曹烽的真实情况，让他收敛收敛脾气，毕竟不是每个人都是蜜糖罐子里泡大的。

没想到健个身回家，就交上了朋友？

段述民特别欣慰，果然是同龄人，怎么说也有话题。

曹烽离开他房间，段述民坐在床边，问他们刚才在聊什么，段语澈说没什么："就鲁班啊，古代历史啊，中秋战国什么的……"

"是春秋战国。"段述民纠正他。

"哦，春秋战国。"

段述民笑了一声，这小孩认字认半边，还经常把一些常识的东西搞混。他摸了摸钱包，掏出了一沓钱："明天是周六，明天爸爸有事要出去，带他出去吃顿好吃的，再带他去买点衣服、鞋子，爸爸今天带他去买他也不肯要，别去太贵的店消费，再买两件厚点的衣服，这天气过几天就凉了。"

段语澈"嗯"了两声，同意了。

"对了，流行腮腺炎疫苗你们俩得去接种，不然感染上了就麻烦了。"

"知道了……"

段语澈早上一贯喜欢赖床，更何况是周六，他想睡到自然醒，奈何要出门的段述民一大早就做好早饭来敲门，他钻进被子里闹着不肯起床："我不想吃，别叫我，

烦啊……”

段述民走进去，看他裹得像个蚕蛹，根本找不到下手的地方，就隔着被子抓住他的脚：“给你十秒钟，快起来，吃了早饭再睡。”

曹烽就站在门口，没敢进来。

段述民根本叫不醒他，好不容易把他从被窝里弄出来一个头，段语澈也只是闭着眼睛嘟哝着撒娇说不想起床：“我昨晚上失眠了，都没睡，好困啊，我还想睡会儿。”

儿子赖床的工夫日益见长，段述民看了眼手表，快要迟到了，没工夫继续跟段语澈继续耗下去，而段语澈显然也知道这点，睁开一点眼睛催促道：“快去上班吧，不用管我。”

段述民实在没有办法：“那你一定要起来，早餐一定要吃，听话。”

段语澈咕哝着说知道了，又把头埋进被子里，全身严丝合缝地蒙起来，房间空调温度开的低，他习惯盖着棉被睡。

段述民拨开被角：“别闷着睡。”接着把空调温度调成睡眠模式，走到房门口，对曹烽说：“叔叔先去上班了，小烽，你等会儿叫弟弟起床……”

说完，他意识到这个任务对曹烽或许会有些困难，而且还会惹段语澈不高兴，就补充了句：“中午他要是没起，就叫他起来吃点东西，用微波炉热一下，吃完他就不想睡了。”

段述民从兜里摸了几张人民币出来，也没数就塞给曹烽：“等会儿跟弟弟一起出去吃午饭，让他带你去买几件新衣服，什么秋衣秋裤，也该买了，还有鞋，再多买两双，一双不够穿。”

“不行、段叔叔，这钱我不能要，您……”

“好了好了。”段述民把钱直接塞他裤兜里，和气地说，“我上班要迟到了，先走了。”

段述民急匆匆地出门了，车子开远了，偌大的别墅静悄悄的，挑高的六米穹顶显得很空旷。

餐桌上的盘子里放着两块给段语澈留的三明治，一杯纯牛奶。

曹烽起来得早，帮着段述民一起做饭，看他切吐司、加热吐司、从冰箱里拿出番茄和火腿切片，用微波炉加热了牛奶，也基本知道了这个现代厨房的一些用法。

见时间还早，他悄悄地进了弟弟的房间。

段语澈睡姿不太规矩，床很大，他整个人是歪着睡的，被子也不好好盖，身上的睡衣卷起，露出肚皮，浓密的长睫毛垂着，脸压着枕头，嘴唇微微张开。

曹烽盯着看了好一会儿，站起来出去了。

段语澈睡了个回笼觉，是被手机振动吵醒的，不出意料是段述民，问他起床没有。

“早就起来了。”段语澈打了个哈欠，迷迷糊糊地下床。

段述民对他交代了几句今天要做的事，叮嘱他带曹烽去买衣服，带他去学校领校服，还有接种疫苗。

“好，好……”段语澈一边敷衍地应声，一边朝厨房走去，听见了“叮”的一声。

是微波炉的声音。

他们家厨房是半开放式，很大，不过用的次数却不多，基本上只是早上用，段述民有时间的时候会准备的丰盛些，没时间就给他冲麦片，或者路上买。

段语澈朝里走去，想吃点什么，忽然瞥见曹烽跪在地砖上，地上是一块散落的三明治，曹烽正撅着屁股对着三明治吹气。

“……你干什么呢？”段语澈又被他惊到了。

曹烽连忙回头，窘迫地说对不起：“早饭冷了，我想帮你加热一下，可是太烫了。”他对电子产品、电器有着超乎寻常的兴趣，早上看段述民这么用，刚刚试了一次，结果一拿出来就被烫了。

段语澈注意到打开的微波炉，还有盘子里的三明治。一下就明白过来了，有些哭笑不得：“捡起来丢了吧，都掉在地上了，别吃了。”

曹烽不好意思地点头，把地上的三明治捡起，但没丢，嘴里道：“饼还剩一半，是干净的，没掉地上，是你爸爸早上做的，还有牛奶。”

段语澈说知道了，接了一杯温水，一回头看见曹烽狼吞虎咽地把刚才掉在地上的三明治塞进嘴里，差点呛住：“你早上没吃吗？”

“吃了。”只是又饿了而已，他还以为段语澈在嫌他吃得多，涨红了脸一副想解释又不知道怎么解释的尴尬模样。

段语澈一时不知道说什么好，从盘子里拿起三明治咬了一口，皱了下眉，放下，

端起牛奶喝了口:“我去换个衣服,等会儿带你出门。”

过了十几分钟,段语澈整理好,叫曹烽换鞋。

曹烽把新鞋换上了,只是仍穿着他自己的衣服,是一件洗得缩水的黑T恤,紧紧绷在他的上身,有些过短,如果抬起手臂或蹲下时,会不经意露出腰,而腿上则裹着一条廉价运动裤,尽管廉价,不过腿倒是很长,段语澈甚至看见他穿上了外套。

“外面三十八度,你穿外套干什么?”段语澈昨天就想问了。

“钱在衣服里。”他的钱缝在了腋下,这里是最安全的,一般小偷偷不到。

“……放家里吧,没有人会偷你的钱。”

曹烽说下午要买东西,段语澈道:“不用你给钱,我爸给了的,这么热你穿个外套会中暑的,放回去。”

曹烽便听了他的,把外套放下了。两人正要出门,曹烽忽然想起了什么,说:“等等,小澈,牛奶还没喝完,还有饼。”

段语澈知道他指的是三明治,摆摆手说:“不吃了,这都快中午了,直接出去吃午饭。”

曹烽说等等,在他的注视下跑回了厨房,几秒后,段语澈目瞪口呆地看见他端着牛奶杯出来,一口把牛奶灌下了肚,接着两三口把他刚才吃剩下的三明治解决了。

根本来不及阻止。

“曹烽……那是我吃剩下的。”他心里别扭——段述民都不吃他吃剩的。

曹烽却不在意,笑着说:“浪费是不好的。”

段语澈看了他一眼:“下次别这样了。”

带着曹烽买东西,比他自己买东西累多了,很费时间,他向来是看上就买,可曹烽呢,哪怕穿上合适、喜欢,也不肯买,嫌贵。段语澈是耐着性子,给他挑了两身合适的秋装,又去大卖场选了两套打折甩卖的秋衣给他。

中午吃的是日料,段语澈喜欢吃这个,但段述民不赞同,认为寄生虫很多。

他也是偶尔才能吃一顿。

他知道曹烽铁定会丢脸,专门要了小包间,结果进店的时候脱鞋,居然又露出了那双破洞的黑袜子!不仅如此,还在众目睽睽下弯腰从鞋底掏出一卷现金,服务员看见了,一下没反应过来,愣了几秒才憋着笑说:“两位这边请。”

段语澈真没这么丢脸过，一时间恨不得找个地方钻进去，他装作没看见的模样，一个人快步走在前面，进了和间。

包间是和式，下沉式的座位，段语澈坐下，把脚放进桌下的洞里，曹烽也像模像样地学着他那样坐下。

服务员留下了菜单，关上了门。

曹烽这回学聪明了，等服务员走了才小声说："这家店居然要脱鞋才能进，好怪。"

"正宗点的日料都这样。"段语澈翻了下菜单，看他把那卷从鞋里掏出的钱塞进裤兜，受不了地拆了一包湿巾丢给他，"擦下手吧，你想吃什么？"

曹烽面前也有菜单，但都是没见过的新鲜菜式，什么生鱼片，牛肉刺身……真的能吃？

他忍不住咂舌，眼花缭乱的同时，又看见了令人瞠目结舌的高昂价格。

"这、这些全是生的！都不是熟的，怎么还卖这么贵！我们……"

察觉到他要说什么，段语澈眼疾手快把他面前的那份菜单抢过来，放到旁边："算了，我帮你点，这家的鳗鱼饭特别特别好吃，给你点份套餐吧？"

"小澈……"

"嗯？"段语澈看向他。

曹烽挠挠头，说自己还不饿："我刚才吃了很多，等会儿陪你吃完去楼下买两个包子就够了，你点你自己喜欢吃的。"进商场的时候，他看见外面的早餐铺，肉馅包子一块五一个。

段语澈在心里叹了口气，没再说话，按铃叫来服务员，要了两份定食，还要了甜点和火炙寿司，另外还点了寿喜锅。

曹烽也没有出声，看段语澈像是生气了，特别无措，懊恼自己怎么总是惹他生气。

服务员收走菜单，重新关上推拉门，段语澈拆开湿巾擦手擦桌子，忍无可忍地道："下午再带你去买几双袜子，昨天那双破袜子不是叫你丢了吗，今天怎么又穿？"

"已经丢了。"曹烽不好意思地说，"这是另一双。"

段语澈："……"

因为马小波专门三令五申了不允许带手机的事，周一的这天早上，段述民收了段语澈的手机，给了他一个新的、只能打电话发短信的手机。

同时也给曹烽配了一个一模一样的，曹烽开始死活不肯要，后来听见段述民说是他们银行给客户的赠礼，送不完了不要钱的，才肯收下。

教室里信号也不太好，段语澈听周泽亮说，貌似教学楼楼顶安装了屏蔽信号的仪器，防止学生上课用手机聊天，但因为影响了多媒体教学，也影响了教学楼里的教师，这仪器才没开到最大，但信号也只有两格而已。不过也没关系，段语澈上课偶尔发消息，大多时候要么睡觉，要么玩PSP，或者趴着听歌，总之就是不会听课。

曹烽坐在最后一排，抬头能看见弟弟的后脑勺，弟弟的同桌是个戴眼镜的飞机头，两人好像在说话，弟弟拿了零食分给周围的人。

零食是早上段述民准备的，给两个孩子都准备了，有进口巧克力和棒棒糖，还有奥利奥，早上在车上，段述民让他们把零食分给周围的同学吃，说这样可以快速交到好朋友，如果饿了也可以填肚子。

曹烽看了眼四周完全陌生的同学，他慢慢拉开书包，想递给前桌的同学，但无论如何也迈不出去这一步——他从来没主动去交过朋友。

段语澈他百无聊赖地趴在桌上，随意翻开一本练习本，在背面打了格子，然后推了推同桌飞机的胳膊。

杜鹏飞正在记笔记，侧头去看他。

“来玩五子棋吗？”段语澈问。

飞机有点为难，抬头看了眼老师，终究不忍心拒绝段语澈，隐秘地点头，接过了本子。

段语澈愉快地说："我是X，你是O。"

马小波对他特殊关照，安排了飞机这个同桌，在国际班飞机算是为数不多要学习，并且学习成绩还不错的同学。

开学第一天段语澈请他吃了巧克力、薯片，很快就和周围一圈同学打成一片，长得好看的人在哪里都吃香，更何况他还有特别能当谈资的经历，会模仿法国人讲英语，模仿意大利人讲英语……什么口音都会。所有人都对瑞士长大的他特别好奇，想知道瑞士是什么样，上学是什么样。

当他们听说段语澈上的课就像动漫百变小樱里的课程一样，而且在瑞士，上大学前都是这样自由自在、轻松快乐时，全都羡慕得说不出话来。

中午放学，周泽亮到七班后门等他拖堂的历史老师下课。

中午放学时分的食堂最是拥挤，刚回国读书时，段语澈第一次去食堂，看见那么多人排队，以为味道非常好吃才会这样，还专门去排队，后来才知道不是的。

两人去了小食堂，周泽亮开了一罐可乐，推给段语澈，他摇头，拿了盒牛奶出来："我喝这个。"他在瑞士上学，整个学校只有他一个是亚裔，他的身高体格没办法跟白人比，受了歧视。他想长高，只好拼命给自己补钙，指望有一天能像同学那样高。

食堂是周泽亮他舅承包的，周泽亮提前给他舅舅说了，舅舅又给厨师打了招呼，两人直接去了小食堂，吃小炒，分量给得很多，而且营养也更均衡。

小炒端了上来，段语澈插上吸管，喝了一口牛奶，一边盛汤一边道："要是食堂有炒栗子卖就好了，你问问你舅舅，要不要新开个窗口，专门卖炒栗子？"

"行，回头我问问。"

段语澈又说："要是那家吴记炒板栗能在我们学校开个分店就好了。"

他喜欢吃的那家在以前读的私立那边，离实外不算很远，坐车二十分钟，段语澈挑嘴，觉得那家的好吃，其他的都比不上。

周泽亮想了想："我班上有体育生下午要去那边体育场训练，我让他帮你带一份去教室？"

体育生训练过后，还要回学校住。

段语澈闻言立刻同意，又道："今天中午曹烽想跟着我，还好我走得快。"倒也不是不想带他，就是想到自己吃的东西价格比大食堂那边贵，曹烽那么节俭，对他而言是负担。

"算了吧，我看他也不是什么好鸟。"周泽亮不认识曹烽，只听段语澈说过，是那天路上看见的"乞丐"。

那样生猛凶戾的长相，一看就知道铁定不是什么好东西，难以置信居然是学霸。

学霸就更讨厌了。

"不是，他跟你想的不一样。"段语澈把曹烽因为不会用微波炉出的糗的事告诉给了周泽亮，周泽亮马上想起他把洗头池当作洗脚池的事，立刻笑了。

"昨天中午我带他出去吃的日料，丢死人了，他脱了鞋，穿的是一双破洞的袜子，起码破了五个洞吧。"段语澈觉得曹烽的普通话说得也很好笑，不过他自己也没好到哪里去，小时候刚接触德语和法语的时候说不好，就被人鄙视过，所以他绝对不会去笑别人口音。

周泽亮也是啧啧称奇："……这哥们儿也是个奇人。"

两人吃过饭，又在学校里新寻了个据点，蹲着抽了几根烟，中午一点回的教室。

段语澈看见曹烽在和马小波在讲台上低声说话，过了一会儿，马小波又去找到副班长。

副班长照着午休学生的名单点了名。

九月的中午，格外闷热，头顶的风扇转得咯吱响，段语澈趴在两本书上，热得睡不着。

他家住的有些远，小张开车接送加起来得有一个小时，可午休时间统共才两个小时不到，算上吃饭时间，压根没法回家休息。

中午午休对他分外的难捱，他上课喜欢趴着睡，那是没办法，太困了，又不能躺、又不能逃，可是连午休也不能回家，就有些羡慕住校的同学了。

至少还有张小床，天气这么热，风扇还不给力，他真是一刻也不想多待，也不明白读书到底有什么意思。

放学，他和曹烽一块儿出校门，坐上车。

车上只有小张一个人，段述民一般下班时间比他们晚自习要早。

回家，段述民在客厅看电视，随口问了句："作业写完了吗？"

段语澈一个字没动，说写了。

曹烽也说写了："还有预习的作业。"

段述民说："那挺好，小澈有什么不懂的，就去问哥哥。"

段语澈"哦"了一声，段述民又说："你还记不记得你李叔叔？"

"什么李叔叔？哪个？"

"就是爸爸的一个朋友，上次带你去参加他女儿的升学宴，还记得吗？"

段语澈说有点印象："怎么了？"

段述民把电视音量调低，找了一个信封出来："他啊，在你们学校附近新开了一个电影院，刚开业，在搞活动，送了我好多票，我就要了几张，你这周五放学带上哥哥，带上你同学一起去看电影吧？"

"有什么电影看的？"段语澈从他手上接过信封打开，里面有十几张那种兑换电影票的券，有效期到十二月。

段述民说有个《加菲猫2》："可以看这个。"

"行啊。"段语澈不太感兴趣，但聊胜于无，正好他周五也打算去买东西。

第一周上课还算轻松，但到了第二周，就显出紧迫来了，不过因为他们是国际班，英语成绩是最大的指标，所以段语澈在这个班级里还算得以生存，他们班的外教是加拿大人，叫路易斯，段语澈是唯一一个能和他对话的。

可实外管得太严格了，比段语澈的初中私立严得多，中午午休不能随便乱跑，下午自习课都有学生会来点名，下午放学到晚自习的一个半小时也不允许随便出校，听说到了高二，周六还要上课，而且到高三后，尖子班连周末上午也要上课，一周只能休息半天不到，简直闻所未闻，像军事化管理。

手机也被没收了，一个连贪吃蛇都没有的老年翻盖机快把段语澈逼疯了，奈何早晚都有人接送，连买新手机的时间都找不到，这和他以前读私立随便翘课出去玩的感觉完全不同。

忍耐了一周，周五下课，段语澈请了前后几个关系比较好的同学一起去电影院

看了《加菲猫2》。

他买了爆米花坐在最后面，曹烽就坐在他旁边，爆米花放在中间，段语澈让他吃。

曹烽在县城见过老式的爆米花，一元钱能买一大袋。

可是在这样的电影院，一桶竟然要卖十块的天价！

电影开场十分钟，段语澈就从侧面偷偷出去了。

曹烽以为他是去厕所。结果过了有七八分钟还没回来，他立刻意识到不对，也跟着出去，在男厕里找了一通。

没人。

曹烽开始给他打电话。

手机店，段语澈把手机卡取出来，上到了新手机里，想了想又觉得不对，得买个新卡。

新手机用新卡，破手机用旧卡，不然下回接电话被段述民看见，就得露馅了。

随手把旧手机卡揣在兜里，在手机店买了张流量优惠多的新电话卡，插进刚买的诺基亚里，他买的是最新款，上下滑盖，屏幕比较大。

曹烽打他电话，一直没通，在电影院来回跑了几次，焦急地追问工作人员有没有看见一个穿校服的黑发男生，工作人员也说没注意。

今天是周五，刚开业的新电影院人声鼎沸，加上还开在学校附近，所以学生多，很难注意到他说的是哪个。

曹烽不知道他去哪里了，就跑去上回找过段语澈的网吧，在燥热的夏夜里跑遍了附近每一家商店、餐厅，一边发疯似的找他，一边打电话，可一直都是关机。

段语澈买了新手机，把配件塞到书包，丢掉盒子，又去买了点别的，再回到电影院，电影已经过了半，快结束了。

他回到座位，发现爆米花还在，曹烽却不知所踪。

等了一会儿，曹烽没回来，段语澈后知后觉地想到——不会是出去找他了吧？

他问了旁边的飞机："你知不知道曹烽去哪里了？"

飞机说不知道："好像他人没在很久了，电影刚开始没多久就出去了。"

段语澈心说糟了，忙摸出老年机，这才发现刚才换卡关机一直没开。

他走出影厅，拨了曹烽的电话："喂？"

“……小澈。”曹烽紧绷的心弦一下就落下去了，他蹲在路边，浑身都被汗水打湿，声音沙哑着道，“你终于接哥哥电话了。”

“你在外面找我吗？”段语澈有些心虚，“对不起啊，我刚才手机关机了。”

“知道你没事就好，刚才发现你不在了，急死我了，”曹烽笑了笑，手掀起上衣去擦脸上、脖子上的汗珠，赤着六块麦色的腹肌，“回电影院了吗？”

段语澈说回了：“电影都结束了，你在哪？我来找你，我们去吃饭吧。”

“哥回电影院找你，你别乱跑。”曹烽站起来，朝电影院方向走去。

“好，不乱跑，我在买爆米花这里等你。”说完又问，“你没给我爸打电话吧？”

曹烽一边过马路一边回：“差点就给叔叔打电话了，我以为我把你弄丢了。”

很快，曹烽回来了，段语澈虽然知道外面很热，但没想到他会热成这样，校服几乎全湿，坚毅的面孔上也全是汗珠。他赶紧把刚买的加冰可乐递给曹烽，又摸出湿纸巾递给他让他擦汗：“你想吃什么？我请你。”

曹烽把可乐贴到脸上降温，喘着道：“不用，哥请你吧，你想吃什么？”

“不不不，我请你，走吧，去吃韩国烤肉。”看他大汗淋漓的模样，段语澈实在过意不去，道：“其实……刚才我是去给你买礼物了。”

曹烽一下就愣了。

段语澈从书包里拿出一个盒子，上面印着精致的品牌LOGO：“喏，给你买的新钱包。”刚才去给周泽亮买生日礼物的时候正好看见了钱包，便一下想起了曹烽——曹烽缺一个钱包，就顺便买了一个。

曹烽不认识这些，可一看这皮革纹的包装盒就知道一定不便宜：“这不合适，小澈，你自己留着……”

“拿着吧，我有钱包用，这个买给你的，下次不要把钱藏在鞋底了。”

“我没……”曹烽红着脸想辩解，他不是故意把钱放鞋底的，他一般都缝在腋下。

曹烽被偷过钱，县城小偷多，他刚出寨子的时候，不知道外面的人会这样，毕竟来他们这儿做扶贫工作的人都在宣传真善美。

后来被偷过钱了，他就知道了，想了个办法，在衣服袖子的衔接处缝了个兜。

两人去吃了烤肉，曹烽抢着付了钱，争执了一会儿，段语澈实在争不过，遂落败。

他都听段述民说了，虽然是段述民资助的学生，但段述民的扶贫工作做得广，接近二十个学生，曹烽又不是唯一的一个，所以定期打过去的钱并不多，每月大约只有五百块。

段述民工作的广商银行属于全国性的商业银行，二十世纪九十年代初成立，从成立之初起，段述民就在广商工作，打拼到现在实属不易，工作非常辛苦，而且他十分拼命，这几年头发都白了不少。工资和绩效奖金加在一起，如今年薪也超过了百万。

只是这么多年过去，存款却没多少，最主要的原因就是因为他积极参与扶贫工作，不仅自己管辖的分行对贫困县提供扶持，还单独资助了不少的学生。

所以曹烽是真正意义上的贫困，穷、非常穷，段语澈猜想这家伙多半连内裤上都是破洞。

三百块的烤肉对他而言可不是小数目。

下次还是请他吃食堂吧，他想。

第二天是周末，段述民休息，下厨的人却变成了曹烽。

段述民周末起的也早，一下楼就闻到了青菜粥的香气，非常诧异，问曹烽，曹烽说他问了门卫，知道附近有个菜市场，就去买了点菜回来。

段述民知道那家菜市场，很大一家，虽然比超市便宜，但足足有两里路，以前他开车过去买过鱼："你几点起床的？"

曹烽说六点，起来后在晨光中跑步去了菜市场，买了菜又跑回来，前后花了一个多小时。

段述民对曹烽的手艺赞不绝口，立刻去叫段语澈起床吃玉米饼。

中午的餐桌上有煲的野山菌鸡汤、清蒸鱼、红烧的牛肉，都是大菜，而且知道段语澈的口味，辣椒没怎么放。

段语澈想不到他这么会做饭，比段述民做的饭菜好吃十倍，比外面的餐馆也不遑多让。

段述民说："下周周末，小澈也早点起床，和哥哥一起跑步去菜市场买菜。"

段语澈立马摇头："我一周就休息这么一天，还不让我睡个好觉吗？"

段述民批评他缺乏锻炼："你在学校，是不是也不爱去跑步？你们马老师说你逃早操和晨跑。"

段语澈瞪大眼睛："……我就逃了一次！"

就那么一次，刚好被抓到了而已。

"还说你有不完成作业的情况。"段述民是昨天打电话给马小波问了两个孩子的情况才得知的。

段语澈不满地辩解："我哪有……我英语作业都交了的。"

"那就是其他科了？无论什么科目，不做作业就是不对的，这是起码的尊重。"段述民语重心长，"不过你们马老师也说，说你上课认真听讲，这点很好，说你这么聪明，要是肯认真学，肯定能成绩好，他还表扬了小烽，说他学习很用功……"他说着说着，忽然萌生了个念头。

段语澈心不在焉地听着，听见段述民问起他同桌。

"还行吧，成绩跟我差不多。"他喜欢拉着同桌上课玩五子棋，他同桌虽然长得像书呆子，但性格倒不是，也陪他玩五子棋。

段述民琢磨着给马小波打个电话，让他把段语澈和曹烽安排在一起坐，又心想

自己这样会不会插手过多了，便决定先观察一段时间，等他们考试过后再看看。

晚上，段语澈想起明天一大早有升旗仪式，接着想起了作业这回事。

他只知道马小波布置了作文，勾了几道练习题，他周六下午就写完了，至于其他科，他以为不做也没事，毕竟其他老师也没有他爸的电话——没想到其他科老师会给马小波说。

他郁闷死了，抱着几本练习册穿过走廊，敲响了曹烽的房门。

敲了好几声，曹烽才开门，一打开，一股带着水汽的热意扑面而来，段语澈睁大了眼睛。

曹烽身上就穿了个短裤，上身赤裸滴着水，头上还有点泡泡，诡异的有点可爱。

“对不起，我刚才在洗澡，没听见。”

段语澈说没什么，扫了一眼他，穿衣服也能看出来他身材不错，但没想到会这么不错。段语澈的视线从他匀称的肌肉线条上扫过，在心里不着边际地想他揍人应该会很凶猛：“哦，你继续去洗吧，我就是过来问你作业写没有。”

曹烽说写了，身上的水顺着滴下来，曹烽很怕水滴在地板上受潮，连忙说：“小澈，我先去把泡给冲了，你等我出来。”

段语澈点点头，扫视这间客房。

别墅是他妈妈还在世的时候买的，只是妈妈还没住进来，就去世了。

客房很少有人留宿，也只是小姨偶尔来看望他才住一阵。比起自己的房间，曹烽的房间过于整洁，房间主人像是有洁癖一样，东西都摆放得非常整齐，虽然也是因为他东西不多的缘故。

房间里没开空调，太热了，段语澈找到空调遥控器，调到最低温度。

曹烽很快就把头上的泡泡冲干净了，正准备出去，发现没拿睡衣。

前几天逛街段语澈让他买了两套睡衣，一套薄一点，一套厚一点。

犹豫了一下，曹烽打开浴室门，喊道：“小澈，能帮我找下睡衣吗？”

“哦，在哪？”

“床上。”

段语澈扫过去一眼，说看见了。

睡衣折叠得很整齐，放在床尾，整齐得像是酒店客房服务整理的一般。

一开始，他以为曹烽是很邋遢的那种乡巴佬，现在才发现不是，实际上他很爱干净，衣服袜子都洗得很勤快，就是太节约了，衣服袜子穿破了还在穿，而且皮肤黝黑，这才让人觉得他很脏。

曹烽换上睡衣从浴室出来，室温已经降到舒服的温度了，段语澈坐在他书桌前的椅子上："你睡觉的时候把空调调成睡眠模式就行了，不要舍不得这点电费，这天气太热了，你会睡不着的，睡不着明天学习也学不好。"

他现在基本掌握了和曹烽提意见的正确方式。

曹烽其实想告诉他自己早已习惯，热不热什么的，他都能睡着，不过还是应了一声，找了把椅子，拖到段语澈旁边落座，低声问他："是有什么不会写的题吗？"

"嗯。"曹烽刚洗完澡的清新味道飘到他鼻腔里，段语澈先翻开一本练习册，"数学做哪一页？借我抄抄。"

段语澈初中学校是用的王后雄，除了班上统一订购的，他自己专门还去买了一套，练习册丢了只留下答案，每回要交作业就照着答案抄，连试卷也有答案，已经抄出经验来了，选择题专门隔两个错一个，问答题各种涂改痕迹，看起来像经过认真思考过一般，搞得他现在翻开初中练习册，还真的以为自己曾经那么努力用功过。

可实外的练习册都是他们学校自己出的题，是一套很好的习题，一册很薄，一学期要用好几册，为的是方便学生把习题背回家。而外面学校都想用他们的题，但这不是外面书店能买到的教材，想抄都买不到答案。

曹烽略一迟疑，翻开了自己的练习册："三十页，小澈……你有哪道题不会，哥可以给你讲，但是抄作业……"

"抄作业是不对的。"段语澈接着他的话道，"我知道啦，这么简单的道理我会不懂吗？你普通话都不利索还给我讲题？"

曹烽愣了下，接着垂下了头。

段语澈一下便意识到自己好像有些过了，忙补了句："我的意思是，给我讲课也没用，我听不懂的，我以后多半还要出国读大学的，所以数学学不好也没关系，人老外不看这个的，你懂吧，所以我抄作业也没事，你放心我会故意错两个的，不会一模一样的，老师看不出来……"

其实也要参考GPA，但他多半是读艺术本科，文化要求并不高。

段语澈对自己的要求一向不高，他只想安稳度过高中三年，不给段述民找麻烦，然后就远走高飞。

曹烽才刚来段家，却带坏小孩抄作业，怎么可以？

他心里守着底线不肯给，段语澈脸倏地一黑，抱着练习册就站起身，生气的时候琥珀色的眼睛显得更浅，汪汪的，好像一掐就会出水。

“不给抄算了！明天我找别人抄去！你以为就你成绩好啊！”他只不过是不想让段述民难做，勉为其难决定敷衍一下老师，没想到曹烽会这么较真。

“弟、弟弟，你等等。”曹烽伸手抓住他的手腕，“这些题都不难，你坐下，你告诉我你哪里没懂，你……”话也没说完，段语澈咕哝一句稀奇古怪的脏话，直接就走。

他心里堵着，还是第一次遇见这么小气的，作业都不肯给抄！瞧见曹烽光着脚就追了出来，那架势有些凶猛，好像要捉他一样！段语澈步子迈得更大，拧了下门把手，进门，大力摔门。

背后却倏地发出一声闷哼，理应阖上的门像是碰上什么阻碍，慢慢弹开了。

段语澈回过头去，看见曹烽一只手扒着门缝，表情痛苦不堪地咬着牙齿、眉头紧皱。

段语澈吓一跳：“干什么啊你！”他大步朝曹烽走去，一把抓过他的手，“我关门你干什么把手放门上！傻逼吗？”

借着走廊的一点微光，他隐约瞧见曹烽的四根手指肿了起来，他碰了一下，曹烽就是一缩，嘴里“嘶”了一声。

“很痛？”段语澈皱着眉，把灯打开，抓着他的手心在亮灯下瞧。

十指连心，原本是很痛很痛的，可奇异的是，曹烽看着弟弟，感觉痛楚正在离他远去，反而是段语澈柔软的手心的触感更为强烈激荡。

“不痛。”他凝视住段语澈，哑着嗓子说，“以前哥挖野菜，有一回锄头锄到脚了，上山砍竹子，手也被割过，这都是小事。”

段语澈果然看见了他手上的那些伤口，伤疤早就好了，一条一条白色的旧痕纵横在他手心手背上，胳膊上也有。

而且曹烽的手很粗糙，都是厚茧子。

他心里感到内疚，抓着曹烽的另一只手牵他进去："得用冰敷一下，我也被门压过手，你看你手指都红了，能好受到哪里去？"

曹烽被他拉进去，按在床尾凳上坐下，看他打开冰箱，拿了冰块出来。

曹烽还注意到他不大的冰箱里放了很多东西，好像是什么零食。

段语澈用毛巾包着一板抖出来的冰块，拧成一大块，让曹烽用另一只手拿着，放在他受伤的那只右手手指骨上。

"你右手受伤了，明天上课怎么记笔记？"

冰凉的感觉侵入骨髓，曹烽说没那么严重："明天就好了。"

"那行，明天不痛了就行。"他说着，想起了什么，再次打开冰箱，在四层格子里搜寻片刻，找出一个粉白色的盒子。

打开盒子，段语澈用手掰了一块下来，递给曹烽："喏。"

曹烽没有手去接，抬着头问他是什么。

"巧克力。"

他热衷与收藏各种不同口感、从不同国家进口的巧克力，房间里的冰箱就是用来放这个的，共有五十多种不同口感口味的巧克力，塞满了整个冰箱。

不过倒是很少会拿出去跟人分享。

曹烽鼻尖用力地嗅了嗅，果然能闻到那股迷人的香气："这是巧克力啊！"他更凑近了闻，好香。

那副新奇又惊奇的模样把段语澈逗笑了，开玩笑道："没吃过吗？"

曹烽摇摇头，眼睛看着他："这是给我的吗？"

他很多零食都没吃过，他基本上不会吃那些东西，因为会花不必要的钱，上一回吃麦芽糖都已经是很久远的事了。

段语澈看着他，曹烽一双眼睛像墨染的一样，像小动物似的，他心里不自在地一酸，垂着头"嗯"了一声，说："给你的，我冰箱里还有好多，要是你喜欢，明天再给你另一个口味。"他说着直接把巧克力喂到曹烽嘴边。

他张嘴含着，入口的一瞬间，醇厚的香气在嘴里化开，有点苦，有点甜，紧接着又是另一种奇妙的感觉，在嘴里蹦蹦跳跳的，从舌尖迸发到上颚，一阵一阵的小爆炸叫他忍不住睁大了眼："这是什么？"

“跳跳糖，好玩吧？”段语澈坐在他旁边，炫耀似的说，“我的收藏之一，适合夏天吃，口感是不是很可爱？超市里买不到这种巧克力的。”他有点收集癖，总是买很多这些东西，堆在一起哪怕不吃也会很有成就感。

曹烽有点愣，看着他点头：“很可爱，谢谢弟弟。”

段语澈说没关系，轻声问他：“手还痛吗？”

曹烽只是感觉到很冰，好像一点也不痛了，于是便回答他不痛了。

又坐了一会儿，段语澈让他把冰块拿回房间继续敷。冰块化了，毛巾浸透了冰水，曹烽就没再继续冰敷了。

夜深了，曹烽洗过澡，躺在柔软得不可思议的大床上，感觉像是在梦里，他望着窗外，透明的窗帘在夜色下浮动，大城市的天空没有星星，只有一轮明朗又孤寂的弯月，和故乡的一样。

鼻尖萦绕着好闻的巧克力甜香，嘴里仍能感觉到那种蹦跳的活跃感，就像是他的心脏在乱跳一样。

周一早上惯例要升旗，结果路上突然下了雨。

车上只有一把伞，小张把两人送到校门口，曹烽快一步下车，打开雨伞，一只手把着车门，为他撑开一片天空，弯腰等段语澈出来："地上有水，小心些。"

这把放车上备用的伞不是很大，曹烽人又长得高大，伞下的空间越发地挤，他怕段语澈淋雨，把书包背在身前，还伸手把段语澈的书包取下来抱着。段语澈下车，跨过积水，躲在伞下，抬头看了他一眼，曹烽就像他以前的那些法兰西同学一样高大。

到了教学楼，他才看见曹烽另外半边从肩膀到手臂全淋湿了。

马小波通知说升旗仪式取消，一帮人在教室里兵荒马乱地抄作业，他们一个班全是学渣，段语澈的同桌飞机的作业非常抢手，从第一排传到最后一排，还有人在催："快点儿快点儿，抄完了没？"

各科课代表都在收作业，段语澈从前后左右那里搜刮了几份不同的作业版本，趁着早读时间，每个抄一点，这科抄完换下科。

高一最辛苦的一点就是科目繁多，作业量也大，不过抄起来倒也快——抄着抄着，段语澈却发现自己无论如何也找不到数学和物理的练习册了，他翻遍了书包也没找到。

就在他抓狂自己是不是没带的时候，格外受到马小波器重、正在监督早读的曹烽从他旁边走过，并默不作声地在他的桌上放了两本练习册，外加笔记本和一张便签。

笔记本和便签都是段述民以前买在家里囤着的，他几乎不用，现在全便宜给曹

烽了。

抬头看着他挺直高大而沉默的背影，段语澈摊开纸条。

上面写：小澈，你练习册昨天落在我那里了，我写完了，本子上是我写的解题思路过程，你一看准能明白。

段语澈记得他的字写得很工整的，像是照着课本上的宋体字临摹的那种工整，怎么这小纸条上的字写得有点歪歪扭扭？

该不会手还没好吧？

昨天他关门的力道很重，一定是伤得不轻……

又抬头看了一眼，曹烽已经绕到了另一边，但当他抬起头，曹烽像是立马就感觉到了，扭过头来看他，对他笑。

段语澈飞快地低下头，翻开练习册，自己的作业部分已经写完了，是仿照他龙飞凤舞的字迹写的，模仿得很像——昨天怎么都不肯给他抄作业的人，居然帮他写完了？

还是在手指受伤的情况下。

段语澈心里有点不自在，总感觉欠了曹烽什么一样。

很快，早读过去，他把作业交了，马小波抱着一本厚重的英汉词典进来，说："这本牛津英汉词典非常适合咱们班的同学，我建议人手一本。啊，词汇量非常重要，每天只用背十个单词，一年就能背近4000个，完全能达到高考英语水准了。不过大家要考雅思、托福和AP的同学，4000个词汇量还远远不够……"

在他老调重弹说了词汇量有多么多么重要后，终于进入正题："班上现在统一购买英汉词典有一定折扣，在书店买要98，班上折扣后是68，要购买的同学今天赶紧在班长那里登记。"

段语澈根本不需要这个，也没在意，过了两天词典发到他手上，特别纳闷，去问班长："我没登记也没给钱，这个词典是不是发错了？"

班长翻开本子查看，接着说："你看，这里有你的名字，你交钱了，哦，是曹烽帮你交的钱……咦，他帮你交了，自己没交。"班长想起来了，"那天我问他是不是不要，他说不要。"

段语澈愣了下："……哦。"

他抱着词典去找曹烽，曹烽正在刷物理题，段语澈把词典放他桌上："你帮我交钱，怎么不问我一下？"

"这是学习资料，"曹烽抬起头来，"我以为……"

"我不需要词典。"段语澈知道他过得很拮据，舍不得花钱，几次他不小心看见段述民给曹烽钱，曹烽是死活都不肯要，那副架势好像要跟段述民打起来似的，一个劲儿地说自己包里还有钱。

甚至晚上放学他在校门口买烤肠一块五一根，曹烽都不肯吃，买了半斤板栗，分给他一个，他也不要，老说自己不饿。

就这么节约的人，居然花钱帮他交了资料费？

"可是……"

"没什么可是的。"他打断曹烽，看了一眼牛津词典后面的标价，摸了一张一百块给他，接着把新词典放他桌上："当我送你了，我反正用不着，你拿着用。"

"我有，我有一本了，这个你用。"曹烽拉住他的手腕，另一只手从书桌抽屉里拿出自己的词典，"你看，哥有一本了。"

段语澈低头一看，那也是一本英汉词典，但看起来和刚发的颜色有些不一样，版本不同，而且还要更旧，壳子掉色了，也掉皮了，蓝色的硬壳还用油性笔写了个名字，不是曹烽。

段语澈好像明白过来了："这不是二手的吗？"

"嗯……我找高年级买的，便宜一点，而且上面还记了笔记，比新的好呢。"

段语澈心情更加复杂了，直接抄起他桌上的二手词典抱着："曹烽，下次别这样乱花钱，我也用不上。"

曹烽没有接他的钱，段语澈丢在他桌上就走了。

坐在曹烽前桌和他说过几句话的女生忍不住回过头，问他："欸？你和段语澈关系很好啊，我看见你们早上一起来，放学也一起走。"

曹烽也是最近几天才知道的，段语澈模样生的太好看，背景听起来也很牛，刚进校就出了名。

那天上厕所，他还听见有个班上的、不起眼的男生在给另一个说："他是我初中同学，我们一学校的，他刚来就出名了，我们都管他叫行走的ATM机。"

另一个同学问:“这么有钱?”

“是,是有钱,他进校不久就拿了作文比赛的年级二等奖,题目叫《我的行长爸爸》,写的跟幼儿园作文似的……”

上周曹烽和段语澈一起出校门,碰见有女生送情书的,有送小零食的,还不止一个,但他不会收,上体育课都会发现有其他班的过来偷偷看他,一打铃就跑,他一扭头,一群小姑娘就脸红。看小澈的样子,是习以为常,一点不好意思都没有,但好像对早恋丝毫不感兴趣,从不接受。

曹烽知道他很受欢迎。

但是段语澈不想让人知道他们的具体关系。

曹烽回答前面的女生,说:“我跟语澈住得比较近。”

女生“哇”了一声,上下看他,露出那种“看不出来啊”的表情:“你们居然是邻居吗?那他们家是不是住大别墅?”

曹烽不想回答这种私人的问题,但是他根本不懂得怎么委婉拒绝,就从书包里拿出之前段述民买的奥利奥来,分了她一个:“吃吗?”

女生拿了一个,说谢谢。

回到座位的段语澈回头一看,正好看见这一幕。

那女孩是个学美术的,高高瘦瘦有气质,笑靥如花。

曹烽看起来很腼腆,也是在笑,摸了摸后脑勺。

……这个曹烽。

段语澈心里暗骂了一句不老实,这才来多久啊!

下午体育课,曹烽趁着段语澈去上厕所,教室里也没人,偷偷把一百块塞回他钱包里。

段语澈不清楚自己包里有多少钱,根本就不知道这个事。放学的时候,他收拾的动作很快,书包是空的,把水杯塞在侧袋里就出了教室,也没等曹烽。

曹烽反应过来,段语澈人已经走了。

他只好走到段语澈的位置上,帮他把今天要做的练习册一一找出来,装进自己的书包。

下楼,曹烽朝后门的方向走,远远就看见段语澈站在自行车棚那里,在跟一个披着黑发、身材娇小的女同学讲话。

不是他们班的，长得很漂亮一个女孩。如果曹烽在这个学校再待得久一点，就会知道她是高二的级花。

他停住脚步，站在远处不知道该不该走过去。

犹豫的工夫，他看见那女生递给段语澈一个什么东西，看起来像信封。

情书？

旋即曹烽就看见，从来不搭理女生的段语澈把信封收下了，放在了书包里。

“好，我等下回去再看，谢谢学姐。”

林慧诗见他收了信，笑着说：“上面还有报名的链接，你也可以直接搜比赛的关键词，对了，你要是有什么不懂的，随时给我打电话、发短信，要不我们先加个好友吧，有什么不明白的可以QQ上……你应该有这个吧，你的号码……”

“不好意思啊学姐，我刚回国没多久，不习惯用这个，也没带手机。”段语澈已经有点不耐烦了——就这时，他忽然看见不远处傻站在教学楼旁路灯下，身影孤零零的显得很落寞的曹烽。

仿佛看见了救星，段语澈立刻冲他招手：“曹烽！曹烽！”

曹烽眼睛倏地亮了起来，立刻朝他跑去。

段语澈对面前的学姐道：“我同学过来了，我先走了，拜。”

学姐“哦”了一声：“那你记得……”她话还没说完，段语澈拉着过来的曹烽转身就走，也不管那学姐说什么，问曹烽：“你怎么走这么慢？”

“我……”曹烽闹不清楚了，弟弟没等他就走了，怎么反过来问他呢？感觉到弟弟抓住自己手腕的力道，特别紧张，说话也不利索了：“我刚才……刚才在帮你收拾今天的练习册。”

“那个明天早上抄也来得及。”

曹烽想问他那个女生的事，话到嘴边却问不出口，这好像跟他没什么关系。

“作业不是很多，我已经写完了，我还列了重点笔记，你要是有什么不明白的，我可以给你讲……”

“不用讲啦，”段语澈头摇得像拨浪鼓，“老师上课讲我都听不懂，你讲我肯定

更听不懂，讲了也没用，反正以后也用不上这些知识……”

曹烽想告诉他，其实并不是没有用的，课上学习的知识很有用，完全可以应用到生活当中，可他嘴笨，也不知道要怎么跟他讲。

出校门，段语澈拉着他去买了一份炒板栗，两根烤肠，也不管曹烽要不要，直接递了一串蘸满辣椒的烤肠给他。

曹烽知道以弟弟的性格，自己要是不吃，他转头就会丢掉，上次他就这么干过，像是特意做给他看的。

不得已，他只能伸手接过，说谢谢，然后咬了一口。

段语澈心想肯定辣死他了，嘴上却问他：“好不好吃？”

有点烫嘴，曹烽不能说话，点了点头。

热狗是刚烤好的，又烫又辣又香，他以前没吃过这么好吃的东西，连舌头都快吞下去了。

“好吃？”段语澈又问，“辣不辣？”

曹烽辣死了，还是得摇头，说不辣。

“咦，你这个辣椒不辣吗？”不对啊，他听说是魔鬼辣椒，还以为会看见曹烽被辣哭，真的不辣？他狐疑地看着曹烽淡定的表情：“那我尝一点啊。”说着他把自己的烤热狗在曹烽那全是辣椒的热狗上碰了下，蘸了一点辣椒。

咬了一口，段语澈刚开始表情还算正常，很快脸色就变了。

火山爆发的感觉在味蕾上炸开，直冲脑门。

辣得他眼睛都红了，张着嘴用手给舌头扇风，从书包侧袋取出水杯，抬头瞪着曹烽：“你骗我。”

水杯里只剩一滴水，无济于事。

“小澈……”曹烽有口难言，他怎么知道段语澈会来尝一口，更不知道他居然怕辣到这样的地步，连忙拿出自己的茶杯，“我这里有水。”

段语澈从不碰别人的杯子，总觉得有股味道，但他实在需要水来冲淡火辣辣的味道，于是让曹烽把水倒在自己的保温杯里，一口灌下。

“还要吗？”曹烽又给他倒了一杯，接着摸出一个话梅糖，“我还有糖，你要吗？”

嘴里仍是火辣辣的，他把曹烽水杯里剩余的水全喝光了："要。"

含在嘴里，这股剧烈的辣意慢慢被压了下去。

找到停在老地方的自家的车，两人上车，小张发动汽车，排在拥挤的车流后面等待红灯。

曹烽翻遍书包，又找了一颗话梅糖出来，也没说话，就放在他腿上。

段语澈看了他一眼，安静地剥了糖纸吃了。

注视着他的动作，曹烽又从书包里找出今天没吃完的奥利奥，递给他。

段语澈没接。

曹烽不解地"嗯？"了一声，段语澈扭过头去："我不吃这个，你自己吃吧。"

曹烽："哦。"

曹烽："……还辣吗？"

段语澈瞥他一眼。

曹烽挠挠头，有些不能理解。

到小区门口，车子还没开进去，曹烽说自己要买个东西："我等下走回去吧。"

他背着书包下了车。

段语澈想让他带包烟："等等。"

曹烽问："怎么了？"

车上还有司机，段语澈不知道该怎么说，犹豫了下："算了。"

他让曹烽把书包放下："这么重你别背了。"

到家，段语澈发现段述民不在家，问了小张一句，小张说段述民在某某大酒店应酬，等下他去接他。

段语澈前脚回房间，后脚就听见了门铃声，打开门，是曹烽。

"没带钥匙吗？"

"钥匙放在书包里了，喝水没有，还觉得辣吗？"曹烽一边说，一边把刚买一包话梅糖给他。

段语澈愣了下："你刚才就是买这个去了？"

"我看你喜欢吃。"曹烽点点头，脸上有汗珠，应该是跑回来的。

"谢谢啊。"段语澈拿着糖回了房间，过了大概几分钟，敲门声又响了起来。

“谁啊？”段语澈正趴在窗户边抽烟，听见声音下意识把烟灭了，挥手往窗外扇烟气。

“小澈，是我。”是曹烽的声音。

段语澈喜欢反锁门，他打开门，问什么事。

曹烽抱着几本练习册和教材、笔记本，说：“今天的作业。”

“哦。”段语澈开门放他进来，他房间有点乱，地上是一张巨大的拼图毯，上面堆着刚拼好一个外框的拼图，三千片散落在一起。

坐下后，他正准备拿起笔抄，发现只有自己的空白练习册，没有曹烽的。

曹烽坐在旁边，打开了笔记本，解释道：“这些练习题我下午都写了，这是数学的，我整理了相关的公式，例题和解题思路，很简单的，你看一遍就能明白。”他翻了一页说，“这是物理的，历史的答案在书上都能找到，第二单元，22页到25页，这里，雅典民主政治的确立，这是地理的，在书上……”

一共九门课，今天留了作业的有七门，除了英语以外的部分，曹烽全部帮他整理出了一目了然的解题思路。

显而易见的用心，比直接让自己抄作业用心多了——哪怕段语澈内心深处不能接受这种方式，认为还不如直接给他Copy来的简单容易，可这种细心周到的方式，超乎寻常的用心体贴，让他实在是不忍心去打击曹烽，告诉他自己不需要。

但他确实不想写。

段语澈翻开他的笔记，装模作样地看：“喂，你的手现在还疼吗？”

曹烽嘴角弯了起来，说已经好了，不疼了。

“不疼了就好。”段语澈故意打开自己的笔记本电脑，推给曹烽，“那我写作业了，你要不要玩电脑？还是看英语？”

曹烽纠结了下，说：“电脑。”

段语澈笑了，心想学霸也不过如此——还不是照样败给电脑了？曹烽学习好，肯定是因为他以前接触不到这些好玩的，只能学习。

“鼠标也给你，你要不然回房间玩？”段语澈对游戏并没有什么瘾，他偶尔玩网游，主要是为了收集皮肤，除此之外就没什么意思了，电脑放在他这里，也是看点视频。

“我可以就在这里……”

“你在这儿打扰我学习。”

他愣了一下，好像意识到了什么，站起来说：“那，那我不打扰你了，我去背单词。”

段语澈说：“别啊，你把电脑拿上，你拿回房间随便玩。”

曹烽犹豫了下：“嗯，谢谢弟弟。”

段语澈摆摆手，表示不用客气，曹烽抱着电脑走了，门一关，他就迅速丢掉笔，把练习册放一边，坐在地上继续玩他刚拆开的拼图。

这是他远在英伦的小姨寄给他的生日礼物，提前一个多月到了。

拼图是3000片，Jumbo的Mystery Puzzle系列，刚出的新款。

小姨的朋友告诉他，Jumbo刚出的系列还有个活动，拼好过后拍照发到官方邮箱，如果是前五十名成功拼成功的，就能获得一份奖品。小姨还说：“你什么时候拼好了，小姨就什么时候回国来看你。”

段语澈知道她就是说说而已，哪怕他没有拼成功，只要她有时间，就一定会回来看他的。

他很喜欢把一个零散的物件拼凑成一个整体的过程，尤其是有难度的，这包拼图从英国寄过来，本就花了不少时间，即便这是个冷门游戏，可世界那么大，和他一样喜欢玩Mystery系列的人并不少，也不知道能不能赶上前五十名的奖品。

按照以往的经验，他一个人得花上至少一个月、或许两个月……甚至是小半年，才可能拼出来。

Jumbo Mystery称得上是全世界难度最高的拼图。

他趴在地上，一块一块地扒拉，拼图没有什么技巧，就是从外框开始拼，从颜色相近的部分开始由外往内拼凑。

时间过去了一个小时，他找到了两片，奖励自己吃了两块巧克力——这已经是很不错的战绩了。

这时，门突然被人敲响，段语澈：“谁啊？”

曹烽说：“小澈，我能进来吗？”

段语澈顿了顿，想了下自己要不要装个样子去写作业，但是又懒得起来，就没

动："你进来吧，什么事？"

曹烽推开门，抱着电脑进来："电脑突然黑屏了。"

"应该是没电了，充电器在床头柜那里，你找找看。"他头也不抬地找拼图块。

曹烽看见他专心致志地玩拼图，旁边地上还放了一盒打开的巧克力，便走了进来，把电脑放在他床头，忍不住问了一句："这是什么？"

"哪个？"段语澈抬头看了他一眼，发现他在说拼图，就看傻子一样看他，"拼图啊，你没玩过？"

"没。"曹烽脸有点红，他当然知道是拼图，虽然没玩过，但也知道，他就是想和弟弟说话而已，他坐下来，问他，"难吗？"

"嗯……有点难。"段语澈看他好像没有走的意思，就说了句，"你不玩电脑了？"

曹烽摇头："你作业写完了吗？"

段语澈："……"

他迅速转移话题："以前没玩过拼图？我教你吧，你帮我找图块，我们一起拼，你找到了一块呢，我就奖励你一块巧克力，怎么样？"

"好啊！"曹烽马上就应了。

上次他就对弟弟的这个拼图很感兴趣了。

"这个拼图叫Jumbo，是……"他在想要怎么翻译那个单词，顿了顿道，"悬疑系列。"

"嗯。"曹烽认真地听着。

"这是线索。"他把外包装拿给曹烽看，"叫……"又是顿了顿，才翻译道，"非常嫌疑犯，和普通拼图最大的区别是，这个外壳的图只是线索，真正的图不长这样。在完成拼图前，谁也不知道这张图的完成品到底长什么样，当然，除非有人拼好后，把完成图上传到网上。"

若是对照着图来拼，乐趣就要大大减少很多。

早在小学的时候，他就花了整整一年，一个人在家拼成了33200片的动物丛林，打那以后就再也不碰普通拼图了。

去年他花费小半年的工夫拼好了3000片的纯白地狱，今年就换了Jumbo的悬疑。

曹烽专心地听他讲解拼图技巧，不时点头，表示明白。

段语澈分了一小部分的“尸体”给他：“开始吧。”

已经夜深了，但面对感兴趣的游戏，段语澈没有半分的睡意，曹烽是个生手，找出一片就问弟弟：“是不是这片？”

“不是，这颜色都对不上，缺一块，你再找。”

很快，又是一个多小时过去，两个人都忘了时间，直到曹烽的肚子忽然“咕……”了一声。

在安静的房间里，这声音非常明显。

曹烽的脸刷一下就红了，段语澈也没抬头，在拼图块里扒拉扒拉，默默地丢给他一块巧克力，曹烽没有接，忍住了馋意，他晚上经常饿，但他那里还有好多段述民买的零食，饿了就吃一块牛肉干。

他摇头道：“我还没找到呢。”

段语澈有点不解：“等会儿再找吧，你不是饿了吗？”

“你刚刚说……”曹烽顿了顿，“要我找到正确的拼上去，才给我奖励。”

曹烽从来都没有交过好朋友，他想，如果朋友之间玩游戏，一定是要遵守规则的。

段语澈却对他的这个颇为纯真的回答有些愣，抬头看就坐在落地灯下面的曹烽，他那微微弓着腰、大手里捏着迷你拼图块的姿势，特别像一只温顺而安静的黑熊。

他忽然发现这个乡巴佬长得其实挺顺眼。

段语澈忍不住笑了一声，丢给他一块拼图块，又给他一块巧克力："这块拼这儿，算你找到的，你吃吧，别跟我较真了，这是豆腐夹心的，很难买的。"

是上回小姨过来带给他的，小姨知道他的乐趣就两个：一个收藏是拼图，另一个收藏是巧克力。

听见"很难买的"几个字，曹烽顿了一下，还是说不要："你吃吧，哥不吃。"

段语澈是回国之后，才知道中国人含蓄，有"客气"的习惯。

他理所应当地当他就是假客气："给你你就吃，再来这套我要骂人了啊。"

曹烽便看着他，弟弟穿的睡衣，手指甲轻轻刮着拼图的厚纸板，然后说："我们一人一半。"他剥开锡纸包装，很轻松地就掰了一半下来，把多的那一半分给弟弟了。

段语澈也没说什么，接过来吃了。两人又坐着继续找拼图块，期间多次传来曹烽饥肠辘辘的动静，他太尴尬了，极力想忍耐，可是忍不住，脸红得像猴子屁股，一声不吭地垂着脑袋，最后段语澈实在看不下去他那副可怜模样，就说："我有点饿，我们出去吃夜宵吧。"

“诶？”

“走吧，还没到十二点，还有好多餐厅没关门，你想吃什么？”

曹烽没想到他会这样突然兴起：“真去啊？那叔叔……”

“我爸现在还没回来，多半在喝酒呢，等他回来肯定都烂醉如泥了，别怕。我们出去吃了再偷偷回来，你不说我不说，他是不会发现的，再说了，发现了也没什么。”

“可是、可是……”他连着两个可是，提议道，“要不，要不我给你下面吃，或者蛋炒饭？”

“……那好吧，吃面。”

曹烽当真以为他饿了，抓了一大把面条下锅，他现在已经可以熟练使用这些厨房的设施了，从消毒柜拿出碗筷，然后从橱柜里拿出调料和干枞菌，熟练地泡水，丢进锅里和面条一起煮，在碗里勾兑调味料。

段语澈就坐着也不帮忙，他并不喜欢烹饪，以前在国外上学，他总被学校里的白人误会成女生，其实那些人内心很清楚他的性别，可还是会故意把他当女孩儿，只因为他长得不够高，天生体格比不上白人，不愿意带他踢球，而是让他去玩他的洋娃娃，上他的烹饪课。

他那时就很想长高，每天超量吃钙片、喝牛奶、运动，但效果甚微。

结果一回国发现，原来他并不是不正常，在江南地区，很多人这个年纪还不如他高呢。

那时候他也不知道妈妈生病了，他一回国瞧见大家都挺矮，非常舒适，感觉空气都清新多了，妈妈问他喜不喜欢这里，他就点头说喜欢。

正当他想的入神的时候，曹烽的面好了，他端了一大碗给段语澈。

“小澈，尝尝看。”

面条卖相不错，闻着很香，汤色清亮，一层油光，汤面上还铺了几片菜叶。

“我吃不了这么多的，小碗给我吧，你多吃一点。”段语澈跟他换了碗，用筷子拌匀，随口问道：“你晚上在学校吃的什么？”

“吃了花卷馒头。”他说。

“……就吃这些？”段语澈一时无言，“连肉都没有，难怪会饿。”

曹烽解释说吃了肉：“中午吃了肉包子。”

段语澈：“……”

“那你在你们老家，总要吃肉吧，不然你怎么长这么高的？”

曹烽说吃，不过是自己打猎，所以不要钱：“有一回寨民一起猎了头野猪，全寨吃了两天才吃完！”

“有这么大。”他放下筷子比画给段语澈看，“有四百斤，桌子这么长。”

这种原始生活，段语澈想都没想过，非常好奇，又问他：“你们都用什么打猎？”

“用猎枪。”

“我们国家不是禁枪支吗？”

“是禁止，不过我们那儿不一样！”他黑色的眼睛放出光亮，显然很骄傲，“父老乡亲都靠这个活着，当地政府尊重我们的风俗习惯，准许我们使用猎枪，我也有一把！”他说着有些遗憾，叹了口气，“但是我不能带走，我走的时候，只拿了我的弯刀。”

“打猎用的刀？”

“嗯，我们岜沙人，腰刀从不离身。”

“那你平时上学都把腰刀放在哪儿？”段语澈发现汤里的菌菇很好吃，就一直挑来吃，也不吃面条了。

“上学我就背着，回家就放枕头底下，也辟邪。”因为那是见过兽血的凶刀，开光的时候，放的是他自己的血，这把刀从出生起就跟着他，是非常珍贵的东西，放枕头下睡，他会觉得很安稳，这也是老祖宗传下来的一个说法。

曹烽看见他喜欢吃野生枞菌，就一边从自己碗里挑给他，一边很高兴地说：“这是我自己在山上挖的菌子，没带多少过来，你喜欢吃，下次哥回家，给你挖一背篓！”

段语澈只是看着他的动作，有点别扭，说：“够了够了，我肚子都吃撑了，你吃。”

筷子曹烽吃过，在汤里搅过，然后又夹给他，这太不卫生了！

他知道曹烽可能没有这些习惯，也不好直接说，心里虽然不舒服，但还是宽容的。

“你这就吃饱了啊？还剩这么多呢！”曹烽诧异。

“饱了饱了，你多吃点，不早了，我先回房了，Goodnight。”

“哦……”曹烽脸微红，说，“你也……古德奈特。”

段语澈点点头，起身回房间，走了几步想起来：“对了，我……”结果一回头，就看见曹烽端着他吃剩的面在大口喝汤。

“嗯？什么？”曹烽抬起胳膊擦了擦嘴角。

段语澈嘴角一抽：“……没什么，我爸回来的晚，给他留个灯吧。”

不过都这么晚了，段述民这个点还没回来，肯定是喝多了，喝多了住酒店了，也是常有的事。

第二天早上，是曹烽做的早饭，有茶碗蒸和海带汤，甚至还包了饺子，味道比平日段述民给他准备的千篇一律的麦片、三明治牛奶，不知道要好吃多少倍。

段语澈意识到段述民昨晚应该是没回家，就给他发了个短信。

直到中午，段语澈吃饭的时候，段述民才回消息，说是在酒店过了夜，今天忙完就回家。

他忽然又想起曹烽来。

不会又吃什么包子馒头花卷吧？

他知道曹烽为了省钱什么事都能做得出来。

低头发了条短信，问他：“中午吃的什么？”

果不其然，过了一会儿曹烽回复，说买了包子。

段语澈：“……”

“你这半个月都这么吃的吗？这么吃不会饿吗？”他发消息过去。

曹烽回复说他买了四个包子，两个花卷，还买了豆浆，很丰盛。

学校食堂总是会排队，他觉得太浪费时间，排队吃饭的时间都能背十个单词了，所以通常他的兜里揣着一本的单词口袋本。

学校里的面点卖得不贵，实在饿的时候就去吃面，学校的面一份五元，加一小勺的肉臊，再加个芽菜肉包，一顿六块五就能解决了，有的时候他还会在食堂买白饭，白米饭一块钱一份，可以免费添饭。

总之怎么省钱、省时间就怎么来。

段语澈光是听着就感觉饥肠辘辘，心里琢磨着要不然下周带曹烽一起吧……可他和周泽亮两个人吃小炒一顿就要开销五六十甚至更多，可按照曹烽的消费习惯，怕

是五块钱以上的消费都不能叫他。

想了半天，给周泽亮说了这件事，周泽亮建议道："你不如让他去三楼自助餐，就在旁边，十块钱饭菜随便吃，挺适合他的。"

段语澈也觉得这个适合，整天吃馒头哪里有营养？

他怕曹烽没吃饱，吃完了小炒，专门去排队买了烤肠和卤鸡腿带回教室。

而曹烽夹着一本书，正在疾步匆匆地往外走。

"曹烽！"段语澈叫住他，注意到他怀里抱的书是一本《Windows黑客编程技术详解》，问，"你去哪儿？"

曹烽回答道："我借了书，去图书馆还书。"

"我们学校还有图书馆啊？"段语澈一手拿着棒棒糖，把装着鸡腿的食品袋给他，"我买了没吃完，你不嫌弃就吃吧。"

如果他说是专门买给曹烽的，曹烽可能会让他自己吃，但如果说是没吃完的，曹烽通常都会接受。

曹烽低头一看，袋子里的烤肠果然有缺一块，看着好像被人咬了一口似的，实际上是段语澈掐了一小块丢掉。

曹烽真以为是吃剩的，半点不嫌弃，冲他露出牙齿笑："谢谢弟弟。"

段语澈嘴里含着一块话梅糖，糖抵着腮帮子，问他："你现在去图书馆，不用午休了吗？"

曹烽："我前两天问过马老师，在图书馆签到就可以不用在教室午休了，不过要办图书借阅卡，报给学生会才行。"

段语澈有些心动："图书馆凉快吗？人多吗？怎么办卡？"

曹烽挨个回答他的问题："有时候会开空调，基本上没有人，办卡要一周。"

段语澈有些失望："居然要这么久，办卡的时候你怎么不叫我。"

"上周马老师通知了的，我以为……你不会感兴趣的。"弟弟连作业都要他帮忙写，怎么可能愿意去图书馆看书？

段语澈又追问他图书馆有没有沙发，能不能睡觉，曹烽说没有沙发："有学习桌子和椅子，不过可以休息，很安静，而且不热。"

段语澈当即拍板决定办一张借阅卡，不为别的，就冲图书馆会开空调这一点，就比教室强一百倍。

过了一周，他的图书借阅卡终于办了下来。

段语澈还没去过校图书馆，根本不知道在哪，是回了教室，找到了曹烽，跟着曹烽一起过去才知道的。

校图书馆在另一栋楼，段语澈没来过这栋楼上课，不知道是干什么的，不过图书馆在二楼，占据了一整层楼的空间，挺大的，藏书量也多，连曹烽需要的编程书籍都有满满一排几十本。

一进门，段语澈便感觉到了一股沁人心脾的凉爽，和外面的暑热全然两个世界。

果真开了空调。

图书馆管理得严格，在管理员那里登记了班级、姓名、卡号，才被允许进去。

阅读区挂着许多幅印着名人半身像的名人名言，和教室差不多，每张桌上都立着一块硕大的招牌——禁止喧哗。

倒真如曹烽所言，一个人都没有，非常安静，好像除了曹烽，全校都没人知道可以中午来这里午休了一样。

只是桌子和椅子看起来都不太舒服，感觉还不如教室的课桌椅。

段语澈忍不住问他："你每天中午都在这里看书？累了怎么办？"

"跟我来。"曹烽拉过他的手腕，朝里走去，中途拿了两本书，接着走到了最里面，转弯，两排高高的书架中央是一条窄窄的过道，图书馆的地砖是浅米色的，走在上面有一股凉意。

"这里都是农业养殖类书籍，很少有人会来。"曹烽说着脱下校服外套，坐在了地上，还把外套铺在地上，让段语澈坐，"我看书累了就靠着墙睡一会儿，调一个两点的闹铃。"

下午是两点十五的预备铃，两点二十上课。

段语澈迟疑了下，没坐他校服上，把校服抱了起来，说没事："反正是校裤，我也不怕地脏。"说完他就想到了，最近家里的衣服，好像是曹烽在洗……

曹烽说地上凉："垫着坐舒服一点。"

段语澈笑着说凉一点正好："我不怕凉就怕热。"

书架之间的缝隙并不是很宽，两个人都靠墙坐着，几乎是紧挨在一起的，双方

都能闻到对方身上的气息。

头顶就是窗户, 透着窗外丝丝缕缕的阳光, 段语澈伸手把窗帘拉上, 随手在书架上抽了一本书出来——《养猪高手谈经验》。

曹烽看的则是泰戈尔的《飞鸟集》双语版。

段语澈随手翻看着这本《养猪高手谈经验》, 甚至还认真地看了好几页, 但书上的内容着实无聊, 看了没多久就打了个哈欠, 关上书, 他像蚕宝宝那样往下一缩, 头顺势倚靠在旁边的书架上, 扭头看着曹烽说: "明天我一定要带张毯子来睡觉。"

曹烽低声问: "困了吗? "

段语澈轻轻地点头, 从兜里拿出手机和耳机插上, 他也不避讳把新手机拿出来让曹烽看到, 他知道曹烽是不会告状的。

戴着耳机, 从上次没听完的歌单继续播放。

正午时分的阳光从窗帘缝隙摇晃着洒在身上, 没有什么比这样的安然静谧的光更使人感到舒适疲倦的了, 段语澈只是靠着书架, 闭着的双眼接触到摇曳不定的光, 就感觉乏困了。

呼吸放慢, 在巴赫的宇宙之外, 聒噪的蝉鸣声几乎听不见了, 段语澈睡得很快, 可这样的姿势, 怎么可能睡得舒坦?

睡梦中, 他抱着手臂, 又觉得有点冷了。脑袋从硬邦邦的柜子边沿向后, 靠在墙上, 过了几秒, 咕噜一滚, 咚地倒在曹烽的肩膀上, 好像有点痛, 皱了下眉, 把脸颊整个压在他的肩上, 接着又过了几秒, 弟弟整个人几乎缩进他怀里。

微风翻动了待在他手上十多分钟也没有翻过的书页。泰戈尔的文字很美好、无论它如何吸引人, 有的人心不在焉的, 也就看不进去了。

曹烽怕把他弄醒，丝毫不敢动弹，不敢翻书，连低头都不敢，这么僵硬了半天，才垂下头去，看了看段语澈靠在他身上的睡颜。

时钟走得很快，手表的定时闹铃滴滴滴响起，曹烽看见段语澈睫毛受惊地颤了下，匆匆伸手关了手表上的闹铃。

段语澈发出几声没睡醒的“嗯”声，眼睛都没睁开，含糊不清地问他：“几点了？”

曹烽喉结上下动了一下，哑声说：“两点了。”

段语澈睁开一条缝隙，看见曹烽坚毅的下颌，打了个哈欠，坐起身来：“我睡你肩膀上了，怎么都不叫醒我，肩膀不麻吗？”

“没关系，”曹烽低着嗓音，看着他，“不麻，还困吗？”

“困……下午第一节好像是体育课是吧？”他没有起床气，就是刚醒的时候，会比平时颓一些。

曹烽“嗯”了一声，段语澈抱着他的校服站起身，声音还有几分涩：“你先陪我去小卖部买瓶水吧，等下再去操场。”

曹烽借走了一本飞鸟集，还借了另外一本计算机的书，和段语澈一起去买了零食水果，段语澈没带饭卡，刷的他的卡，接着两人再一起去操场找班级集合。

体育老师是个女老师，管得不严，一般数了人数后，让学生做完广播体操，再绕着操场跑一圈就解散了，有时候会发体育器材让他们锻炼，比如篮球、羽毛球、排球之类的。

跑完四百米，体育老师说起下个月运动会的事："同学们，秋季运动会就在你们月考后的下一周，要报项目的同学现在就可以开始练习了，需要什么器材告诉体育委员，去器材室借。"

说完这件事便解散了。

飞机凑上来问段语澈："去踢球不？"

他打了个哈欠道："不去了你们去吧。"他足球踢的不赖，以前专门在家练过射门，练了很久，准确率很高，但这会儿还没精神，有点犯午困，满心想回家睡觉。

曹烽见他状态不好，拧开矿泉水瓶给他，又给了他一颗话梅糖。

太阳有些大，曹烽被照得眯起眼睛，说："小澈，我们进去吧，体育馆里面凉快。"

体育馆是去年才竣工的，非常空旷，一股崭新的味道，场地上放置着羽毛球网，有零丁的学生在练习排球和羽毛球。

找了个高处的位置坐下，段语澈无精打采地戴上耳机继续听歌，不说话也不理曹烽，托着下巴的模样，像是在努力思考人生。

曹烽不断地侧头去看他的侧脸，多次想说话，看他闭着眼的模样，就不敢去打扰他了。

这时，体育馆下面忽然传来了钢琴声。

平日学校会组织一些文艺活动，什么迎新晚会、毕业晚会、新年晚会或是夏季歌会……经常会用到钢琴，于是钢琴干脆就放在体育馆内，偶尔也会有学生去碰，学校并不管制，反正有监控，谁碰坏了谁赔钱。

那是一架普通的黑色竖式钢琴，没有段语澈房间里的白色三角漂亮，弹琴的是个穿校服的长发女生。

钢琴声非常悠扬，有些正在打羽毛球的同学，都不禁回头望了过去，段语澈也看了一眼，不过他的反应和别人不一样，他好像觉得那是一种噪声污染，调大了耳机里音乐的音量。

这时，他却蓦地瞥见曹烽崇拜的目光，灼灼地盯着那钢琴的方向，由衷地说了句："太好听了！"

他就在段语澈旁边，哪怕段语澈戴着耳机，也听见了，他轻轻皱了皱眉："你刚刚说什么？”

曹烽说：“她弹得真好。”他对钢琴仅有的了解，来自以前在录像厅看过的一部叫《海上钢琴师》的电影，这种电影在偏远县城不受欢迎，没有港片那么让人热血沸腾，后来电影院兴起，录像厅倒闭，曹烽就再也没看过电影了。

他对钢琴唯一的印象就是，那是非常高雅的乐器，他也始终难忘里面悦耳的插曲，可并不知道那些插曲叫什么。

段语澈意味深长地哦了声：“你觉得她弹得很好？”

“是啊。”曹烽的目光转回来一些，才发现段语澈摘了一边的耳机，还是不太精神的模样，表情还有点臭，透出一股生人勿进的气息。

“她弹的是《MARIAGE D\'AMOUR》，那个我六岁就会弹了。”

曹烽：“……”

他再笨，这下也明白了，为什么弟弟会臭着脸，他知道段语澈房间里有钢琴，可从来没有听见他弹过，便一直以为是个装饰。

“其实我，我……”这时候，曹烽不得不懊恼起自己的嘴笨来。

根本不知道要怎么说，才能让段语澈高兴一点：“其实我也没怎么听过钢琴曲……更没有听过别人现场演奏，我不懂音乐，但是我知道弟弟弹的，肯定比她弹的更好听。”

段语澈瞥着他，嘴角微微上扬：“你又没听过，你怎么知道？”

“虽然……虽然我没听过，”曹烽有些结巴，迟钝的模样像在组织语言，他低头凝视住弟弟随意放在膝盖上的手，细长又白皙，泛着象牙色的光泽，指甲修得工整干净，说，“可是你手指很长，很漂亮，所以你弹琴一定很好听。一般那些优秀的人，都是不喜欢炫耀的。”

他说这句话的时候，目光倒是很真挚，似乎是真的打心眼里这么想。

段语澈知道曹烽就是个马屁精，不然怎么会每年都给段述民写信？尽管知道，但还是莫名地觉得心情很好，摘下耳机说，一副勉为其难的模样：“那好吧，我就去弹一下给你听。”

曹烽非常高兴。

两人下楼梯，朝放置钢琴的角落走去。

那女生可能只会弹一小段，弹了两遍，见有人走来，有些不好意思，就站了起身，拉着朋友走了。

正好给段语澈让出位置。

学校的钢琴是普通的雅马哈，估计也没多少人用过，没什么使用痕迹，黑漆仍然发亮。

他已经很久没有碰这个了，手指放上去后，过了有半分钟，像是在思索要弹什么，在琴键上触碰了一下，发出很轻的一声，又过了几秒，他好像终于想清楚了，很干脆地落下手指。

不知道是什么曲子，非常急促，落点像雨滴一样，修长的手指也飞快地跳着。

站在旁边的曹烽，慢慢睁大了眼睛。

即便他不懂，也知道孰优孰劣。他呆呆地看着段语澈，体育馆的顶是透光的，下午的阳光渡在他身上，有些懒惰、好像没睡醒的洁白脸庞在干净的光芒下熠熠生辉。

曹烽有些晃神，好像别的事物、四周的吵闹，都从他身边退去了，只剩下段语澈一个人坐在他眼前。

段语澈面前没有谱子，他也并不看琴键，可他总能分毫不差地弹奏出最美妙空灵的音乐，他那做钢琴家的小姨说他有天赋，但他却对此没有太高的兴致，喜欢听却很久都不碰一下，小姨觉得惋惜，后来教了他几首他最喜欢听的，让他弹到熟练为止，免得出去丢人，这才肯放过他。

当然，生疏带来的后果是忘谱，拍子也错乱了几个，所以段语澈没有继续弹，他点到为止，在一个延长音符后慢慢收了手。

他心想，若是小姨在旁边，铁定是要骂他的了。

好在曹烽完全不懂行，一抬头看他那副听傻了的模样，段语澈就知道自己的技艺已经震慑住他了，心中相当自得，也没说话，只眼神中露出一种问他“怎么样”的讯息。

“太好听了。”曹烽睁大眼睛，情不自禁地鼓掌，“小澈，你弹得太好了！太棒了！我从来没有，从来没有听见过这么……这么好听的歌。”

“喂，别鼓掌！”段语澈赶紧拽住他的手。

曹烽这才意识到这不是在家，体育馆里还有人呢，便停了下来，问：“这是什么曲子？”

“是Beethoven，”段语澈朝其他方向望去，发现果真吸引了不少人的注意力，他猜大概是自己弹得太好听的缘故，嘴角不由自主地翘了起来，给他科普：“这首是D小调117号奏鸣曲，还有个名字叫……”他又停顿下来，是在思考怎么翻译，学习了太多的语言的后果便是常常不知道用什么文化思维来表达自己的意思，“你看过莎士比亚的《the Tempest》吗？”

“欸？莎士比亚也是钢琴家吗？”

“不是，”他意识到可能曹烽确实没听懂他的话，便耐心地解释，“莎士比亚写过一部叫《Tempest》的戏剧，是他晚年的最后一部作品，说起来更像是他的遗嘱，用诗歌写成的遗嘱。贝多芬的《Tempest》，也是晚年创作的，你总知道贝多芬吧？”

“嗯，知道。”他不至于连这个都不知道，语文课还在学习贝多芬呢——就是方才段语澈讲的是英文，一时没听懂而已。

“贝多芬晚年听力衰弱，精神也出了问题，所以《Tempest》就是他晚年对命运不公的……”他又发现自己不会用好的形容词了，各种语言在脑子里切换。

曹烽见他停顿，接道：“我知道了，我知道他的《命运》！我听过。”

段语澈笑了笑，也没有笑话他不懂，他转了话题，又问：“你有没有什么喜欢听的？”

“我吗？”曹烽愣住，“我……没什么喜欢听的。”

音乐无处不在，从街上走过，大街小巷的商店都在放音乐，可他确实没怎么听过钢琴曲，平日听的都是俗乐，怕说出来被弟弟笑话。

段语澈就说：“那你平时都不听歌的吗？”

“也……也会听，我有磁带。”是他买的二手货，以前用来学英语的，可是质量很不好，音色非常糟糕。

“所以你平时都爱听什么？流行乐？”段语澈琥珀色的眼睛眨也不眨地注视着他。

“……嗯，流行乐。”

“比如？”

这真是吃了没文化的亏，难倒曹烽了。

他不知该怎么回答问题，他不懂高雅的东西，张了张嘴，半晌，在弟弟的凝望下，难以启齿地用最低的音量回答：“一……一剪梅。”

段语澈没听过这个，晚上回家，准备打开电脑搜一下来听听。结果一打开，电脑还停留在上次曹烽拿去用的界面。

屏幕上是个文档，文档里全是一些看不懂的乱码，有点像蓝屏时的那种代码。

他也没在意，就给关了，搜出《一剪梅》来听。

曹烽抱着作业来敲门的时候，隔着门就听见了音乐，但不知道放的是什么，打开后，听见费玉清的声音，恨不得当场找个地缝钻进去。

段语澈还在折腾他的Jumbo拼图，这需要非比寻常的耐心，看见曹烽进来，就随口说了句："你推荐的歌不错。"

乍一听曲调似乎有些俗，但细听发现歌词很美，就是打死他，也不可能写出这么美的句子来。

曹烽还真没想到他会喜欢，有些诧异，接着笑了："你喜欢听中文歌吗？"

"学中文的时候就听，我妈喜欢邓丽君。"

曹烽是第一次听见他提起妈妈，还愣了一下，坐在拼图毯旁边道："你妈妈在瑞士吗？"

刚来的时候他就发现了，这个家没有女主人，而段述民也没跟他解释，只在提到弟弟的时候说："你弟弟小时候跟他妈妈在瑞士生活了很多年，被我们给惯坏了，要是有什么不懂事的，你就顺着他。"

段语澈摆弄拼图块的动作顿住，但只不过一秒钟，非常短暂，他头也不抬，语气

也很平静："她在天堂。"

空气寂静了片刻，曹烽低声说："对不起。"

"没关系。"他摇摇头，并不在意。

曹烽原本是过来陪他写作业的，这下，也不敢问他写不写作业了，默默地卷走一半的拼图块："我帮你一起拼吧。"

段述民刚才看见曹烽抱着练习册和课本进去，还以为两个孩子在学习，房间里怎么这么安静？他偷偷打开门看了一眼，结果发现两个小孩坐在地上玩拼图。

他开门的动作被段语澈捕捉到了，一秒抬头锁定他。

段述民有些尴尬，干咳了一声："在玩拼图啊？"

"嗯。"段语澈不乐意搭理他，这几天段述民神出鬼没的，不知道在忙什么，经常不见人。

段述民走进来："好玩吗，我跟你们一起玩吧？"

段语澈没说话，段述民心里纳闷得很，这孩子是怎么了？

他说："作业都写完了吗？"

段语澈看了他一眼，正想说没有，就听出曹烽出声："写完了，弟弟刚刚写完了，我陪他写的。"

段语澈的目光转向曹烽，像是不解，曹烽继续说："这几天的作业都是我陪着他一起写的，每天都有交，老师也表扬他学习认真。"

段述民立刻展颜一笑，狠狠搓了搓儿子的头发道："我就知道，我儿子读书怎么可能没我厉害，这不就比我厉害多了吗，继续努力。"

虽说他对段语澈没什么要求，但终究是很在意他的学习成绩的，这年头家长爱攀比谁家小孩学习好，每回开分行会议、表彰、聚餐，说到这个话题他就闭嘴，还总有人问他家小孩是不是上高中了，考了多少分。而且他也问过段语澈，段语澈说不想出国读大学，也就是说要留在国内了，可他这个成绩……自己就算在临州市再如何有头有脸，也不可能把他这个专科水准的儿子送进好大学的。

段述民一走，段语澈就问曹烽："你刚才为什么那么说？"

“我……”曹烽顿了顿，小心地看他，“怕叔叔骂你。”

“他不会骂我的，顶多就是对我失望而已。”

“不过我也没骗叔叔，你这段时间每天都交了作业。”没交作业的会罚站，段语澈最近两周都没有被罚过。

“抄的而已。”他头也不抬，正好找到了一片，拼上去后，抓了把浪味仙塞嘴里。

曹烽想让他高兴一点，就努力地找话说：“房间里放了钢琴，你怎么都不弹呢？明明弹得那么好。”

“我弹得不好，是因为你不懂这个，才觉得我弹得好，而且我也不喜欢弹钢琴。”

“那为什么……”

“因为……”段语澈并不是很想说这些，有种把伤口扒开给别人看的感觉，他沉默了几秒，摇摇头，问：“你喜欢听我弹钢琴吗？”

曹烽说喜欢。

“那下回再给你弹。”

小的时候，妈妈总是不在家，常常把他丢给德国邻居家托管，他打电话给妈妈，妈妈也总是说，这个展还有多少天才结束，走不开，让他再等等，说给他带礼物回家。

妈妈不回家，家里只有他一个人，小Tommy想尽办法，想要小姨过来看看她，就告诉小姨自己跟邻居学了钢琴启蒙，但是学不好，想让她来教。

小姨那时候才刚刚音乐学院毕业，听见这事，立刻过来看小外甥Tommy，发现他居然有很高的天赋，喜出望外。

终于，他学会第一首完整的曲子，让小姨给妈妈打电话，让她回家听自己弹钢琴，这很管用——过了几天，她回来了。

早上，段语澈赖床起的迟了，在车上吃早餐，是曹烽摊的玉米饼，不过曹烽管玉米叫“苞谷”。

他还挺喜欢吃的，因为上面还抹了层话梅酱，酱也是曹烽自己做的，口味和超市里买的那种，有很大的不同。

曹烽抱着崭新的英汉词典，正在背单词。

段语澈看他嘴里念念有词，在背拼写，但就是不出声，就提醒他：“你这么背不出效果的，你得出声。”

“可是……”曹烽有些羞耻，他不敢大声读，因为知道自己读得不好，会被笑话。

“没人会笑你的，你要是不开口，说的永远都是哑巴英语。”段语澈非常认可英语的重要性，哪怕他在法语区上学，老师还是用英语授课。

“好。”曹烽应了一声，低声读出来：“Ability。”

他每天要记一百个单词，拼写都能背得滚瓜烂熟，每天早上还要起来在房间里自己默写。

段语澈听他声音很小的读了几个，一边拼一边读，根本不标准，就给他提了个意见：“你不该这么学，我记得我学中文的时候，是看的新闻联播，跟着读，所以你学英文，就应该听BBC广播，晚上你来我这里，我电脑借你，你看新闻学他们的发音，比你自己琢磨强多了。”

曹烽听出他有教自己的意思，心里高兴坏了，连连点头。

下课的时候，隔壁班的周泽亮跑进七班教室，找到段语澈说：“这周就放国庆了，要不要出去玩几天？”

“去哪儿？跟谁啊？”

“去乌镇吧，你去过没，咱们自己开车去。”

“就我们吗？我也不会开车。”

“还有我堂哥，他跟我嫂子，说我带我，我寻思我一个人去不是当电灯泡吗，你要是不去，我也不去了。”

段语澈本来也没想好这个国庆要去哪里，闻言便同意了。

周泽亮又说：“哦对了，蝈蝈他们说好久没聚了，你下个月不过生日吗，搞个派对怎么样？就一起打个牌，唱个歌，再喝个酒。”

段语澈没意见：“地方你们挑，我请客。”

假装接水路过两次的曹烽，听见了生日两个字。

弟弟要过生日了？

曹烽回到座位，看见前桌的女同学贺恬恬在看他桌上的书，还问他：“你喜欢看莎士比亚啊？”

书是今天刚借的，他看书快，记忆力很强，之前那本飞鸟集，他专门做了几页的摘抄，就还回去了，换了一本编程书和一本莎士比亚的《四大悲剧》。

他才刚开始看，可不过看了一个故事，就觉得很难过了，也不知道弟弟是不是因为看了太多的悲剧才总是那么忧郁。

或许等他们有了共同话题和爱好后，他就懂得怎么讨他喜欢了。

当晚回家，段语澈就给段述民说了这事："我国庆要跟朋友出去玩几天。"

段述民正在看新闻，闻言就问他："哪个朋友？去哪儿？"

"泽亮，还有他哥他嫂子，我们四个人，去乌镇。"

"乌镇？"段述民的表情微微有了变化，眼睛倒映的是电视机的光芒，语气含着怀念，"那是个好地方，你妈妈以前在那里办过展。"

段语澈还是第一次知道："什么时候？"

"你还没出生。"段述民说完，顿了顿继续道，"对了，你怎么不带你小烽哥哥一起去？"

"他又不认识别人……"车后座挤三个男人，怕是够呛。而且带上他，段语澈已经可以想象出接二连三的丢人状况。

"朋友不都是从不认识开始的吗？而且你真打算把他一个人丢家里？"

"不是还有你在家陪他吗？"段语澈道。

段述民解释："爸爸这几天也有事，要出差。这是你小烽哥哥来咱们家里的第一次放假期，你知道的，他以前都在老家，什么地方都没去过，爸爸还想着带你们一块儿去玩，这不是临时有事吗……"

段语澈想了想，最后还是迫不得已点头了："那我给他们说一声。"

段述民叫来曹烽，掏了一沓现金给他："你好好跟弟弟去玩，看好他别让他乱跑了。"

曹烽不要钱："叔，钱我这儿还有，够。"

“拿着, 你弟弟是个爱丢三落四的, 万一他钱包丢了, 你得顾着他, 知道不? 乌镇这几天天气好像不太好, 带个薄外套, 免得着凉……”

这是他第一次出去玩。

曹烽心中难免兴奋, 出门玩要带什么东西? 牙刷、牙膏、剃须刀、水杯, 段叔叔说天气冷了要带外套, 他找了半天没找到好一点的衣服, 就把校服外套装进了书包, 还装了两条内裤。弟弟喜欢吃枞菌, 那就再带一包干枞菌, 如果他晚上饿了, 自己还可以给他下面……他根本没有想过, 或许根本没有厨房让他施展身手。

等他收拾好了, 书包都被塞得鼓鼓囊囊的了, 里面还放了国庆作业, 单词本和课本, 侧袋里是水杯和零食, 还有好几包话梅糖。

第二天一大早, 八点不到, 段述民就吃过早饭, 准备要出门了, 这会儿段语澈还没醒, 段述民进来跟他说了句: “小澈, 爸爸出门了, 出去玩要注意安全。” 他也只是窝在被窝里没出声。

这个国庆假期, 段述民也给任劳任怨的小张放了假, 他是自己开车出去的: “小烽, 不用送了, 你快回去, 跟你弟弟出去玩的时候千万记得看好他……”

这是他第二次这么叮嘱了, 可见他是真的不放心这个儿子。

“放心吧叔叔, 我会看好弟弟的。” 曹烽对他保证。

段述民走了不久, 段语澈接到电话, 这才慢吞吞地起床, 他起床没有起床气, 就是不精神, 要迷茫好久才能清醒。

曹烽给他做了早饭, 段语澈来不及吃完, 就急匆匆回房间收拾东西了, 他有件衣服找不到了, 特别抓狂, 可周泽亮给他发消息, 说马上就到他们小区门口了。

“好, 我马上就出来。” 段语澈随便收拾了点东西, 嘴里还在喊: “曹烽, 你见没见过我有条牛仔裤?”

“哪一条?” 曹烽回房间背上书包, 跑过来问。

“就是、就是……” 他也不知道怎么形容了, “有破洞的那条! ”

他有好多条牛仔裤都有破洞, 曹烽不知道他说的到底是哪个, 就说: “你别急, 我帮你找找。” 他进了段语澈的衣帽间, 拉开裤架帮他找: “是这个? ”

他提起一条疑似段语澈形容的裤子。

“不是这个! ” 段语澈正在收拾洗漱用品, 扭头道, “这个腰大了我不穿了。”

“那是这个吗？”

“也不是！”

“是这个吗？”

“不、不……不是，那里我找过了，不是那里，”就在这时，他丢在床上的手机铃声响起，段语澈泄气地说，“算了算了别找了，他们到了。”

曹烽说：“会不会是收在叔叔房间里了？”

“我怎么知道在哪，衣服也不是我洗的……我们回来再找，走走走，你快点儿，他们都到了……”

曹烽背着自己的书包，提着段语澈的书包，两人一起走出小区。

“嘟——嘟——”车喇叭声响起，周泽亮大声喊他：“这儿！这儿呢！”

那是辆白色的小奥迪。

两人走过去，车门打开，周泽亮的堂哥跟段语澈打了声招呼，又对自己儿子说：“叫哥哥。”

那小孩就听话地叫了一声，不过声音很小，认生。

周泽亮接过段语澈的书包，让他上车。

曹烽至此也没说话，因为没有人问他，也没有人看他，等段语澈上车，这才发现一个尴尬的问题，司机座是周家堂哥，副驾驶座是周家嫂子，后座是他、周泽亮还有周泽亮的四五岁大的小侄子。

几乎没什么位置让给曹烽坐了。

而曹烽就站在外面，看着那几厘米宽的空隙，上也不是，不上也不是，不知道该怎么办。

段语澈看了他一眼，低声问周泽亮：“曹烽跟我一起去，你没跟……你哥说吗？”

“我昨天……打游戏，给忘了。”他挠挠头，嫂子听见了他们的对话，就说：“没关系，你们三个坐后面，儿子，过来，跟妈妈坐前面。”

小孩这时却开始闹：“我不跟你坐，我不坐前面！”

“听话，你不起来别人怎么坐？来妈妈抱你。”

“我不要！我不要！”小孩闹腾的时候，还用眼睛去看堂叔。

一大一小对了个眼色，小孩开始疯狂假哭，哭喊着说不要坐前面。

嫂子很尴尬，看了眼不认识的曹烽，又说：“我坐后面吧，泽亮，你坐前面来……”

曹烽就是再迟钝，也看明白了——自己是多余的。

段语澈始终也没出声，看了眼曹烽，接着低头。

“没事，你们去玩吧，我就不去了，刚好我还有点事做。”曹烽笑得宽厚，弯着腰对车上的段语澈说，“哥哥在家等你回来，这个给你，路上饿了吃。”他把装在书包里的零食、话梅糖，统统掏了出来，一起通过车窗塞给他，然后问他：“小澈，带外套了吗？乌镇这几天天气转凉了……”

段语澈摇摇头。

曹烽便把校服外套也拿给他：“衣服刚洗的，很干净，你冷了就穿。”

段语澈侧头看他，他就露出牙齿笑：“到了给哥打个电话。”

段语澈点点头，说好，他的手抠着书包带子，顿了顿又道：“你真的不去了吗？”

“不去了，你好好玩，注意安全，有事打电话。”

他点头，挥了挥手：“拜拜。”

曹烽一边挥手告别，一边目视着汽车驶远，良久，他背着明明轻了很多，却又重甸甸的书包回家。

别墅空了下来，只剩他一个人了。

曹烽无事可做，便开始打扫家里，从厨房开始，擦桌子、拖地板、给植物浇水……

车上，周泽亮正在跟他哥他嫂子两人科普曹烽。

“段叔叔资助的一个学生，少数民族的，整天闹笑话……”

“那天小澈带他去洗头，那家伙没去过理发店，你们猜怎么着，他把洗头池当成洗脚池……”这个笑话他百说不厌。

所以前天段语澈给他打电话，说：“我爸一定要我带上他。”的时候，就想了个办法——用玩具收买他家小侄子。

侄子只要一闹，他堂哥堂嫂都拿他没办法。

这事儿他也没给段语澈说。

路上很沉闷，全靠周泽亮那些段语澈讲给他听的“笑话”，才充满了笑声。

段语澈皱了皱眉，像是有些不舒服。

周泽亮注意到了，就问他怎么了，段语澈说："我有点晕车。"

"那怎么办？要不要吃块木糖醇？"

"不用了，我听歌就好了。"说着，他戴上了耳机，接着从包里拿出刚才曹烽给他的话梅糖，有些酸涩的甜味压在舌下，隐约听见周泽亮在跟他堂哥说："哥你开慢点，他晕车了……"

曹烽勤快地打扫着家里，还放了歌来听，过了一个小时，就收到了段语澈的消息，说到乌镇了。

他回了消息后，继续打扫，过了中午，这才换了身衣服出门去。

那天他问前桌的女生打听了一下，知道了几个买礼物的好地方。

这个月底是段语澈的生日，他还没给他准备礼物，曹烽这双手，只会做些粗活，会做点木工活，若是送木雕吧，似乎不够有新意。

他进了商场里的精品店，逛了一圈，被动不动好几千的价格吓退了，从商场出去，他又去了其他地方继续逛，进了一家古董商店，这家小店卖的东西都带有年代的气息，曹烽挨个地看，眼睛都亮了起来，随手拿起一个长得像怀表的金属块，问："老板，这个是什么？"

老板懒洋洋的声音说："那个是微型八音盒。"

"八音盒？能放歌吗？"他没见过这么小的八音盒，刚才去礼品店，他也看见了音乐盒，但都是很大的。

老板说："能啊，后面有发条，转一下就能出声了。"

曹烽试了试，果然有声音，而且还是贝多芬的《致爱丽丝》——

他用弟弟的电脑的时候，专门听了贝多芬的钢琴曲，听了很多首。

曹烽感兴趣极了，把微型八音盒问："多少钱？"

"这是日本Sankyo原装的古董机械八音盒。"老板这时候才稍微打起一点精神，看了一眼，说，"你拿的那块基本是全新的，成色很好，要两千五。"

曹烽："……"

曹烽从中古店出去，接到了段述民的电话。

"喂？小烽啊，你们到酒店了吗？"

曹烽说到了，也问他：“您到了吗？”

段述民也说自己到了：“你们俩好好玩。”很快，两人结束通话，曹烽坐公交回家。

他对这边路况不熟，不小心坐了反方向，结果到家的时候，已经快晚上九点了。

打开大门进去，曹烽看见一辆黑色的汽车停在车库——是段述民早上开走的那辆。

段叔叔不是去上海了吗？

车怎么会在家里？

曹烽有些纳闷，掏出钥匙打开门。

与此同时，沙发上两个人都惊了一下，慌忙分开。

曹烽打开灯，正好看见了平日里总是西装革履的段叔叔，有些衣衫不整，头发凌乱地坐在沙发上，他还试图用沙发枕挡住旁边女孩的脸。

但曹烽的目光还是对上了那女孩儿的眼睛——

空气安静了半晌，段述民盯着他，片刻，没有看见段语澈，他才算是松了口气：“小烽，你……你们不是去乌镇了吗？小澈呢？”

曹烽尴尬得不知道怎么办才好，只好解释原委：“车有点坐不下，我、我就没去成。”

段述民勉强恢复了镇静，说：“这件事，你帮叔叔个忙，不要告诉你弟弟，行吗？”

曹烽有些一言难尽地看着那个女孩子，看起来年龄不大，或许才上大学吧，脸红了一片，垂着头不敢看人。

他不知道段家发生过什么，也不知道段述民和段语澈的妈妈之间有什么故事，他只知道段述民对段语澈来说太重要了，按照弟弟的性格，不会允许父亲二婚的——可这件事不是他一个外人能管的。

曹烽沉默了一下，听见段述民说：“暂时帮叔叔保一下密，算叔叔拜托你了，好不好？”

“你跟叔叔来一趟。”段述民把他叫到了自己的书房。

这是曹烽第二次进书房，他平时不会进来，打扫也不进来，因为里面有重要的文件，就连钟点工来打扫，里面的监控也是时实开着的。

“小烽，你是大孩子了。”

曹烽还是没有说话，在心里想，这对段语澈不公平，但这种话，不能由他说。

“叔叔知道你心里怎么想的，你坐下，别站着。”段述民眉头有些紧，从抽屉里拿了一包烟出来，点了一支，“我和小澈他妈妈的关系很复杂，你来的时候肯定就注意到了吧，他妈妈去世好几年了。”

“我知道的……弟弟，说过。”曹烽当然注意到了，他还注意到，段述民这里没有一张有关去世的女主人的照片，只有段语澈的房间，有幼时的他和他妈妈的照片，保存在相框里。

书房灯开的很暗，烟味开始在这个密闭昏暗的空间内飘散。

段述民颇为诧异，段语澈竟然会告诉他这些，手指拿下嘴里衔着的香烟，他继续道：“那你应该也知道，Vivian是搞艺术的，就是装置艺术，十多年前，她来乌镇开过一个灯光艺术展，我也就是那时候见过的她。”

“叔叔跟你一样，草根出身，家里往上数三代都是农民，不过我读书读了出来，上山支教了两年，不想当老师了，我一同学在乌镇开了个酒吧，我白天学习，考证，晚上就去驻唱。”

“过了三个月，展开完了，她就走了，Vivian还问我，要不要和她一起离开，她很喜欢我，我当然不行了，我的家庭、根基，都在这里。”他说着苦笑一声，“十年前，她来上海开展，我在路边看见了她要来的海报，就特意去了，每天都去，终于见到了她。”

曹烽听着，并不打断他，安静的就好像自己不存在一样。

“那时候，我才知道自己有了一个五岁大的孩子，她给我看了照片，我以为她回心转意，或许愿意和我在一起，就问她能不能把孩子带回国，我和她一起抚养，那也是我的小孩。”

“答案想必你也清楚，她并不愿意，她也看不起我，我那时候在银行基层工作，她反问我能不能给孩子最好的教育、生活，我做不到，她能。”段述民不愿意讲太多细枝末节的事，有些事他愿意说出来，是因为释怀了，可在当时，却是莫大的耻辱，他拼命地工作，干出业绩，他也遇见了贵人，最后在这个年纪，做到了许多人一辈子都做不到的事。

“后来你也知道了，小澈他妈妈生病了，带着小澈回国来，我才第一次见到他。”他当时有了一个交往两年的女友，结果他忽然把儿子接回家，女友觉得自己受到了欺骗：“你孩子都这么大了还跟我谈恋爱，耍人呢？”

女友提出分手，段述民也毫无对策，单是这个忽然出现的儿子，长得冰雪可爱的小孩，就分走了他的全部注意力。

“他妈妈跟我说，小澈有点心理上的问题，因为她这些年到处办展，追求她崇高的艺术，没工夫陪孩子，他情感需求很强烈，他需要一个父亲，他从来没有经历过父爱，所以才带他回国来，让我在她死后继续抚养，弥补他童年缺少的爱。”他当时是恨死她了，很快，他就知道这个小孩有多大的问题，他试图讨好每一个人，尤其是他，他当时工作也忙，儿子经常就可怜兮兮地打电话给他，说自己骑自行车摔倒了、从楼梯上摔下来了、肚子疼、头疼……

总是扯莫名其妙的病因，骗他回家，自己要带他去医院，他也不肯。

装病这件事，很快被他识破了，他刚开始很生气，教育他不能这样，小语澈也不哭不闹，很诚实地说以后不这样了，结果下次还是这样，做同样的事，严重干扰了他的正常工作，丢了不少客户。

他只好打电话给段语澈的小姨，让她来看看他。

“他小姨说，这孩子从小就是这样，经常打电话给她，告诉她自己又学了新曲，要她来指导，一次两次也就罢了，总是这样。”他抖了抖烟灰，红色的火光映照在他的脸上，面前的烟灰缸里，丢了四五根烟屁股，浓郁的烟味充斥着书房。

“我打算带他去见心理咨询师，他小姨就告诉我，说Tommy并不是生病，他没有生病，他就是……需要一点陪伴，只要我肯陪着他，他就不会闹，什么时候我要是忙了，他准会闹脾气。”

“所以，小烽。”段述民看着一直保持沉默、仿佛心情很沉重的高大少年，“这事你不能告诉他，他还太小了，等他长大了，成年了，有了喜欢的女孩子……等他谈了恋爱，可能再也不需要我的时候，我才能告诉他。”段述民自己心里也清楚，没有女孩子愿意这么跟自己耗、搞地下恋情，等儿子成年了，长大了，又是几年。

再深的爱也不会持续这么长久的，谁会愿意等一个人好几年？

听他讲完，曹烽又是良久的沉默，好半天才低声应了句：“叔叔，这件事我会保密的，下次你不要、不要做这么危险的事，如果小澈今天也跟我一样没出门，这……太危险了。”

段述民也有点尴尬，解释了句：“不是你想的那样，我们只是在……算了，我送她回家，你吃晚饭没有？我去外面给你带回来。”

曹烽说没吃：“我买了菜，准备回来自己下面吃的。”

“吃面有什么营养，等会儿叔叔给你打包点吃的回来……你可千万别说漏嘴了。”

“不会的。”曹烽保证。

如果段述民不跟他讲这些，或许……他会觉得弟弟很可怜，或许会忍不住跟他说出真相，段述民也就是知道曹烽什么性格，才会专门把他叫到书房，交代他这些。

“小澈，外面有点凉，你穿个外套再出来吧。”

段语澈对门外说：“好。”

乘船夜游是周泽亮他堂嫂安排的活动，说是前两年来过一次，晚上坐船的时候遇见灯火阑珊，恍若隔世，久久难忘。

下午的时候买了几张船票，就等着晚上出去坐游船。

段语澈没有带外套，唯一一件外套，还是在车上的时候，曹烽给他的。

这件校服他穿有些太大了，穿着出去时，周泽亮还问他：“曹烽的校服？他可真想得出来，出来玩居然穿校服。”

段语澈没吱声，因为早上的事，他到现在还有点不太舒服。

周泽亮看他无精打采的，问：“你是不是心情不好，怎么了？”

“没什么。”坐船的地方就在不远，走几步就到了。

夜色如水，风也是凉的，他们住的这家客栈在西栅，白天已经游玩了一圈，但是入夜时分，华灯初上，坐在船上时，这个古镇才显出她最真实、又最朦胧的面貌。

高耸的徽派建筑，马头墙、观音兜，屋脊的飞檐翘角，都被各式的灯光勾勒出本色。

段语澈拿出段述民的数码相机，找构图，拍照。

把相机揣在兜里的时候，不小心摸到了衣兜里的话梅糖。就他所知，曹烽不怎么吃糖，包里会揣糖，也是因为自己喜欢吃才随身带。

他的校服是刚洗的，是薰衣草柔顺剂的味道，段语澈的床单、枕头，也全是这个味道，所以这件衣服他穿着，就好像穿自己的衣服一样，气味是熟悉的。

游船开了一圈，一个小时后，回到了终点，夜深了，他们在古镇吃过夜宵，这才回到客栈。

回了房间，段语澈脱下校服外套，准备洗澡，这才发现外套里面缝着的小包。

那个布包就在腋下的位置，有个拉链，是一层棉布做的。

段语澈摸了摸，发现里面还有东西，钱？

他知道曹烽以前都不用钱包，都是把钱塞这个地方的。

段语澈拉开拉链，果然在里面发现了一叠人民币，是百元大钞——

看全新的质感，不用猜都知道这是他爸爸给曹烽的钱，约莫有一千块的样子。段语澈把钱放回去，这时，发现小包里还有张小纸条。

拿出来，打开一看，原来是曹烽手写的日程表。

10月1日，上午，和弟弟看花鼓戏，下午去邮局寄明信片，晚上坐游船玩。

10月2日，上午，染坊，下午看皮影戏，晚上看一场露天电影。

10月3日，上午……

字迹有些凌乱，但是不难看出，曹烽提前查了一些资料的。

今天早上他背着包，原本要跟自己一起去的，可是却发生了那样的事，他一定很想去吧？

段语澈心里越发觉得歉疚了，他今天一天心里都堵着的，只要一想到曹烽一个人在家里，就有些难过，好像自己做了对不起他的事一样。

段语澈盯着看了一会儿，把那张纸条又放回了原位，犹豫了一会儿，他打了家里的座机电话。

“喂？”

“喂……小澈。”曹烽刚和段述民谈完，花了很大的力气才接受这件事，忽然听见了弟弟声音，心里就倏地一堵。

“那个，我……”段语澈顿了顿，一句“对不起”，卡在喉咙里，他说不出来。

“你想问裤子吗？”曹烽说，“裤子我下午给你找到了，在你房间里。”

“我不是问裤子……”他抓了抓头发，小声咕哝道，“算了。”

“小澈。”曹烽以为他有什么事情想说，“发生了什么？”

“没什么，唉，我三号下午回家，你想去哪里玩吗？西湖？千岛湖？我可以……陪你去。”

曹烽眼睛亮了亮：“……我都没有去过，你想去哪里都可以，我都喜欢，我等你回家。”

“那好，对了，我今天去了乌镇邮局，好多漂亮的明信片，我写了好多，还给你寄了一张，你注意查收。”其实他还没寄，下午是去了，但是不知道寄给谁，据说寄不到国外，他就什么都没买。

但明天还可以去一趟。

“真的啊？”曹烽高兴地说，“那我等下去看看邮筒。”

“没那么快的！邮政慢得很，你后天再看。”

尽管他这么说，曹烽还是在挂了电话后，就跑出去打开门外的邮筒看了看里面有没有明信片。

段语澈洗完澡，时间已经很晚了，他今天奔波一天，按理说这么累，很快就能入睡的。

可当他躺在床上，面对灯火通明的窗外，却无论如何也睡不着。

闭着眼睛躺了一会儿，还是辗转反侧，他开始意识到是自己认床的问题。

段语澈坐起来，拉上窗帘，从书包里拿出自己的棉质长袖，当作枕巾铺在枕头上。

这样睡觉的时候，就能闻到家里的味道，或许能更容易睡着。

这么躺了几分钟，他再次感到不妥，第二次坐起身来，从床尾一把抓过曹烽的校服外套，搭在身上。

段述民那天离开后，接连几天没回家，曹烽又变成了一个人，他想给段语澈买下那个微型八音盒，但身上的钱不够，虽然有段述民给的钱，但那不一样，他不能花。

曹烽估摸着那东西工艺或许有些复杂，毕竟自己完全不懂音乐，但如果他能把微型八音盒拆开研究一下，没准可以造一个差不多的出来。

他别的东西不在行，但做手工却是很拿手。

于是曹烽又一次去了那家店，这已经是他第四次去了，这一次，他走进店里，却发现货架上原本还在的微型八音盒不见了。

老板说："你来晚了，卖掉了。"

曹烽露出了失望的表情，他每次来，就摸一下，然后在耳边晃一晃听一听，仿佛这样就能研究出它内里的构造一般。

"你很想买？"老板老是见他来，又不买东西，就是厚着脸皮在那里看来看去，也不像是要偷东西，很显然，他想买却买不起。

曹烽说想："我还在……攒钱。"他考虑了一些攒钱的方式，如果打工的话，来钱太慢，等弟弟生日都过了或许他才能攒够这两千五，昨天他看见网上有研究所在招人试药的，今天打了个电话问，价格很高，只是要试药半个月后才结，曹烽有些犹豫，说再考虑一下。

今天来，他要买的东西就不在了。

老板盯着他看了一会儿："你还是学生吧？买礼物送女朋友？"

"不是，不是女朋友。"他忙道，"是给家人，我弟弟，他是弹钢琴的，弹得很好，他要生日了。”

“哦，你就想买机械八音盒？”

“嗯，他肯定会喜欢那个的。”

“我仓库里还有个坏的，你要不要？你要我就便宜卖你了。”

曹烽眼睛一亮，压制住即将脱口而出的“要！”，稳住情绪说：“能不能让我看一看？”

“看一下可以，你别拿着看几个小时就行了。”老板转身进了内里的小房间，过了两分钟出来，拿了个略带锈迹的机械八音盒出来。

也就比啤酒盖大一点，是褪色的金属，上面有凹凸不平的云纹雕花，似乎比之前那个更为精致，只是坏掉了，而且更旧。

曹烽转动背后的发条，音乐盒并不发声——果然是坏了。

他摩挲着上面的锈迹，心想如果抛光一下，肯定就亮的发光的。

“这个……要怎么才能修好？”

“我是卖古董的又不是修理工，你要修这个，可以上网查一查。”

“如果缺少零件怎么办？”

老板翻了个白眼：“我说了，这个是坏的，你要就便宜卖你，东西你看了，你要不要？”

曹烽心里并不确定自己能否把它修好，他觉得这个钱很有可能会白花，买下这个或许没有任何意义，弟弟会喜欢旧的东西吗？

他没有一点把握。

“多少钱？”曹烽问。

“这样吧……”老板也在犹豫，东西坏了，自然不好定价，“它成色不太好，也坏了，但到底是古董，三百块你拿走吧。”

曹烽摸了摸裤兜，其实他准备了六百块，这是他省吃俭用省下来的钱，他在学校一周，也花不到一百块——可是这三百很有可能会打水漂。

他低头看着八音盒，心想，如果在上面焊接一根链条，就可以挂在身上了。

一咬牙，曹烽买下了它。

不过，他还缺少一些必要的工具，去了修表摊，买了师傅淘汰的工具，把钱全花

光了，留了几块钱坐车回家，打开邮筒看了一眼——

弟弟寄的明信片还是没有到。

不过弟弟晚上要回家了，曹烽不知道他具体什么时候到，就先炖了汤在高压锅里。

段语澈回家的时候已经有些晚了，大概真的累了，睡到了第二天中午才起，也没怎么搭理曹烽。

段述民正好也回家了，他和曹烽之间有了秘密，不过谁也没有提，段述民提出去周边玩两天，段语澈似是想拒绝，又想到是欠曹烽的，就同意了。

只是国庆出游，到处都人山人海，段述民给他们在景区拍了很多照片，每一张几乎都看不见主角，全是各种抢镜头的路人，没一张能看的。

游玩后回家，开学了，全校都面临着月考前的噩梦复习周——国际班除外。

班上的大多数同学，都不慌不忙，优哉游哉地背着单词、语法，如果说班上还有认真学习的人，那就只能是曹烽了。

但曹烽听课归听课，听着听着，偶尔还是会走神，眼神瞥向段语澈的座位。

他总是能看见段语澈在和他同桌传纸条，一个本子在两人手上传来传去，看着像在聊天。

他心里很不高兴，认为杜鹏飞严重影响了弟弟的学习，晚上放学后，两人一起朝后门走去，曹烽憋了好多天了，忍不住旁敲侧击地问："小澈，我看见你上课和你同桌传纸条，你们在……聊天吗？"

"你上课盯着我干什么？"段语澈有点奇怪。

"我不是故意的，我……不小心看见的。"

"哦，我跟他就是玩游戏。"

"游戏？"

"就是五子棋啦。"

曹烽马上说："五子棋我也会下，我可以陪你玩。"

"平时玩什么玩，我就是上课玩，回家谁还有心情玩哪个啊？而且你又不是我同桌——"

"我可以……和你同桌换个座位的。"

段语澈停在卖烤肠的摊子前，要了两根烤肠，对曹烽说：“你换座位干什么？”

曹烽说：“还有两三天就要月考了，你同桌……肯定要学习的。你跟他玩五子棋，不是有些影响他学习吗，和我……”

“和你怎么样？你不也是好学生吗？”他分了一根烤肠给曹烽，看着他，“不影响你学习吗？”

“我可以一边陪你下棋，一边听讲的。”

段语澈笑了笑，并不理解曹烽为什么这么执着。

曹烽想换座位，但是又找不到机会，他想了一晚上，终于想出了一个可行计划，在考试前两天晚上，熬夜编写代码。

段语澈的电脑，现在大部分时候是他在用，他要查Sankyo微型机械八音盒的资料，便找到了日文网站，但是由于不懂日文，只好一边在线翻译一边研究。他已经把音乐盒拆开了，只是还没弄清楚到底是什么原因才会不工作。

除了认真学习以外，曹烽还有好多乱七八糟的事要做，体育委员还给他报了一大堆的项目，大概是看他长得很高、身体很好，什么项目缺人，就把他往什么项目上排，而曹烽这个性格，压根就不知道怎么拒绝别人。

星期三，他们市医疗部门的医生专门来学校检查，一个班一个班地问：“同学们，有没有谁没有接种腮腺炎疫苗的？有没有人感觉腮帮子、淋巴这里有点疼，鼓鼓囊囊的？”

经过段语澈他们班的时候，有个男生举手，说有点不舒服。

医生就现场摸了摸他的腮帮子和淋巴，感觉他是咬肌肥大，就问他：“什么感觉？”

“有点疼。”

“怎么个疼法？”

男生说：“就是酸痛。”

“有没有吃什么硬的东西？”

男生说：“槟榔算了？我昨天吃了四颗。”

医生：“……”

段语澈这会儿也想起来了，上次体检的时候，他抓着周泽亮跑掉了，这又是个传

染病，一旦有病情，立马就要隔离。

错过接种疫苗后，马小波还专门提醒他抽空去，但那天他太忙了，就没带曹烽去接种疫苗。

他下意识摸了摸自己的腮帮子，不疼，但有点说不上来的感觉，应该不会这么倒霉感染上吧？

医生神情严肃地说：“同学们，有什么身体上的异常，一定要说，这可不是开玩笑的，这可是传染病！”

段语澈心里有点慌，一直摸自己的下巴，正想叫同桌飞机摸一下他的脸是不是肿的，就看见他在抠头皮屑。

段语澈：“……”

他觉得自己应该没病，又不确定，毕竟没有打疫苗的，也不是自己一个人，曹烽也没打，不知道周泽亮打了没有。

他不敢大意，一下课，就冲到曹烽座位上：“曹烽，曹烽！那个疫苗！”

曹烽抬头去看他。

“我们不是没打疫苗吗？就是开学让我们去打的那个鬼东西！”段语澈伸手就去摸他的腮帮子，又摸又捏的，感受了几秒，说，“你的脸不肿，我感觉我的肿了怎么办，你摸摸看？”

“啊？”曹烽傻了几秒，才确认他的要求，犹豫地伸出手去。

段语澈一脸苦恼地捏着自己的脸皮说：“我感觉我得传染病了，我右脸比左脸肿诶！”

“看起来……不肿。”曹烽手掌轻轻地，触碰上他的一边脸颊。

他的手很大，而弟弟的脸很小，是个巴掌脸，太小了，光滑的触感。

“你两边一起摸，我是不是右脸比左脸肿？我是不是得病了？”

曹烽只得捧住他的脸。

段语澈眨了眨眼睛，琥珀色的眼底闪动着光：“怎么样？我得病了吧？”

不知为何，曹烽看出他似乎是想得病的，得了病就要回家隔离一周到半个月，这是刚才那个医生亲口说的。

加上明天又是月考，这时候回家，一举两得。弟弟这点小聪明，他看得很透彻。

“我觉得你……没有生病。”曹烽的手掌贴着弟弟的脸蛋，目不转睛地盯着他，眼睛深得可怕，低声说：“如果你不放心，哥带你去医院挂个号检查一下，你别让其他人乱碰你的脸了，他们不是医生，说话不作数的。”

得知周泽亮因为疑似感染传染病，回家隔离的事，段语澈肠子都悔青了。

“我也不知道我得没得病。”周泽亮给他发消息说，“医生一来，我说我忘记打疫苗了，他上手摸了两下我淋巴就直接让我回家了。”

“早知道我也该装病的。”段语澈悔不当初，趴在桌上发消息，“那你不就不用考试了？”

“肯定啊。”

“你要回家几天？”段语澈忽然想到，周泽亮一走，可不就没人陪他一块儿去食堂了吗？

“我现在在医院敷药，等下还要打针，过一两周就能回来吧。”

“那我……”他想问自己怎么办，话说了一半，便没再继续了：“那你好好休息，过几天我来看你，老师看见我玩手机了，先不跟你说了。”

马上就到中午饭点了，段语澈不想一个人去食堂，他宁愿饿着，也不想一个人。

而每次中午下课，曹烽一向是走得最快的，早点解决饱肚子的问题，这样就能多抽出几分钟的时间来学习了。

他兜里揣着一本口袋单词本，正想出去时，看见段语澈趴在课桌上，蔫头蔫脑的模样，好像生病了一样。

曹烽以为他还在纠结自己到底得没得传染病，看他这么无精打采，便走过去，坐在他同桌的位置上：“小澈？”

段语澈趴在桌上，侧着头看向他。

曹烽声音很温柔地问他：“怎么了？还是不舒服吗？”

“嗯。”他没有身体上的不舒服，只是有点饿，面前的曹烽就是他的救星，可碍于面子，他根本不知道要怎么说。

要不还是装病回家吧？他在心里想着，可是在家他也是一个人，段述民要上班，曹烽要上学，也没人给他做饭，还不如上学呢。

“哪里不舒服，是……这里？”他伸出手指轻轻碰了碰他的脸颊，“还是肚子不舒服？”

“都有点。”

班上的人都走光了，曹烽注意到周泽亮还没来，就问他：“周泽亮呢？”

“他啊……”段语澈说，“他好像真的生病了，回家隔离了。”

曹烽一下恍然大悟，那天段述民跟他讲的事，都记在了他心底。顿了顿说：“你肚子难受，那得吃东西，你还能坚持吗？跟哥哥一起去食堂吧，喝点小米粥，养胃的。”

“小米粥啊？”他别扭地说，“我没胃口，我想吃谭记的糖炒栗子，还有正阳春的鸭油包……”

“这两样学校里没有卖的，你不想吃别的了？”

“不跟你说了吗，我没胃口，你自己去吃吧，我睡一会儿。”这“病”已经这么装了，就得硬着头皮演下去，要他拉下脸来求曹烽陪他去食堂，实在没办法做到。

饿是事小，面子事大。

曹烽把校服脱下来给他：“那你穿我校服睡觉，不然着凉了。”

“不用，我这儿有毯子。”他抽屉里没放什么东西，有个枕头，拆开就是薄毯，临州最近天气时好时坏，有时候热得像盛夏，有时候一下雨，又凉得让人忽觉秋天来了。

曹烽叮嘱他好好休息，然后离开了。

空无一人的教室，段语澈看着他离开时帮他顺手带上教室门的背影，不知道为什么，心里更不舒服了。

中午一点，曹烽还没回来，段语澈也没睡着，拿出手机玩PSP，飞机回来了，看他状态不对，就说：“不会真的生病了吧？你脸色好差。”

当然脸色差了，他没吃东西又心情不好，脸色能好到哪里去？

“我看你这样不行。”飞机还挺关心他，段语澈对他好，经常分他零食吃，而且特别大方，“要不要请假去看个医生？”

段语澈想离开学校，可又不想一个人孤零零的。

飞机：“小马达今天中午好像不在。”

“哦……”

飞机说：“我摸一下，我看看你是不是真的得腮腺炎了。”他倒是不客气，他拿段语澈当哥们，问也不问，学着上午那医生那样，上手就捏他下巴，段语澈吓了一跳，把他手打掉：“你干什么！”

“……我就是想看看你是不是病了，别那么紧张嘛。”飞机也被他反应吓了一跳。

“我不是……”他心里很清楚自己是怎么回事，不着痕迹地用袖子擦了擦脸，“我没病的。”

段语澈回头去看，曹烽的座位还是空的。

他去哪了？怎么还不回来？在图书馆复习？

他知道曹烽非常重视这第一次的月考，他想争气，所以拼命地复习，那天来他房间里陪他玩拼图，也没玩几分钟，就开始做题。

午休开始，班上同学大多在休息，只有那么一两个人，安安静静地在看书写题，整个校园，都陷入非同一般的寂静。

段语澈趴着根本睡不好，脸压在一本书上，睡得迷迷糊糊的，突然感觉有人在旁边轻轻地推自己。

他以为是飞机，正想骂人，一睁眼，对上一双乌黑明亮的眼睛。

曹烽脸上还流着汗，他在喘气，汗珠顺着线条流畅冷峻的下颌滴落：“小澈。”他声音有些哑，拉开一点校服拉链，露出里面的东西，“哥给你买了吃的，饿坏肚子了吧？我们出去吃吧。”

段语澈直接就愣住了，盯着他一副像是刚参加完马拉松赛跑，累坏了，汗津津得连睫毛都被濡湿了的模样，随即又看向他怀里的东西。

黄色牛皮袋子，谭记炒板栗。

口袋装的一次性食品盒，还没打开，但已经闻到了鸭油包的香气。

这两家店不在一个地方。

“曹烽……”他心里极为动容，“你怎么……”

“嘘。”他压低声音，“都在睡觉呢，我们出去吃吧。”

“好。”段语澈把毯子塞进原装的包装袋子里，轻手轻脚地跟他一起出了教室。

“阶梯教室现在没有人，我们去那里。”曹烽把板栗拿出来，看他脸上睡出来的红印子，想伸手给他揉两下，“我先买的栗子，再去买的鸭油包，栗子可能有些冷了。”

他怕东西冷了，就是一直捂在怀里的，这天气不冷不热的，他又跟赛跑似的，怕赶不上回来上课，更怕弟弟饿肚子，浑身都急出了汗。

“谢谢，栗子是热的，还没有冷。”他剥开壳，吃了一个，这家的云南野生小板栗，又糯又香，和路边的不一样。段语澈问他：“你吃了吗？你怎么出去买的？”

“我……翻墙出去的。”他没找到马小波，所以没能开假条，他又不敢做假，干脆就翻墙出去。

“翻墙？”他讶异，抬头望着高高的曹烽，这好学生居然翻墙？“铁丝网怎么办？”

“铁丝网也可以翻，不是很高。”他爬树很厉害，这么矮的围墙和铁丝网，不值一提。

“那你中午吃没有？”两人推开阶梯教室的门。

“吃了，吃了几个包子。”只是热量消耗掉了，又饿了。

鸭油包很香，但这家的鸭油包也很贵，他想吃，可是忍住了，因为弟弟喜欢吃，但一份很少，他只买了两份而已。

找了个位置坐下，曹烽假装自己不饿，拿出口袋单词书和笔来复习语法，段语澈先吃了一个鸭油包，还有点烫，味道虽然比不上在店里，可也不差。

“烫嘴？”见他咬了一口皮就放下了，曹烽问了句。

“有一点烫。”段语澈心里很感谢他的体贴，又很感动，如果没有曹烽，发生了今天这样的事，自己肯定会受大罪的。

他剥开一颗完整的板栗给曹烽:“你吃吧, 我吃不完的。”

曹烽看见他高兴了、精神了, 自己就高兴了, 说不吃、不饿, 让他吃。

“你只吃了几个包子怎么会不饿? ”只要一到晚上, 曹烽在他房间里, 总是会肚子叫, 他食量也很大, 段语澈当然知道几个包子填不了曹烽的肚皮, “晚上你跟我去食堂, 用我的卡, 我请你吃, 现在, 把鸭油包给我解决了。”

“我只拿了一双筷子。”

“那就用我这双, 虽然用过, 可以拿去洗一下, 就不脏了。”

“我不洗。”曹烽怕他误会, “一点也不脏, 我……别人的我不吃, 你的我可以。”

这还是两人第一次在学校里一起吃饭。

曹烽终于明白了有人作伴和独来独往的区别, 他晚上是和段语澈一起吃的, 饭比平常更香, 还多吃了两碗, 不用赶时间, 一抬头就看见他慢条斯理的动作。

放学回家, 曹烽第一件事就是打开邮筒看, 他已经这么做了快两周了, 早上看一眼晚上看一眼, 养成了习惯, 段语澈终于忍不住地问他了: “你老是看邮筒做什么, 有人给你寄信吗? ”

“有。”曹烽看了他一眼, 心想, 弟弟多半是忘了那件事, 他忘了给自己寄过明信片, 可他却一直记着, 每天都在等待、期盼。在过去, 写信是他最开心的事, 那是他唯一和外界交流的方式, 如果他写的信收到了回信, 他会高兴很久。段述民给他的回信不多, 就一两封, 就是问他好不好, 缺不缺钱, 天气冷不冷, 就是这样的信件, 他始终珍藏着。

不过写信这种古老的方式, 在现代已经被淘汰了。

明信片是过了月考的那天周末收到的, 曹烽打开邮筒, 看见里面有东西, 激动得不能自已, 是一张乌镇的夜景照片, 背后就写了一行字: “乌镇很美, 有机会带你来, 我们去看皮影戏。”

落款写的是TOM.

曹烽第一次收到明信片, 他拿回房间, 放桌上, 隔几秒就看一眼, 随后提笔, 在作文纸上写: 亲爱的弟弟, 认识你才不久, 可是我感觉……

他认为自己文采不够出众, 一边写一边打草稿, 翻开摘抄本看, 这样一封信, 写了一天。

曹烽没有信封，便自己折了一个，把写好的信纸装进去，黏好，放进家门口的邮筒。

原想第二天早上，再打开邮筒让弟弟看的，但是曹烽控制不住自己，夜里快十二点了，突然一下爬起来，冲到段语澈房间门口。

弟弟房间的灯还亮着，他敲了敲门。

"进来。"段语澈准备睡觉了，看见穿睡衣的曹烽，"怎么了？"

"不是什么大事……"他斟酌着用词，"外面的邮筒里，有一封信。"

"信？"他莫名其妙，这和自己有什么关系？

"嗯……"曹烽看着灯光下面庞柔和的他，"可能……可能是寄给你的，你要不要去……看看？"

"你怎么知道是寄给我的？"

“这信上也没写地址，也没邮编，只写了我的名字，怎么寄到我家来的？”打开邮筒的锁，段语澈把信封拿出来观察了一下。

曹烽在一旁也不吱声，见他正要拆开，连忙阻止：“等……等下回房间再看吧！”

段语澈看了他一眼。

小区里路灯少，他们家前院就一盏门廊灯，光线朦胧，曹烽的整张面孔都陷入了阴影，深邃的轮廓有几分不可名状的紧张，不自在地舔着嘴唇。

段语澈心里感到很纳闷。

曹烽说：“外头风大，我们进去吧，你……回房间再看！”

曹烽把弟弟送回房间，还没走，就站在门外，他靠着墙站，心里又有几分后悔，写信这个行为，太傻了，但是又想知道他是什么反应。

段语澈当然不知道他躲在外面，他坐在床上，把信封拆开。

信纸折叠成三段，是从笔记本上裁剪的纸张，雪白而干净。段语澈打开信，瞬间吓了一跳，怎么这么多字，写作文呢？

入目第一行是工整的字体：亲爱的弟弟。

他马上抬头朝门的方向看去。

第二天吃早饭的时候，两个人都没有提信的事，在车上，段述民坐前面副驾驶，两个小孩坐后面，视线接触到了，曹烽特别不自在地挠挠头，转头去看窗外，只要一想到自己在信里写了多么露骨的东西，他就感到害臊及羞耻。

而且他也不想让别人知道这件事，便一直憋着。

段语澈看了一眼开车的小张，和紧锁眉头在看电脑邮件的段述民，犹豫了下，伸手戳了戳曹烽的胳膊："哎。"

曹烽差点跳起来，回头。

"曹烽，你过来，坐过来点。"段语澈把放在两人中央的书包拿了起来，抱在腿上。

曹烽整个人都很紧绷，一言不发地挪过去，挨着他。

他昨晚没睡好，一直想着信啊信，想着自己哪里写得不通顺，写得不够好，他不该那么着急的，要是再给他一晚上，一定可以写得更漂亮。

"昨天那封信，"段语澈也不想让前面两人听见，说话声音很小，很近，"为什么给我写了那么多？"

"是……回信。"曹烽有些难以启齿般，扭过头去对着弟弟的耳边低声说，"写信是一定要回信的，你给我写了，就一定要回。"

段语澈说："这是什么不成文的规定吗？我只不过给你寄了一张明信片而已，而且才一句话。"虽然不记得自己当时写了什么，但犹记得很敷衍地写了一句话就寄出去了。

曹烽却很认真："我第一次收到明信片，没有人给我寄过。"

段语澈笑了笑，其实心里是欢喜的。他只有上小学的时候，在笔友活动上才写过信，但并未收到回信，所以这也是他第一次面对这样的好意，尤其是曹烽还在信里说会永远对他好。

很难不让人动容。

"我下次出去玩，也给你寄明信片，不过你不用给我写那么——那么长的信了，太长了。"他顿了顿，"你给我写的信，我会收好的，谢谢。"

"不用谢。"曹烽更加害臊了，从脖子红到耳根。

上周刚考完试，这周便即将迎来运动会，考试的压力清扫一空，早读时大家也没读课文背单词，而是在热烈讨论班服的事。

班长站在讲台上说："根据投票，选择中山装和民国女学生装的人最多，所以这次运动会我们班就穿这身，请同学们今天到我这里来交钱，要是下单晚了，运动会当

天就收不到货了——男生是150元一套，女生是160元一套，女生比男生多了个发带，所以贵10元，鞋子不用统一买，但是要穿黑色皮鞋……”

“是网上买吗？”有同学发问。

“是的，网上付款，然后寄给我们。”

“那靠谱吗？会不会是骗子？”

“就是，万一是骗子怎么办！”

这两年，网购才刚刚兴起，很多家庭还没有网购的习惯，觉得网上全是骗人的。

“请大家放心，”班长耐心地说，“我家在网上买过很多东西，没遇见过骗子，而且在网上开店是有身份证信息的，骗了人他也跑不掉！”

由于他的这一番话，同学们都陆陆续续地交钱了。

“曹烽，班上就剩你还没交钱了，你要不要班服？”

曹烽手机登录不了QQ，他从同学那里看见了衣服长什么样，觉得150元太贵了。

“我……我不要了吧。”

“那你不走方队了？”班长看着他穿的衣服，是件衬衫，看不出来什么，再低头看向他脚上穿的鞋，运动鞋是白色的，是双名牌，要大几百。

假货？

曹烽自然能感觉到他的视线，低着头说：“班长，我不走方队，衣服也不要了，谢谢你。”

“那好吧。”班长摇摇头，转身的时候嘀咕了句，“真是不合群，这种人干什么要来我们国际班？”

曹烽头埋得更深了，眼神晦暗不明，过了几秒，他继续打开复印的练习册做物理题。

他的物理学得非常出色，物理老师知道他喜欢刷题，而且喜欢提前预习后做题，他改曹烽交上来的作业的时候，不小心看见后面的内容已经全部写完了，包括那些没有学习的内容——

物理老师大致看了一下，发现正确率高的可怕，好像在抄答案那样的高，可他们学校自已出的题，学生是不可能查到答案的，后来他就注意到了这个学生，叫他来办公室，给他推荐了难度更大的练习题，让他拿到文印室复印："签我的名字，不用钱。"

还问他："你是不是特别喜欢物理？你为什么对物理感兴趣？"

曹烽有点答不上来，不知该怎么形容"觉得简单所以喜欢"的感觉。而且他也并不是只喜欢物理，准确而言，他是喜欢数字，喜欢井然有序的感觉。

他在学校里的生活，几乎被刷题所占满了，除了和段语澈，还有前桌女生偶尔说说话，基本不交朋友，孤僻得不像群居生物，独来独往。

运动会走方队要排练，段语澈没有报名，班长来问，他就点头了，反正也没事干。

只是要占用中午午休的时间排练，他就不乐意了。

他和曹烽在食堂三楼吃饭，刚好碰见了班长，班长看见他们两个居然在一块儿，段语澈还在往曹烽碗里夹青椒，特别诧异，好像在纳闷他凭什么和银行行长的儿子来往。

班长对段语澈说了句："等会儿一点钟在体育馆集合，要排练，记得来啊。"

段语澈点了点头，笑着说好，转头又变了脸，吐槽道："中午是休息的时间，凭什么占用我休息的时间！对了，你去不去走？"

"我不去。"

"啊？"

"我没买班服。"曹烽吃着弟弟挑嘴不爱吃夹到自己碗里的青椒，语气很平常。

"你为什……"话还没问出口，段语澈就明白了过来。

班服是要花钱的。

他顿了顿："……我爸不是给了你钱吗，衣服也不贵，以后还可以穿。"

"叔叔是给了，可那些钱我不能花。"他欠段述民太多了，想还给他，但以曹烽目前的能力，很难做到，他知道钱得攒着，以后会有大用处。

段语澈知道他性格，这也不是什么大事。

曹烽："你们排练的时候，我可以陪你过去，你们练习走正步，我在旁边看书。"

吃过午饭，两人买了一瓶水一瓶牛奶，朝体育馆走去。

段语澈站在队伍里，曹烽坐上面，腿上放着段语澈的饭卡、手机和耳机。

体育委员开始按照男生女生的身高排队列，矮的站前面，高的站后面，但他显然没什么组织能力，整个队伍散漫成一团。

班长就站在段语澈前面，调整队伍的时候，班长忽然回头，冲他搭话："你跟那个苗族的，怎么玩一起去了？"

有个和段语澈当过初中校友的男同学，已经在男生宿舍把他的过往事迹传播开了。

段语澈没听懂他话里的意思，回了句："怎么了吗？"

"没什么，就是觉得你……你们不太一样。"

段语澈脑回路都跟他不一样："交朋友还要看民族的吗？"

班长默默在心里说了句：他穿假货啊你都看不出来吗？

"算了……你当我没说吧。"

一个中午过去，什么事都没做好，段语澈光是站着，就累了，体育委员一直在调整队列，说你往哪儿站，你又往哪儿站，你不该站那里……弄得他哈欠连连，别提多后悔了。

下午连着三节课，段语澈都是昏昏欲睡的状态，自习课说什么也不想去排练了。

谁爱去谁去，反正他是不乐意站着听人使唤。

教室瞬间空了大半，曹烽抱着一本才借来的编程书，走到他旁边："小澈，你不去排练吗？"

"不想去。"他趴着说。

"是不是累了？"曹烽蹲下来，和他对视。

他琥珀色的眸子暗淡的很："没意思。"

"那我们就不去了吧，哥哥留在教室里陪你。"曹烽伸出手，动作很轻地摸了摸他的头发，一双明亮的眸子温和地注视着他。

段语澈倒也不抗拒，用鼻音发出一声轻"嗯"，眼睛半眯着，看向他抱着的书："你为什么看编程书？你会这个吗？"

"还在学。"他谦虚地回答。

其实他已经看了很多这方面的书了，也能说是小有所成，只是没有实践的机会。

段语澈："那你要去图书馆吗？"

"不去了，我在这里陪你。"

段语澈坐起身，从抽屉里拿出他万能的枕头："那我们去图书馆吧，我陪你去看书，我上次借了一本书，好像该还了……"

他办了借阅卡后，就只借了一本，是鲁迅的书，但借回来几乎没看过，好像有点看不太懂。

这个时间，学校图书馆一个人都没有，连借阅室老师都在打瞌睡，两个人进来，老师就抬了下眼皮，指了指登记册让他们写一下班级和名字，就继续打瞌睡了。

天气转凉，图书馆没有开空调，温度很适宜。

把书还了后，两人走到最后面的农业书籍区。

段语澈把枕头拆开，分解成毯子，这条毯子并不大，刚好可以裹住他而已。

他坐下来，左看看、右看看，随手抽了几本书放在地上，当作枕头，就那么躺下去。

曹烽把校服脱下，盖在他身上，问："这样睡不会不舒服吗？"

"嗯……"他皱了皱眉，戴上耳机说，"书太硬了，枕着不舒服。不过可以忍一忍。"

把图书馆当自己家，还专门带毯子来睡觉，这种事也只有他能干得出来。

段语澈闭上眼睛，只忍了两分钟不到，就睁开眼。

"书卡着我脖子了，痛。"他蹙着眉尖。

曹烽空出一只手伸过去，放在他后颈窝的缝隙里，很轻柔地托着他的脖子说："睡哥哥手上吧。"

他的手掌很温暖，托着他脖子的时候，带着一种好像永远不会用力的温柔，比书舒服很多，段语澈却很犹豫，看着他一只手拿书、两条长腿交叠的姿态，问："你手给我用了，怎么翻书？"

曹烽沉默了几秒，低声说："我一只手也可以翻书。"说完，风翻动了一篇书页，曹烽想翻回去，结果一只手没拿稳，书掉在地上。

曹烽抿紧了唇，不由自主地收紧手心。

两人对视几秒，段语澈感觉自己被他捏了几下脖子肉，有种怪怪的感觉。他到处看了看，忽然啊了一声：“曹烽，那我睡你腿上吧？”

曹烽托住他后颈的手掌穿过去，单手抱着他的肩膀："嗯，睡哥哥腿上吧。"

段语澈他身子歪着，头靠在他的大腿上，重新闭上了眼睛。

曹烽捡起地上的书，翻到刚才看的那一页，继续阅读。

书没看几页，图书馆五点半关门，老师要去吃饭了，曹烽把弟弟叫醒，段语澈坐起来，有点茫然地睁着眼睛，曹烽记下页码，关上书，帮他收好枕头后，拉着他起身："要关门了，我们去食堂吃饭吧？"

段语澈点点头，被他牵着出去，下了楼，凉风一吹，摘下耳机，才慢慢醒过来。

运动会是周四举办，而上周的月考成绩，差不多已经出来了，但是学校好像是为了不让学生被成绩打击到，暂时没有通报。不过，段语澈并不在乎这个，考试他倒是去了，但不过就是走个过场，写了个选择题，别的都没动。

班上男生比女生多，分担到男生身上的项目也就更多。

曹烽一个人要跑三千米、一千米、跳远、跳高，还要跑接力赛。

段语澈是运动会前一天，听见小波老师念名单，才知道他居然报了这么多的项目，最难的那些项目，全让他一个人包揽了。

这得累死吧？

"谁让你报那么多的？"晚上放学回家的车上，段语澈忍不住问了。

"我也不知道自己具体报了什么，体育委员帮我报的名，他问我，我就说好。"曹烽腿上放了一本厚重的英汉词典，他这书是新的，九十八元一本，他白天晚上都要用，随时都带着，怕放学校里丢了。

段语澈觉得他有点傻，不过曹烽自己觉得没什么："我以前上学，要下山的，走路要十公里路。"说跋山涉水毫不夸张，"所以跑点步，为班级争光，没什么的。"

段语澈也不知道说什么好，让小张在小区外面的药店停下，他下车买了一盒葡萄糖："他们说要喝葡萄糖，你放书包里，明天就带上。"

车子开进小区，小张把车停在门外，段语澈从外面看见家里黑漆漆的没有光，就问小张："我爸是不是还没下班？"

小张说是："他还有点工作。"

"最近怎么老是这样……"段语澈嘀咕道。

曹烽心里知道段述民为什么最近经常不爱回家的原因，可却不能告诉弟弟。

他回房间，打开书包，拿出了今天刚发的班服，不是他的，是段语澈的，发下来后一直装在他的书包里。

他拆开塑料包装，拿出来有股不好闻的味道，这件衣服布料很差，剪裁也不行。

曹烽自己穿衣服不挑，但这件衣服是段语澈要穿的，卖这么贵质量还差就不能忍了。

他捧着衣服去敲门，正想让他试试看合不合身，刚进门，就听见他在跟人讲电话，用的是一种曹烽听不懂的语言——不是英语。

段语澈看起来似乎有些焦虑的模样，似乎越洋电话那头有什么让人犯难的事一样。

曹烽没有打扰他讲电话，单是走进去，把衣服放在床尾凳上。

这个电话没讲多久，段语澈就挂了。

"小澈，你要不要试试衣服合不合身？等下我拿去给你洗了，明天穿。"

"好啊。"中山装是两件套，段语澈选的XL码，里面得穿白衬衫。

他脱下校服，穿上外套。

曹烽在旁边问："在跟你小姨讲电话吗？出什么事了吗？"

"不是我小姨，是……我邻居家的阿姨，跟我关系很好的哥哥留下一封信离家出走了。阿姨发了邮件给我，问我有没有他的消息。"他扣上中山装的扣子，走到衣帽间照了照镜子，"是不是有点大了？"

曹烽走到他后面，垂眼扫到他雪白的脖颈，用手指比画了尺寸说：“肩宽有点宽，腰也可以收一下，长度是合适的，我那里有针线包，等下帮你裁。”

段语澈“咦”了一声，抬头看他：“曹烽，你还会改衣服呢？”

“会一点，长辈的衣服不穿了，改一改我就能穿了，很简单的。”曹烽大概目测了一下要改多少寸，用手去量他的腰，想着收一点就行了，太掐腰也不好看。他说：“裤子你要不要试一试？等会儿给你改完，哥就给你洗了。”

“你把裤子给我一下。”

曹烽去给他拿裤子，段语澈在衣帽间弯腰脱下校裤，并不避讳他。

段语澈穿上，站起来走了几步说：“腰大了一点，不过长度还很合适，不用改了，反正也只穿一次。”

曹烽把中山装拿回房间，顺手把他穿脏了的衣服、内裤袜子什么的，全都拿走了，把脏衣服放在洗衣机旁边，他打开房间里的台灯，整理了一下乱七八糟的桌面，用剪刀裁开衣服肩膀的线。

改完上衣，已经过去两个多小时了，曹烽蹲在洗衣房把内裤给他搓了，衣服分颜色放进洗衣机，摁了烘干，又去敲段语澈的门。

段语澈刚刚打开电脑，正准备搜索一些东西，见他进来，就把电脑阖上了：“你明天早上要比赛吧，怎么还不睡？”

“你邻居有消息了吗？”曹烽把蒸热的牛奶放到他床头柜上。

“还没呢，是昨天走的，Victor也成年了，还留了信，这事儿警察也不管……”

Victor就是失踪的邻居。

他把电脑丢在旁边，端起热牛奶喝了一口，然后想起来吃钙片和维生素，就拉开抽屉，拿出几个药瓶子。

“怎么会离家出走，是跟家里闹什么矛盾了吗？”

“也没什么大矛盾，”段语澈想了想似乎算不上，他一颗一颗地往嘴里塞药，一边咀嚼一边道，“Victor留的信里说，是追求自由和幸福去了。”

今天天气有些阴，刚起床段语澈就感觉到了比平常冷，降温了。

拉开窗帘，外面是雾蒙蒙的天。

起床，他只在厨房看见了曹烽，没见到段述民，知道他又没回家，这次连短信懒得给他发了。

他前几天就告诉段述民，说周四有运动会，曹烽有长跑项目，他也有接力赛，虽然没明说，但是希望他来看的。

现在看来，段述民多半是忙工作忙得忘了，段语澈并不明白为什么他明明什么都不缺，身体都检查出三高了还这样拼。

他知道妈妈走的时候，留了他的抚养费给爸爸，还有一笔巨额遗产在小姨那里，而且他还有信托基金，等到他成年，就全部留给他，段述民根本没有必要这样去赚钱。

尽管段述民没回家，小张还是很尽职地准时来接他们。

段语澈的班服是改过的，穿着特别合身，和其他人穿着的模样非常不同。

他黑发柔顺，衣冠齐整，模样精致，穿上中山装就好像民国贵族小少爷。和曹烽一起进学校的时候，就惹得不少同学频频回头看他。

进了班里，更多的人开始惊叹："你衣服怎么跟我们的看着不一样？"

整个班级都穿黑色，唯一的例外，就是穿校服的曹烽。

他长得特别高，站在队伍里越发鹤立鸡群。

或者说格格不入。

曹烽很敏感，感觉到了自己和别人的不同，也有异样的眼光，可他只是站得更高更直，仿佛生来就如此骄傲。

整个上午，都是冗长的开幕式，结束时天上忽然开始飘雨。上午没有曹烽的项目，小波老师忙着给比赛的同学加油，段语澈也被飞机拉着去小卖部买零食了。曹烽回了趟教室，教学楼里人很少，他走到办公室门口，轻轻推了推门。

门是锁着的。

下午曹烽有三个项目，跑了个三千米，只是有点累，他状态比所有人都好不说，还拿了小组第一。

至于最终成绩，要等下周。

马小波在终点等着他，激动地说："曹烽，你跑得太快了！简直是飞毛腿！"

对别人而言三千米是耐力赛，对曹烽这个每天走十公里山路的人而言，并不算什么。

段语澈倒了一杯葡萄糖给他："刚才你跑步，我一直在给你加油，你看见我没？"

"看见了。"曹烽微微有点喘，喝了口葡萄糖，他是脱了校服跑的，全身都被汗水打湿了。

"等会儿要接力，地很滑的，你跑慢一点，千万别摔了。"下午雨才停，橡胶地是滑的，他们比赛的时候有两个同学就摔了。

"我穿的是钉鞋，怎么会摔啊！倒是你，还能跑吗？"

曹烽笑了笑，表示小意思。

结果接力赛一开始，接二连三的有人扑街。

还不是一个两个，但基本上摔了的，马上就站起来，继续跑完剩下的几十米，没有人停在半路上哭。校长和教导主任就在旁边，看出了状况，干着急，嘴里讨论说："要不然就叫停了吧，这么多同学都摔了。"

校长皱着眉说："那就比完高一这拨，直接开始拔河吧。"

不幸的是，这个指令下达前，刚好轮到了七班。

接力的位置没有多大讲究，最重要的就是第一棒和最后一棒，曹烽被安排在了前面，他长得又高、腿又长，发挥很稳定，枪声一响，遥遥领先。

曹烽跑过去，把棒递给对面，就站在后面看。

他不关心什么名次的，只关心弟弟跑的时候别摔了。这么想的时候，前面一个班一个女生就滑了一下，一屁股坐在了地上，接力棒都甩飞了。

旁边一个班正在跑步的，眼看着对手失利自己要反超，还没来得及笑，一脚踩上接力棒，尖叫一声滑倒了。

不远处的校长脸上露出了惨不忍睹的表情："校医，叫校医！"

段语澈是下一棒。

曹烽是真的紧张他，到旁边去一路跟着他跑，段语澈穿的钉鞋抓地，不容易摔，可这却是一双新鞋。

他爆发力很强，跑得飞快。

曹烽眼睁睁看着他快跑到了，右脚忽然扭了一下——只一瞬间的事，几乎连停顿也无，继续跑完剩下的十几米。

段语澈慢慢减缓脚步，脸上表情有点难看。

班长递给他一瓶矿泉水。

很多摔破皮的同学，就在旁边用消毒水简单处理伤口，段语澈走得很慢，他在喝水，而旁人几乎看不出他有什么问题，崴脚的那一下太快了。

曹烽钻过人群，面露焦急，直直朝他去："小澈！"

"嗯？"

曹烽说："你脚疼不疼？"

"你看见了？"段语澈说，"还好，我又不是忍不了，不是什么大问题。"

"你坐着休息，别乱动，来，过来。"曹烽拉着他回到班级休息区域，还让他脱鞋自己看看，段语澈看周围好多人，嫌丢人，不肯，嘴里说"不疼，没问题，好都好了，你那么紧张做什么，脚崴的是我又不是你。"

曹烽不好意思说，你受伤我比你还觉得疼。

坐下的时候不使力，自然是没什么问题。

运动会结束了，马小波让班长叫几个男生把饮水机和桌子搬回教室，班长看见曹烽，就叫了他，曹烽摇摇头："他脚有点受伤了，我得陪他去医务室。"

段语澈的脚不能使劲，只好开启单脚跳模式，跳到医务室外面，发现还有很多人。

因为今天下雨的缘故，受伤的人不在少数。

段语澈说算了：“不是什么大问题，我们回教室吧。”

好在七班在二楼，他全身都挂在曹烽身上，也没费多大劲，就上楼了，有人看见他这样，就问：“你受伤了？”

“崴了一下而已。”

把段语澈扶到教室，曹烽问：“想吃什么？哥去食堂给你买。”

“我叫飞机帮我们带回来吧，你别走。”他知道曹烽下午消耗的精力不小，“坐下，坐这儿。”

曹烽想了想，说好：“让飞机再买两根冰棍吧。”

过了好一会儿，快上晚自习的时候，飞机才回来：“玉米两根，烤肠两根，鸡腿两个，冰棍两根，全买回来了！”

段语澈说了声谢谢，曹烽从兜里掏出几张十元的零钱：“多少钱？我给你。”

飞机算了下账，曹烽把钱给他，又说了声谢谢：“飞机，晚自习是电影，你能不能跟我换个位置？”

飞机也很爽快，没问原因，从抽屉里拿了自己的东西就去曹烽的座位上坐下了。

段语澈低声问他：“为什么换位？”

“你脚崴了，得冰敷。”

段语澈不明白这有什么关联，曹烽继续说：“你得脱鞋，脱袜子。”

“……我不。”

他是不会在公共场合干这种事的！

曹烽很耐心：“弟弟，你的脚现在不冰敷，回家就更严重了。”

段语澈以前踢足球受过伤，当然明白道理，只是……在教室里脱鞋？

曹烽压低声音：“等会儿全校都放电影，也不开灯，你把脚放我腿上，没人看见，不丢人。”

段语澈：“……”

“不！”

很快，晚自习开始，灯全关了，老师进来放了部奥斯卡，就出去了。

曹烽轻轻碰了碰他："弟弟。"

段语澈不想理他："我不敷。"

"弟弟。"

"不！！！"

曹烽无奈："那冰棍怎么办？"

"我怎么知道？"

曹烽觉得有点可惜，如果不吃也太浪费了，但这个天气，对段语澈的胃不好。

冰棍有些化，他拆开后，三两口吃下去，冻得他直哆嗦，旁边的段语澈看见他这个样子，又忍不住笑了："吃这么快干什么，没有人跟你抢……"

放学，电影还没结束，段语澈早就看过这部《美丽人生》了，不感兴趣，只想早点回家，但曹烽没看过，入了神，直到下课铃响，段语澈拍他，才从电影的世界出来。

"你还想看？电影还有一个小时呢。"

曹烽摇头："走吧，我们回家吧。"话这么说着，眼睛还是不肯离开屏幕。

同学们陆陆续续地走了。

段语澈看他这么喜欢，倒也不急了："那再等一会儿吧，现在刚放学，我走得慢，人太多了不方便。"

段语澈给小张发了条信息，曹烽继续看电影。过了有二十分钟，班上差不多已经没有人了，只剩几个还不肯走的。

曹烽感觉时间有些晚了，小张还在等着，就说："我回家再看吧，家里不是有电脑吗？"

"嗯，走吧。"段语澈走不快，脚腕比方才还要更痛些，出了教室后，曹烽看他一瘸一拐，忍不住蹲下："哥背你。"

段语澈微愣："不用，我自己走。"

"学校里也没人了，这么晚了没人看见的，不丢人。"

他仍不肯，觉得很不好意思："我慢慢走吧。"

他有次装病，段述民急的背他去医院，结果背了几步路就开始喘，怕曹烽吃不消，也怕被学校里同学看见。

曹烽说不过他，就扶着他慢慢下去。

夜色深了，两人慢慢走在秋夜静悄悄的校园路上，自行车棚人烟稀少，绕过车棚，走出校门。

小张等了有一会儿了，他正下车在抽烟，看见这一幕，连忙着急地跑来：“少爷怎么了？”

“我没事，脚崴了一下。”他单脚点地，“我爸呢？”

小张有点紧张，说：“你爸爸还有工作，估计会晚点回来。”

“哦。”他表情有点难看。

小张说：“那我给他说一声，你脚的事。”

“不用告诉他了。”段语澈坐上车，神情淡淡的。

小张不敢吱声了。

回家是晚上十点了，段语澈脱鞋的时候，看见脚腕鼓了一个大包，皱了皱眉。

曹烽看见肿得很严重，表情凝重地说：“小澈，我房间里有我从寨子里带过来的药酒，给你擦一下。还有冰块，哥先给你弄冰块敷一会儿。”

他有模有样地学着段语澈上次那样，拿出冰块用毛巾包着。

段语澈坐在床上，脚搁在冰块上，也无须用手去按，便顺手打开电脑，搜了电影出来。

曹烽回房间拿了药酒过来：“你再敷十分钟，我给你擦。”

“这么臭？”他掩着鼻子，难掩嫌弃的表情。

“很管用。是古法苗方，传了很多年。”

“太臭了，我不擦这个，崴个脚不是什么大事，几天就好了，以前我就是这样。”段语澈说什么也不肯，“你继续看电影吧。”

笔记本电脑放在床上，开着外放。

曹烽一面看着电脑屏幕，一面去看他被冻红的脚：“真的不擦药？”

“不用了。”段语澈说，“把电脑带走吧，你回房间看电影，我洗澡睡觉了。”

“别摔倒了。”

“……知道了！”

曹烽回到房间里，把剩下的那点电影看完了。电影很短，电影里的人生却很长，他怅然若失，打开书桌的台灯，继续修他的八音盒。

这种微型八音盒结构太精妙了，构造零件全部都很小，需要用放大镜看着修。

曹烽打开搜索页面，然后切换到历史，他上次搜出过相关的Sankyo的页面，是日文的，当时是用网页翻译的。

段述民还是从小张那里得知了段语澈脚崴了的事，他第一反应是这小孩又装病了，接着小张说：“是真的，他晚上放学都是曹烽给背出来的，行长，小少爷伤得不轻，路都走不了，您回家看看吧。”

段述民立马从酒店赶回家，到家的时候，已经是深夜了，他急躁地进客厅，一开灯，却看见一个人坐在地毯上喝酒。

“哎？小烽？”

曹烽看见他回家，立马把酒瓶子拧上，非常窘迫地喊了一声：“段叔叔……”

“这么晚了，你怎么还不睡？小澈呢？”

“弟弟已经睡了。”

“喝了多少？”段述民看他脸是红的，大概是酒精的缘故，可是为什么连眼睛也是红的？

曹烽摇摇头：“没多少。”

他喝的是自己带来的糯米酒，度数不高。

“出什么事了吗？小烽？”段述民是个人精，哪里看不出来他的不对劲。

“没、没什么。”曹烽慌忙低头，发誓要把这个秘密守到坟墓里，“就是，我最近在做个东西，遇到了麻烦。”

“哦，做东西啊，叔叔还以为什么事呢，看把你难过的。”段述民当然知道曹烽现在半个房间都成了工作间，他搞些乱七八糟的小发明，至于是什么小发明，段述民也不太清楚，不过他认为这是好事，小孩有自己的爱好、想法，对未来有很大的

帮助。

曹烽有些难堪。

段述民说："你在房间里做这些也不太好，家里有个地下室，一直没怎么用，明天我让人来腾一下，给你弄个工作间，你看看你需要什么工具吗？我都叫人给你准备上。"

曹烽忙说不用，段述民却很坚持，说地下室放着也不用，还不如利用起来："对了，地下室还有个按摩椅，装修的时候买的了，你搞发明辛苦的时候，就按摩一下，放松放松。"他越说越觉得这个主意好，"看来我们家里要出个科学家了！"

曹烽推拒不过，便同意了，只是看着心情仍然不见好，段述民有些郁闷，心想他是不是考试不太理想，就安慰了句："如果遇见了什么麻烦，也别多想，既来之则安之，事已至此，不如接受它，你说是不是？"

"既来之则安之……"曹烽重复了句，闭了闭眼，"我记住了，谢谢叔叔……弟弟的脚受伤了，明天的运动会，他应该没办法去了，您帮他给老师打个电话请假吧。"

因为这个原因，第二天两个人都没去叫段语澈起床，倒是段语澈自己有了生物钟醒了，看了眼时间，还很纳闷："怎么今天忽然这么安静？没人叫他？"

这都快迟到了！

正当他胡思乱想的时候，门忽然开了，他以为是曹烽呢，闭着眼睛装睡打算捉弄他，结果感觉到来人轻手轻脚地进来，掀开了一点被子。

段语澈倏地睁眼。

段述民说："醒了啊？"

"爸？"段语澈看见爸爸，自然很高兴，只是他很多天没有回家，心里有很大的不满，语气便淡了下来，"你什么时候回来的？"

"昨晚。"他说，"爸爸一听说你脚伤了，就赶紧回来了。"

"曹烽说的？"

"小张说的，怎么样，爸爸看看你的脚消肿没有。"他掀起被子一看，表情立刻就变了，"怎么肿这么高？像个馒头一样。"

段语澈看了一眼，淡定地说："还好啦，比昨天好多了。"

"昨天更严重？"

“嗯……好了，我要起床了，你先出去。”

段述民：“爸爸已经帮你给老师请了假，今天就不用去学校了，反正也是运动会。”

段语澈微愣：“那不行，我还有项目呢！”

“你小烽哥哥说帮你跑，你现在这样也跑不了步，别折腾。”

他“哦”了一声，又问：“曹烽呢？走了吗？”

“走了，去上课了，你安心在家养病，爸爸今天就在家里照顾你，哪里都不去。”

段语澈神情淡淡，提不起一点高兴，曹烽都不来看自己一眼就去上学了？

他并不知道，曹烽在他起床前，就进来看过他，见他还在睡，就安静地走了。

曹烽觉得自己需要冷静一下，去学校比赛，恍惚地跑步，跑完马小波用力拍他胳膊，说干得漂亮，跑得真快，他也呆呆的，完全提不起精神来。

心里胡乱地想弟弟的人际关系，怀疑他身边的每一个出现过的男性，小澈是不是被谁给带坏了？

“曹烽，你今天表现这么好，怎么精神这么差？是不是在担心成绩？”马小波本来想表扬他，看见他状态不好，就说，“你等下来我办公室，英语试卷早改出来了，你拿过去发给班上同学。”

曹烽去了办公室，正好看见马小波打开电脑，开始调座位表。

他侧头去看了一眼，段语澈旁边还是杜鹏飞的名字。

曹烽盯着电脑屏幕有几秒，好几次犹豫，想告诉小波老师，让他把自己换到段语澈旁边。

最后都没能宣之于口。

他写了个程序，也试了几次，应该是管用的，但始终迟疑要不要用，万一被发现了怎么办？

曹烽把试卷发了下去，甚至没心情看自己考了多少分。

是前桌的贺恬恬转头看见他试卷上的130分，才“哇”了一声：“你英语学这么好？”

平时外教课、英语课，曹烽每次站起来讲英语就会惹出笑话，谁也想不到他居然能考出130的分数！

贺恬恬又笑眯眯地说："我只考了89，哈哈，我有些题错了，你能不能帮我讲讲？"

曹烽仿佛反应慢半拍似的，低头看了一眼试卷，也没有什么反应。

贺恬恬脸上的笑有些挂不住了："曹烽？"

曹烽这才回神，勉强一笑："好，你哪道题不会？"

贺恬恬指出几道选择题，都是比较简单而经典的语法题，曹烽语法学得很好，看了眼就告诉她："这里有Only，不能用最高级。"

"Which既指代人又指代物。"

"这个从句……"

他讲得特别快，好像很缺乏耐心似的，讲完还问她："听懂了吗？"

"懂了，谢谢你。"贺恬恬根本没认真上过语法课，哪里能听懂这些，不过是找机会跟他说话而已，她眨了眨眼睛，"你今天好像不太高兴的样子。"

"嗯。"他声音有些沙哑，"昨晚没有睡好。"

昨晚几乎没有睡着，爬起来继续挑灯修八音盒，早上起来脸上有胡茬，他也没有剃，看起来颓得要命。

晚上又是看电影，这次曹烽没有留在学校，他给马小波说自己不舒服，然后就直接回家了。

家里正在搞装修，院子里腾了些纸箱出来，门大开着，还传来电钻的嗡嗡声。

发生了什么？

曹烽背着书包进门，看见段语澈翘着腿，一只长腿挂在沙发上，手握游戏柄开着电视机打单机赛车游戏。

曹烽一回来，因为分神，段语澈一下撞了车，GAME OVER，嘴里爆出一句不知道是哪国语言的脏话。

哪怕听不懂，曹烽也能从他的语气判断出他是在骂人。

"回来了啊？怎么这么早？"段语澈丢开游戏手柄，侧头看他，"我爸为了你这个好儿子，专门为你搞装修，把地下室改成工作室，高不高兴？"

曹烽点点头，嘴巴张了张，说了句："我想回来看你，就请了假。"

段语澈愣了一下，然后嘴角微微扬起："我好多了，上午去医院正了骨，不过我明

天要去看望周泽亮，所以我明天也请假。”

“……你要去看他？”曹烽语气有些怪。

“他好像是真的生病了，每天都要去医院换药。”段语澈一开始以为他是装的，就连周泽亮自己也觉得自己是装的，结果一做检查，居然倒霉到真的染上了病。

这一个病，起码是一个月不能来上学。

曹烽眉头微微锁着，好像有化不开的愁：“明天是周六，下午我放学回来陪你去吧。”

“……你今天怎么回事？”段语澈也发觉他情绪的问题，“考砸了？”

曹烽不知道为什么小澈和段叔叔看见他心情不好，就会往成绩方向想，如果他考砸了，会伤心难过，但绝不是这样失魂落魄。

曹烽正想说些什么，段述民突然从地下室的楼梯上来，招呼道：“哎！小烽回来了？快下来看看。”

“好。”他看了弟弟一眼，下去后，整个人都张大了嘴。

地下室是个不大的空间，不到二十平方，有一道门是通向地下停车场的，上了锁。

原来地下室放一些杂物，现在把杂物全部搬走，就只剩下一个黑色的高级按摩椅。下午的时候段述民买的家具就到了，刚刚安装完毕，有个巨大的工作台，桌上和墙上挂着各种电锯、胶枪、电钻等工具。

段述民说：“我差点把五金店搬空，不知道你用不用得上这些，反正全买回来了，按摩椅有个遥控器的，不知道丢哪里了，不过那个也用不上遥控器，晚上我试试是不是能用的。小烽，以后啊，这就是你搞发明的地方了！”

“你觉得怎么样？还需要什么吗？需要什么叔叔给你买。”

“这……太好了，段叔叔，我……”他语无伦次地说，“谢谢您，我，我不知道要怎么报答您……”

“年轻人，努力就行了。”段述民大学读的是师范，毕业就分配去山区支教了，在大山里，很多小孩一辈子都见不到外面是什么样，曹烽太努力了，帮助他实现梦想，算是段述民的一点私心。

他拍了拍比自己高很多的曹烽的肩膀，说：“叔叔等着你以后变成科学家。”

曹烽用力地点头，眼眶微红："您放心，我一定努力，我一定……"

"行了行了。别说那么多，都是一家人。"

"我爸对你怎么这么好？"段语澈下来看了一眼，也有点酸，这家具可不便宜，装修造价不低，看来段述民是真想培养个科学家出来。

曹烽笑了笑，没有接话。

晚上，曹烽在房间用电脑试了试代码，然后注册了一个外网的邮箱，编辑了几个不同标题的邮件，把木马上传。

如果马小波的座位表文件就在桌面，木马会自动下载，然后篡改Excel数据，把杜鹏飞和曹烽的名字调换，过五秒后，木马会启动自杀程序。

整个过程只需半分钟，并且完全是后台完成，只要马小波点击邮件链接，就中招了。

曹烽绞尽脑汁编辑了几个骗局。

第一封邮件是#恭喜您获得一等奖！请点击链接……#

第二封是#网传一高中老师中双色球两个亿，他竟把钱都……#

第三封是#JJ棋牌送您1000欢乐豆，请尽快领取……#

他不小心看见马小波在电脑上玩在线斗地主游戏，还很入迷。

分别设置了几个自动发送后，曹烽关掉电脑，从书包里找出一张试卷。

"小澈，这是你的试卷，今天刚发的。"他过去的时候，正好碰上段述民也在房间里，还难得地陪儿子玩起了拼图。

不过与其说是玩拼图，不如说是坐在拼图毯旁边干看着，基本什么忙都帮不上。

拼图现在差不多完成了五分之一，是曹烽和段语澈一起努力的结果，拿奖是没可能了，不过段语澈在对待这件事情上，有着极高的兴致，并不在乎拿奖。

段述民听见是试卷，抬起头来："是哪科？考了多少分？"

段语澈连试卷都没看见，就直接回答道："88分。"

段述民："……"

段述民："儿子，商量一下，别总是对88这个数字情有独钟行么？偶尔也考个其他分数，比如150，英语可是你的强项。"

"考150有什么用啊。"段语澈慢悠悠地说，"我其他科都十几分，我喜欢88。"

这下，曹烽算是明白了，为什么段语澈只做了一部分的题，他回来的路上检查过弟弟的试卷了，很多题没有动，而他动了的，刚好是88分值的题。

在这个对他而言像小学题难度的科目面前，他的乐趣在于控分，而不在于满分。

段述民又问："那小烽呢，考了多少？"

段语澈也看向他。

"没考好。"曹烽有点羞愧，"英语考了130，物理好像是100，其他科目还不知道。"

"130？100？"段述民重复了一遍，"你们物理就是100满分对吧，考了满分？"

"嗯。"

"好样的！哈哈哈哈，小烽，真给叔叔长脸面。"段述民对曹烽寄予着厚望，曹烽也的确没有让他失望，这个孩子勤奋、踏实、有上进心！

他甚至在心里琢磨着，明天就给他们马老师打电话，让曹烽跟段语澈做同桌，有这么个好榜样在旁边，再怎么说也会有些带动作用的。

而段语澈，看着父亲红光满面地夸奖他的"另一个儿子"，一句话也没有说。

曹烽本来要过来找弟弟谈谈的，碍于叔叔也在，就憋着没说。

第二天一大早，马小波进了办公室，登录了工作QQ，各个工作群都在弹消息，就在这时，电脑咳嗽两声，右下角弹出一条邮件提醒：#美女荷官在线发牌……#

什么鬼东西，他把邮件关掉。

第一节是七班的课，马小波进了七班，监督了一圈早读，发现自己忘记拿水杯了，就回了办公室。

办公电脑这时又咳了两声，他抬眼一看，一条新邮件：#网传一高中老师中双色球两个亿，他竟……#

都什么乱七八糟的！

怎么这么多骗子邮件？当他一个人民教师这么好骗吗？两个亿，一看就是骗人的。

中午，马小波要准备下午的课，得打印一些试题，当他打开Word文档时，右下角再次弹出一条邮件。

咦？

1000欢乐豆？

马小波还没反应过来，就下意识点了进去。

邮件跳转进一个网址，一进去就崩掉了。

马小波这时意识到又是骗人的，立刻愤怒地关掉了页面。

就在他不知道的时候，木马已经钻进了他的电脑。

下午第一节休息，但二三节都有课，马小波在办公室里玩扫雷，忽然接到了段述民电话。

段述民和他们校长张宪元关系非常好，这周一开年级大会，张校长还专门叮嘱过他："你们班那个，段述民行长的儿子，他爸爸跟我说啊，说小孩国外回来的，不喜欢学习，平时就不要太为难他，给个班干部让他当当嘛。"

马小波心知肚明，张校长是想从段述民那里搞贷款。

接起电话后，段述民也非常客气，说："马老师，太不好意思了，您这会儿在上课吗？"

"还没上课，刚休息呢。"

"是这样的，我呢，打电话是想问问最近……"

"段语澈的情况？他最近表现得不错，听各科老师说，作业都按时完成了。"尽管有很大的抄作业嫌疑，而且考试成绩也烂到了极点，他们班的数学任课老师，脾气暴，正好看见段语澈的试卷，一看他只做了选择题，全选C，直接给他判了零分。

今天那数学老师才知道，这个全选C的学生不是别人，就是七班的那个段语澈。

而且年级上的唐主任，还逮着过一次他偷偷抽烟，刚想抓起来，一看是他，稍微一犹豫，段语澈拉着他同伙就跑了。

至于这些，马小波就没提了。

“不，我是想问，寄住在我家的那个孩子，就是曹烽，他的情况。”段述民语气拿捏得非常温和，让人感觉恰到好处的舒服。

“曹烽啊，哈哈哈，他学习也好，我这边都拿到成绩了，周一再打印总成绩表，目测他这次应该是我们班的第一名了。不光学习好啊，德智体美劳，全都出色，打扫卫生从不含糊，从来不偷懒，品德也好，还有运动会，他替我们班争光了……”

马小波逮住曹烽就是一顿猛夸，对于出色的学生，他向来不吝夸赞之词。

段述民听着特别高兴，立刻说：“他表现好我就放心了，对了马老师，您能不能让他做段语澈的同桌？实不相瞒，段语澈挺听他这个哥哥的话，把他们安排在一起，一定是有好处的。”

“明白、明白，这个是小事情。”他顺手关掉扫雷，打开座位表，正准备把曹烽的名字换到段语澈旁边去，就看见曹烽二字，赫然躺在段语澈名字的旁边——

不仅如此，只有一米六五的杜鹏飞，被安排到了曹烽原来的座位，也就是靠墙那一列的最后一排。

诶？

自己什么时候改掉的？

马小波一头雾水，也弄不清楚怎么回事了，他当然不可能把一米六五还有些近视的杜鹏飞安排在那样的座位，于是顺手调了一下，换了个高个子过去。

曹烽记下家庭作业，收拾好书包回家，本来段述民让小张来接曹烽，小张临时又请了假，曹烽也认为没有必要专程来接他，就准备坐公交车回去。

校外的公交站，要走十分钟左右。

曹烽走过去，正好碰上了同学贺恬恬，她是住校生，平时一周回家一次。

“曹烽，你也坐733这趟？”

“嗯。”

“你在哪一站下？”

曹烽说：“临泉大道。”

“哦哦，城东啊，那边有个徽山湖。”

曹烽点头，徽山湖就在他们小区背后，他早上去菜市场买菜，喜欢从那里跑步路过。

贺恬恬发现他就是个闷葫芦，问话就只会“嗯”“啊”“对”几种回答，简直是个话题终结者。

她绞尽脑汁，又想了个话题：“哦，对了，你那个网友，怎么样了？”

曹烽愣了一下，然后想起来她指的是什么。他抿了抿唇，说：“我还没跟他谈呢。”

“那一定是很重要的朋友了。”

他低“嗯”了声。

贺恬恬：“那要不，你加我好友，你不知道怎么说了，就给我发消息。”

“可是我……”我没QQ号码。

曹烽才意识到自己的谎言是错漏百出的，顿了顿说：“我手机上不了网，你给我一个号码吧，我回去弄。”

贺恬恬立刻掏出纸笔，写下自己的号码：“这是我的网名，秋日私语。”

“你记得加，别弄丢了。”

两人上了公交车，又同行了有五六站路，贺恬恬下车，转乘另一趟。

回到家是六点半，进门，段语澈还像昨天那样，躺在沙发上气鼓鼓地玩头文字D，但他玩得并不好，坚持不了几分钟就Over。

段述民正在做饭，曹烽鼻子尖，闻到了海带炖猪蹄的香味。

“曹烽。”段语澈喊住他，“你过来陪我玩一局游戏吧。”

他坐下，接过弟弟递给他的手柄，“今天不是要去看周泽亮吗？”

“去不了。”他有点生气的模样，扫了段述民一眼，“他不让我去。”

“我也觉得别去，等你脚伤好了，能走路了，哥哥陪你一块儿去看他。”曹烽拿着手柄，却不知道怎么玩，他这个连电视机的，看起来比街头那些游戏厅的更加高端。

“这样，你看右边，是方向键，按上就是……”段语澈稍微指导了他一下，曹烽就学会了。

两个人PK了几局，段语澈总是输得很快，输得他没脾气，丢掉手柄说不玩了。

大约是段述民不让他出门的缘故，小孩儿又闹小脾气，吃完饭就躲房间里去了。

曹烽想到要注册一个QQ号的事，还是去找了他：“小澈，你能不能教我注册一下QQ？”

段语澈还在弄那副“嫌疑人”的拼图，闻言道：“行啊，你进来，我教你。”

曹烽不是不会，他就是想借机跟弟弟谈谈那件事。

进门的时候，曹烽给房间落了锁。

段语澈打开电脑，连网，点击注册：“填写资料，你的生日。”

曹烽：“1988年，2月19日。”

“也不用填真的，网上大家都填假的。”段语澈随便给他填了个1956年。

“那不是五十岁了？”

“网上嘛，什么都可以，你还可以把性别设置成女，头像选一个可爱点的。”

曹烽：“……”

段语澈：“哎，你网名叫什么？”

“叫……”曹烽想了想，“面朝大海吧。”

他很喜欢海子的诗。

“行吧……么一安面，朝，次奥朝怎么拼的？你打。”他拼音学得不行，经常遇见不会打的字，聊天的时候就用英文代替。

一边设置资料，曹烽一边问他：“你平时上网……跟人聊天多吗？”

“也不多，上课无聊就聊。”

“我是说，”曹烽试探性地问，“陌生人。”

“也聊啊，打个招呼。”他以前就很喜欢和陌生人在网上聊天，经常假装成大人，每次还扮演不同的角色，有时候是十五岁的高中少女，有时候又是一个有小孩的职工，他想象力非常丰富，在网络背后，谁也不知道他是谁。

曹烽问段语澈用不用电脑，段语澈说不用，让他拿去用，他知道曹烽做些东西要经常查资料，那天段述民说要给曹烽买个新的，段语澈没让：“你要是又给他买新的，他能哭给你看。”

一台好一点的笔记本要上万，曹烽连中性笔用完了都不肯买新的，只买笔芯，前两天还见他在研究怎么把墨水灌进笔芯里用，结果弄了一手的墨。

第二天是周末，曹烽早早起来，出门买菜。

天色熹微，他穿上校服，提着超市购物袋，从小区后门出去，沿着徽山湖跑步。湖面泛着雾气，清净的小路边是大片的绿化带，设有休息的长椅，在富人区，一切设施都是生态的。

他原本只打算慢跑，却在风吹来的时候越跑越快，路上没有一个人，他肆意地奔跑，牙关咬紧，好像这样就可以甩掉脑子里那些乱七八糟的东西了。

回家，段述民刚起来，手里拿着一杯水，在客厅做高抬腿锻炼。

“小烽，你去买菜了？买了什么？”

“买了鱼，我中午炖鲫鱼汤吧，还买了牛肉，土豆，白菜……”

“跑回来的？怎么还流汗了呢。”

曹烽笑了笑，说：“我也锻炼一下。”

“先去洗个澡，早饭叔叔来做，吃绿豆稀饭吗？”

曹烽应了声，回房间冲澡换衣服，出来的时候段述民说：“我热了牛奶你要不要喝一点？”

“谢谢叔叔。”不知道是不是曹烽的错觉，最近段述民对他越来越好了，或许是因为自己知道了他的秘密，可曹烽不是那种人，无论如何，他也不会说出秘密的。

“稀饭快好了，你去叫你弟弟起床，如果他门反锁了，就敲敲门拿钥匙开。”

段述民是算着时间的，段语澈会赖床二十分钟到几个小时不等，他上次查出结石的时候，医生专门说过不能不吃早饭，他之所以会得结石就是因为饮食习惯不好，所以段述民一定要求段语澈每天吃早饭，吃完可以继续睡。

门没锁，曹烽压了一下门把手就进去了，一张大床，被子被他睡得很凌乱，他的睡姿也很怪，脑袋陷入两个枕头中间，被子遮住大半张脸，小腿露出来，挂在床边。

“小澈。”曹烽走进去，声音并不大，“该起床了，太阳晒屁股了。”

段语澈没反应，曹烽第二次叫他的名字，叫了好几声：“早饭好了。”段语澈才迷迷糊糊地说：“什么早饭？”

“你爸爸做了绿豆稀饭。”

“我不吃。”他眼睛深深地闭着，表情是一脸嫌弃，还没睡醒，脸也是红扑扑的。

“那你起来喝杯牛奶吧，喝牛奶长高。”他学着段述民平常的用语。

“别学他说话。”段语澈声音嗫嚅着，翻身过去抓住被子，露出一截脖颈和一点锁骨，打哈欠的时候脖子伸展，像一只慵懒的猫咪，“我不吃绿豆稀饭。”

曹烽顿了顿：“那你想吃什么？板栗？哥下午去给你买，你现在想吃什么？甜酒冲蛋吃吗，哥哥给你做。”

他便用一声鼻音作为回答，曹烽说：“那我去给你做甜酒冲蛋，小澈，你把脚伸出来我看看你的脚踝怎么样了。”

段语澈倒也听话，像虫子那样在被窝里蠕动了几下，把脚伸出被子给他看，曹烽观察了一下：“好像还有点肿，另一只呢？”

两只脚都伸出去，曹烽蹲下来看脚踝的肿胀程度，一时用肉眼竟然难以分辨：“看起来差不多好了，等会儿你走一下试试。”他准备用手感受一下，手掌覆盖上去，段语澈倒是没什么反应，就是轻轻缩了一下，咕哝了一声：“曹烽你手好冰啊。”

曹烽立刻站起来，说：“我去做……做甜酒冲蛋！”便快步离开了房间。

段述民见他出来，问他：“怎么样？他醒了吗？”

“他还要睡几分钟，”曹烽步伐很快，整个人都高度紧张，“我回房间上个厕所就出来。”

曹烽回到房间，马上锁门，打开牛津词典，有些气息不稳地读出他看见的第一个单词：“Dispose！”

他最近快把D开头的单词都过完了。

老老实实读了两页，他才意识到，这根本一点也不管用！

半小时后，段语澈终于醒了，慢悠悠地洗脸、漱口，去餐厅。

段述民正在看报纸：“起来了？稀饭在锅里。”

“我不吃稀饭。”段语澈看了一眼简陋的餐桌，心情糟糕，“我的甜酒冲蛋呢？”

“什么甜酒冲蛋？”段述民的目光从报纸上抬起来。

“曹烽说了给我做的……”他有些不高兴，“他人呢？”

“他进去有一会儿了，哦对，小澈，你把这个拿进去给他吧。”段述民拿了两个盒子给他。

“什么东西？”段语澈照着药盒念出声，“通便灵胶……”他不认识那个囊字。

段述民表情有些严肃，说：“你偷偷放他桌上，也别叫他，这孩子，估计是学习压力太大了，半小时了都。”

“……好吧，那你给我要做甜酒冲蛋。”

段语澈以为曹烽肯定在厕所，结果一打开门，却听见他中气十足的声音：“Early！Earn！Earth！E……”

段语澈：“……？”

段语澈走了进来，他吓了一跳。

“我爸让我把这个给你。”

“什么东西？”

“呃……药。”段语澈也没过去，是丢给他的，“你说要给我做甜酒冲蛋的。”

曹烽接住药，低头一看，表情僵住，连忙解释：“别误会，我不是，我只是……”

段语澈摆摆手，示意他不用解释，一脸的同情：“我先出去了。”

周一，大早，月考成绩下来了，白花花的试卷满教室飞，小波老师进来贴了两张表，同学们一拥而上，对国际班的同学而言，好成绩或许不像高考生那么有用，但不代表他们不在乎。

马小波站上讲台说：“这次学校秋季运动会我们班拿了综合的一等奖，长跑等项目也拿了第一名，潘旭，你来我这儿拿一下奖状发下去。”

“还有成绩和排名已经出来了，同学们的座位也有一些细微调整，新的座位表就贴在成绩表旁边，今天上午之前，把位置换掉。”

曹烽正在打扫走廊，闻言马上冲到贴座位表的地方，想看看马小波发现自己小把戏没有——或许看见了，又给他调回原位了也说不定。

但这会儿成绩表四周全是人，他迫切地想看座位表，他人高，没挤进去，就使劲探着头往里看。

字很小，他眯着眼努力去看，终于看见了自己的名字——赫然就在段语澈旁边！他太过高兴，在十几个同学的推搡之下，后退一步，却不小心踩到了别人的脚，那人用力推了他一下：“挤什么挤！你踩我鞋了！”

“对不起！”曹烽忙道歉，回过头看见是体育委员潘旭。对方手里攥着一堆奖状，表情难看至极。他低头看了一眼，是一双名牌鞋，虽然没有鞋印，但还是很不好意思，说：“我有湿巾，你擦一下鞋吧。”

“你跪下来给我擦吗？”

曹烽愣了一秒，刚想说什么，就被他一把推开，潘旭臭着脸走了，嘴里还在骂：“个乡巴佬，唠子被像动弄喔杀西……”

这是句当地方言，曹烽听不太懂，只听明白一个乡巴佬。

他皱了皱眉，没有过多在意，立刻回到位置上，以最快的速度搬上自己的桌椅，挪到段语澈旁边。

段语澈抬头看他：“你换到哪里？”

曹烽努力压住嘴角的笑：“马老师给我换了座，我现在是你的同桌了。”他对弟弟的前同桌道，“飞机，我们换一下座。”

飞机有点懵：“我要换吗？换哪里去？”

“我也不知道，”曹烽顿了顿，“我们应该是对换吧。”

飞机：“？？？”他只有一米六五还近视，居然被发配去最后一排吗？

曹烽：“你去看看吧，我可能没看清楚。”

飞机跑去看了一眼座位表，又回来：“我换你前面去了，也没怎么变。不过……”飞机看向曹烽的眼神都变了，“我去，你挺牛逼的嘛，年级第一。”

段语澈正在喝水，直接呛住了。

曹烽根本没来得及看成绩表，闻言也愣住，旋即眼睛亮起，露出狂喜的色彩：“真的？”

“你没看吗？年级排名第一啊兄弟，你成绩这么好！为什么来我们国际班……”飞机一直都不太理解，为什么一个贫困生要来他们班上学，而且还是一个考满分的年级第一。

旁边的段语澈插嘴道：“他成绩本来就好好吗，他以前在他们那边，贵州，中考成绩就是第一名，政府给发了好多钱的奖金。他就是学习的料，很聪明的。”

飞机果真被震惊了：“哇塞，厉害啊。”

曹烽很难一次从弟弟这里听见这样的话，脸一下红了，谦虚道：“不厉害、不

厉害……”

趁着课间换了座，上课时，段语澈低声问他：“小波为什么把你换到我旁边？”

“我也不知道。”

段语澈托着下巴道：“不会是我爸给他打电话让他换的吧？”

曹烽微微勾着嘴唇：“可能是吧。”

段语澈并不排斥这个安排，如果说一开始就这样，那肯定不高兴，现在既然知道曹烽人不错，就没关系。

班会课，马小波没讲课，专门分析了成绩，尤其夸了曹烽：“曹烽同学是刚转到临州上学的，他是少数民族，接受的教育和我们有很大的差异，就是在这样的情况下，他仍然勤奋刻苦，努力上进，第一次月考，就考出了年级第一的好成绩！”

曹烽心里觉得高兴，又有几分羞涩，脸涨红了，接着，马小波又说：“那我们请曹烽同学站起来，讲一讲他的学习方法吧？”

曹烽没想到这个，犹豫了几秒，段语澈拍了他一下，才站起身来：“我的学习方法……”

班上没有人出声，都安静地看着他，只有少数的几个，对他非常不屑。

曹烽没有在这么多人面前讲过话，很紧张，尤其他知道自己的普通话烂，就更不安了，一出声，声音就有些发抖：“我的学习方法其实很笨，很普通。”

“我英语其实很不好，就一遍一遍地死记硬背，节约每一分钟的时间，如果每一分钟可以背下一个英语单词，下课十分钟就能记住十个，我一开始强迫自己每天背一百个，现在强迫自己每天记两百个，我早上起床，会用……录音机，录下自己读单词的声音，晚上给自己听写，默写出中文意思……”

大部分同学都听得很认真，他讲的东西和他们要接受的雅思托福考试息息相关，别看是国际班，其实英语能及格的人其实只有三分之一。

“好！说得好！”马小波带头鼓掌，班上陆陆续续响起了掌声，“这次运动会曹烽一个人拿了三个单人项的第一名。大家都要像他这样学习，德智体美劳全面发展！好了，曹烽你先坐下，继续努力，不要骄傲。”

在课堂上被表扬，曹烽难掩激动，考出这样的成绩，总算是对段述民有个满意的交代。

段语澈看他红光满面地坐下，心情有些复杂，也不是酸，有些为他高兴，毕竟曹烽努力，是应得的。

下课时，贺恬恬接水的时候路过，看他又在写题，就问："第一名，你怎么换到这来了？"

"老师安排的。"曹烽说。

"哦……对了，你加我QQ没，我怎么没收到你的好友申请？"

坐在曹烽身旁，正打游戏的段语澈，抬头扫了她一眼。

"我……上周没上网，在写作业。"曹烽忘了这事，那天注册好，只加了段语澈一个人而已。

"那你什么时候上网？跟你那个网友的事解决了吗？"

曹烽下意识去看段语澈，有些结巴地说："解决了……等这周末用电脑的时候再加你吧。"

"那你别忘了。"

她一走，段语澈出声："什么网友？"

"没、没什么。"他神经又绷了起来。

段语澈笑了一声，瞥他一眼："女网友啊？"

"不是！"

"哦，我知道了，网恋嘛。"

"不……弟弟，不是你想的那样，不是网恋，是……"他不知道该如何去解释，这事从开始就是个谎言。

"不用解释，谁还没网恋过？"

曹烽嘴唇动了动，有苦难言。

他安静地听着课，抄课堂笔记，也经常分神几秒去看旁边的弟弟在做什么，段语澈偶尔趴着睡觉，玩了一整节课的PSP，然后从书包里拿出小兵人，在桌上操纵着兵人给他们排剧目。曹烽也没有提醒他不要玩，要听课什么的，他知道段语澈和自己不一样，说了也不会听，索性根本不提，摸了一颗话梅糖给他。

段语澈伸手接过投喂，也不抬头，剥开糖纸吃了。

曹烽等啊等，等到了下午，也没等到他期待了好久的五子棋游戏，段语澈自己玩

自己的，也不怎么理他，除了上厕所要问他去不去以外，基本不和自己交流。

他有些无措，不知道怎么了。

就这么忍耐了好几天，上生物课做题，曹烽很快写完了，犹豫地拿出了本子，打了格子，把本子推给他。

段语澈侧头看他，眼神问："怎么？"

曹烽用口型说："我们来下五子棋吧？"

"不。"段语澈很果断地摇头。

曹烽更茫然了，弟弟不是很喜欢这个游戏的吗，怎么都不跟自己玩。

他在心里想了很多种答案，想是不是因为自己考太好了，还拿了奖状回家，叔叔夸他，所以觉得不高兴，或者是自己不小心做了什么事，惹到他了。

是早餐做的不好吃吗？

更让曹烽郁闷的是，段语澈不肯跟他下棋，结果某天课上飞机丢了个本子给段语澈，赫然是画好的五子棋格子。

飞机说："来不来？"

段语澈点头。

正在听课的曹烽："……"

他实在想不出答案，自己闷着琢磨了两天，每天都盯着飞机看，盯得他发毛，问他看什么，曹烽就摇头。

飞机长得矮矮的，很娇小，虽然长了几颗痘，可模样依稀是清秀的。

曹烽还是没忍住，放学的时候，两人一起出去，憋不住问他："小澈，哥有个问题想问你。"

"你说。"

他们路过人来人往的自行车棚，秋天的夜晚凉飕飕的。

"就是……你为什么……不跟我说话，也不跟我下棋，如果……你心里对我有什么……我哪里做错了，你可以告诉我。"

段语澈抬头望向他，校园里路灯隔得远，曹烽表情很真挚。段语澈看见他头发长长了很多，也没有剪，毛茸茸的黑发搭在头顶，看上去手感很舒服，像他德国邻居家养的牧羊犬。

那只牧羊犬聪明又听话，段语澈喜欢揉狗狗的头，喜欢跟它玩接飞盘游戏。

“没有为什么。”他知道曹烽好学，也不想把自己不好的习惯传染给他，随口找个理由，“你那么聪明，跟我下棋，我肯定会输的，这有什么意思。”

“不会的！我不会下棋，我五子棋下得很烂，你跟我试试就知道了，我肯定赢不了你！”他看着弟弟，迫切地解释，眼睛因为集中而发亮。

“下的不好有什么好骄傲的，”段语澈还在心里想他的头发揉起来肯定特别舒服，有些手痒痒，“你是想等我表扬你吗？”

段语澈的生日在周一，他约好了和朋友周末出去玩，曹烽看他早上起床，开始打扮，又问他："我有一件牛仔外套，短的你看见过没？还有我的马丁靴，曹烽，你帮我找找！"

曹烽就钻进他的衣帽间帮他找衣服："小澈，你去哪里吃饭？什么时候回来？"

他报了个餐厅名字："下午去打牌，晚上去KTV，我可能要晚上十二点才回来。"

"这么晚？"曹烽皱了皱眉，"都是你以前在私立学校的朋友？"

"嗯。"

"你怎么过去？我送你过去吧……"今天周末，段家的司机小张放假。

"不用不用，我出门打个车就行了，你不用送我。"段语澈觉得要是曹烽送他过去，肯定是要见到他那些朋友的，到时候也不好直接把他赶走了。曹烽也不认识自己的朋友，看情况是截然不同的性格，怎么可能玩得到一起，他根本没打算把曹烽介绍给朋友认识。

"是这件吗？"曹烽终于帮他找到了牛仔外套，递给他道，"那晚上哥来接你，太晚了，我不放心。"

"到时候再说。"他穿上衣服，照了照镜子，一身休闲又率性，"我先出门了，拜拜。"

在私立中学的时候，段语澈倒是交到了几个好朋友，他刚回国的时候很不合群，先认识的同桌周泽亮，再然后认识了他的朋友们，为了融入他们，段语澈染上了很多他原本没有的恶习，打架的时候陪他们去凑个人数，还跟他们抽烟、喝酒、打牌。

如果在瑞士，他这个年纪，还没到合法饮酒的年龄，他正是对这些东西有着莫大好奇的时候，很容易就变得和其他人一样了，

周泽亮的病还没好，出门戴着口罩，吃饭用的公筷，还忌很多口："这么多天不让我出门，把老子给憋坏了。"

"吃不了海鲜？这虾你能吃不？"蝈蝈是段语澈这群朋友里，最混不吝的那一个，靠着"有钱、能打、社会朋友多"，刚上高中就吃得很开。

熊猫则像是他的小跟班，长得很高大但不爱说话，看着像个专业打手。他来得晚一步，是去给段语澈提蛋糕了。

周泽亮说："虾我当然要吃了，我也差不多好了，医生说我再过一周，就给我开个证明，让我回学校上课了。"

蝈蝈："不上课不是挺好？"

"哥，一个人在家真要憋坏了，我妈急得不得了，说别的同学在上课，我就在家玩，硬要我看书，还盯着我看……而且我这么久不去学校，小澈不就没人陪了吗？"

段语澈正在剥虾，闻言接道："你好好养病，我没关系，有曹烽呢。"

"曹烽？"周泽亮表情都变了，"你怎么跟他一起玩啊！"

"他……"话没说完，蝈蝈接句："曹烽是谁？你很讨厌他？"

"哦，曹烽就是……寄住在小澈家里的一个学生，贫困生，他爸资助的，接回来之前我们琢磨了老半天是不是他爸的私生子，而且他特奇葩，你不知道balabala……"

他这个话痨，好久没跟人说话，要闲得疯了，当然是逮着机会就说个不停，而说别人的笑话事，是他劲头最大的一件事。

蝈蝈一边听一边拍桌狂笑，说好想见见这人。

段语澈不是第一次听他这样在外面跟人说曹烽了，哪怕说的那些都是真的，大部分还是他自己说出去的，但周泽亮这种行为，还是让他感到非常的不舒服："其实曹烽……他也没做过什么，他对我挺好的。"

周泽亮一愣，一个月前小澈不还很讨厌他的吗，旅游都不想他一起。

怎么过了一个月还帮他说起话来了？

吃过午饭，是段语澈结的账，下午去茶楼要了一个包间打麻将，段语澈的另一个朋友小虾背着书包来了，他是广东人，小名叫细虾，和蝈蝈他们在一个高中。

小虾来晚了，熊猫主动站起来给他让座，让他来打牌。小虾顺手把一个盒子给段语澈：“送你的。”

段语澈没有拆开，说了声谢谢。

他们麻将打的不是很大，图个乐呵，段语澈牌技很臭，基本上是属于给其他人送钱的类型，打了一会儿周泽亮都看不下去了，这钱都输没了：“你去休息一会儿，让熊猫帮你打一会儿，赢了算你的，输了算他的。”

蝈蝈说：“输了算我的吧，晚上我请客，我从家里拿了我爸的卡，那家酒店可以吃饭、泡温泉、按摩……哦对了，我们晚上唱完K可以去按摩。”

小虾：“哪种按摩啊？”

“虾哥你满脑子什么呢，当然是素的，”他一张七万丢桌上，语气懒洋洋，“你要想荤的也成，别让小朋友跟你学坏了，这还有两个未成年呢。”

周泽亮马上接了句：“过了今年我就虚岁十八了。”

“没满十八就是不行。”

小虾打了一会儿，又让给段语澈：“汤米你来打，我手气不好，我作业还没写呢。”

“虾哥现在这么努力？”

“没办法。”小虾摸出练习册说，“我妈要我管以后我爸的公司，我不学也不成，但我爸还有俩私生子，各个比我用功努力，天天考满分……”

和这群人在一起，段语澈反而是话少的那个，不过这么多人一起聚着陪他，他觉得很高兴，在牌桌上输了一千多也高兴。吃过晚饭，他们去了旁边的一家高档KTV继续喝酒，KTV还做了生日布置，地上很多气球，段语澈也得喝，但他喝得少，他酒量非常差。

玩了几局行酒令，又加了鸡尾酒，目测消费不低于两千。

但段语澈钱还差点，下午输多了——他倒是带了卡，但那是他爸的副卡，他不喜欢刷卡消费，因为很容易被段述民查到他去过哪些地方，干了什么，开销多少。

这时，段语澈注意到手机里的信息，曹烽发了两三条，问他在哪。

“都十点了，怎么还不回家？”

“你在哪里，哥哥来接你。”

段语澈便编辑了一条短信给他：“能不能帮我找下，我冰箱里放了一个红色的巧克力铁盒，从里面帮我拿三千块出来，我在×××会所，帮我送过来一下吧！快点啊！”

曹烽估计是盯着手机的，马上就回复了。他心里有点急，要这么多钱，是不是出什么事了？只是一问段语澈，他就不再回复了。

曹烽怕他在外面出了什么事，他打开冰箱，打开那放在最底下的铁盒，打开后发现里面全是现金，不止有人民币，还有其他的大额币种，俨然一个小金库。

曹烽就数了三千，又怕不够，又拿了一沓，急忙打车出去了。

KTV并不远。

包间里，大家把蛋糕分来吃了，是巧克力蛋糕，但段语澈对巧克力很挑，他不太喜欢吃这种再加工的，于是蛋糕就沦为了打仗的工具。段语澈身上、脸上被砸了很多奶油，不过他一点不生气，反而玩得很开心。

蛋糕仗结束，他进卫生间洗了洗脸，出来时，听见周泽亮说：“蝈蝈喝得有点多了，咱们不喝酒了，换个游戏玩吧。”

“谁喝多了！”蝈蝈不依不饶，“你他妈才喝多了，我还能再喝一打好吗！来，拿酒来！”

“我也觉得，别喝了。”段语澈只输了几回，喝了几杯，现在脑袋都有点晕了。

小虾说：“那就打耳光吧，咱们来抽王八，赢了的打输的那个，一张牌一耳光！”

“虾哥，谁要是输你手里，那不是得打废？我腮腺炎还没好呢，回头脸又肿成猪头了。”

小虾温柔地说：“我会轻一点的。”

一群人闹闹哄哄地玩游戏，“啪、啪”的巴掌声非常清脆。曹烽在出租车上，不断催促司机：“师傅，麻烦您开快一点吧，我有急事儿。”

段语澈运气好，前两局都在赢，但幸运女神不会永远都眷顾他——玩了几局后，他终于输了一次，两张牌。

要打两巴掌。

兜里手机响了好多次，段语澈也没听见。

小虾看是蝈蝈赢了，就叮嘱说：“你下手轻点啊，汤米他不禁打的。”

“放心吧。”蝈蝈醉意上来了，开玩笑道，“我们小汤米这么细皮嫩肉，谁舍得打？”

段语澈认真地说：“我爸回家要是看见我脸肿了，会怀疑我在外面打架，说不定要来找你们麻烦的。”

“那就更不能认真打了，”蝈蝈哈哈大笑说，“那我轻一点。”

曹烽不知道段语澈在哪，电话也打不通，前台还拒绝透露，他便进去开始找，索性KTV的包间门都有透明玻璃，认真看一眼就知道里面是谁了。

他心里着急，找得很快，但这家高档KTV规模不小，曹烽从头跑到尾，心急如焚。

888里面有几个男生，曹烽透过玻璃一看，碰巧看见一个穿皮衣的在打段语澈的脸！

段语澈一张脸红通通的，侧着头、垂下眼，一副忍耐的模样。

曹烽以为是自己看错了，结果认真一看，发现那人还在打。

他难以置信地盯着这一幕，怒火瞬间燃烧了他的理智，身体动作比大脑思维更快，他直接踹开门！愤怒地冲进去，一把揪住那男生的皮衣领子，用最大的力气，把他推在满是鸡尾酒的桌上，一拳狠揍了上去。

这一幕来得太过猝不及防，所有人都没能反应过来，曹烽就像一只发怒的雄狮，拳拳到肉，鸡尾酒杯砸碎在地上，发出“哐啷”的巨响，地上的气球也是一个接着一个、像炸弹那样发出爆炸声！

蝈蝈平时也是个能打的，遇到这种情况，哪怕喝了酒，岂能不反击？

结果他使出全身气力，都没能挣脱，这人是熊吗？力气怎么会这么大！

“你找错人了吧！我认都不认识你！”蝈蝈怒吼着骂道，“你谁啊！”

“你爹！”曹烽满眼的狠戾，真是像发疯了一样。

不过几秒钟的时间，旁边的小虾和熊猫都反应了过来，去帮忙，段语澈被吓住了，同时还认出来了：“曹烽！曹烽你干什么！”

曹烽动作顿了一秒，也没停下。

小虾和熊猫用上了吃奶的力，把发狂的曹烽弄开：“汤米！你认识这疯子啊？！”

蝈蝈有了朋友帮忙，立刻翻身起来，骑上去就揍。

混乱不堪。

曹烽一圈被揍在地上，脖子压着玻璃，流了暗红的血，他脸上的狠色越发暴戾，伸出手臂就掐对方脖子。

蝈蝈梗着脖子，致命的拳头砸在对方的脸上。

“曹烽！”段语澈冲过去，拉住蝈蝈，“蝈蝈，蝈蝈你别打了，我认识他，我认识他……”

曹烽听着他的声音，神志有些涣散。

“蝈蝈”在他们方言里，听起来是“哥哥”。

曹烽以为他在叫自己，目光看向他，发现他非常焦急地叫自己，手上的力道渐渐松了，没有继续掐人。

段语澈和他们一起，四个人先把蝈蝈拉开了，段语澈抓住了曹烽的手臂，不可置信地问他：“你疯了吗？你为什么打人？！”

曹烽并不说话，眼神里的戾气慢慢下去了，又恢复了平常那样，他伸出手，用力抓住段语澈的手。

段语澈头都要大了，住在自己家、受他父亲资助的曹烽，忽然冲进来揍自己的朋友，还是不要命揍法。

小虾皱着眉说：“蝈蝈流鼻血了，我先送他去医院，至于你朋友，汤米……”

段语澈说：“别报警，他不是故意的，你们先送蝈蝈去医院，我把他弄回家。”

谁也没有想到，好端端的生日会上，会发生这样意料之外的事。

蝈蝈被朋友扶着离开的时候，用恶狠狠的目光瞪了曹烽一眼，但曹烽已经不关注他了，他只是看着弟弟，看着他脸上的难以置信和失望，一颗心就仿佛被泡在硫酸里，刺痛的快要融掉了。

段语澈这时候还没发现他脖子上的血：“你为什么冲进来打别人？曹烽，你是神经病吗？”

曹烽表情很难过，他知道自己冲动了、丧失了理智，可他无法容忍那种事。

“说话啊，哑巴了吗？！”

“弟弟……”曹烽声音低沉而沙哑，夹杂着痛心，“你不要跟那种人来往了，太坏了。”

“坏？？怎么坏了，你上来就给别人一拳什么意思？！你知不知道那是我朋友！”

曹烽的神经到现在还在一跳一跳的，忍不住说：“他……刚才那样对你。”

段语澈真的要气死了：“哪样？”

曹烽眼神注视着他，声音低低的：“打你的脸。”

他无语死了，根本想不到是这种原因，他还以为曹烽是个老实人，怎么会因为这种小事，这样发疯？

“我们那是在玩游戏！输了的打耳光，他都没用力，没什么的。更过分的我们都玩过。”

“玩游戏？”曹烽根本不信他的说法，伸手碰上段语澈的脸庞，深黑的眼睛忧郁地凝视他，声音却藏着压抑的愤怒，“你告诉我这是玩游戏，小澈，你觉得这样没什么吗？”

段语澈是真觉得没什么。

可是曹烽用这样的表情，这样的语气问他，一下就感觉有什么了。

“可是……那也不能算什么，”段语澈把曹烽的手捋下来，“我们只是在玩游戏。”

“哪有朋友是这么玩的？”曹烽终于明白了，为什么段述民会让段语澈转学，还专门叮嘱自己：“他不听课，上课睡觉没什么，别让他逃课，他一逃课，就会出去跟他那些烂眼朋友玩。小烽，你要是发现他逃课，就马上给叔叔打电话。”

看来段述民也清楚，他的朋友，并不是什么好人。

“小澈，你答应我，以后不要那么玩。”曹烽站了起来，一只手攥着他的手腕。

“你还想管我交朋友？”他拧眉。

“哥不管你交朋友的事，我只是不想你走上歧路。”曹烽想啊，弟弟这么好的孩子，怎么能跟那些人混在一起。

“你凭什么管我？”

“我不管你，我知道自己的话没有什么分量，你不听我的，总该听你爸爸的话吧？”曹烽的语气有一丝不稳，站在灯光闪烁的包间里对峙着。

段语澈表情一下冷了下来：“你又要告诉我爸了是吧？你自己不讲道理，像神经病一样冲进来打人，我真该他们报警抓你！”

曹烽难受得说不出话来：“报警吧，报警抓我也行，但是你得听话，你跟不好的人交朋友，早晚会变坏的。”

“……你有病啊！”段语澈气得扭头就走，“我交什么朋友，是我的自由！”他只要交朋友，有朋友，就会觉得很快乐，何况那些朋友并不是什么坏人，恐怕曹烽不可

能理解他的感受。

而且他最恨别人打着“为他好”的旗号干扰他的生活，他们根本就不知道什么叫“为他好”。

段语澈甩开他的胳膊，捞起自己的牛仔外套，还有他们送他的礼物，直接跑出去，曹烽抬脚就追，在后面叫他：“弟弟，弟弟。”

他是个长跑冠军，几步就把段语澈追上了，曹烽捉住他的手臂：“跟哥哥回家吧。”

“我不回去！”他逆反心理上来了，表情暴躁地要甩开他，却在扭头的时候看见曹烽满脖子的血。

他表情很坚决，好像死也不会放开他，脸上有青青紫紫的殴打痕迹，眼皮也是一高一低，肿得不像话，深邃的眼底，含着一丝挽留。

“听话，跟哥哥回家。”曹烽又一次说。

段语澈盯着他，嘴唇紧紧地抿着，沉默了几秒，说：“走吧，去医院。”

曹烽以为他受伤了，很紧张：“是不是刚才不小心打到你了？”

他慌乱的表情在段语澈看来，是如此的讽刺：“你他妈流这么多血，你都没感觉的吗曹烽？”

“我流血了？”曹烽也感觉到了，脖子上热热的液体流淌着，他伸手抹了一把，一手的鲜血，“没什么，应该是玻璃扎到了，贴个创口贴就好了，我们回家吧。”

“回……”他真是忍不住要爆粗口了，“你没常识吗！跟我去医院缝针。”

最近的医院只有一公里，曹烽用手简单粗暴地捂着伤口，权当止血，两个人沉默地坐上出租车，那司机在后视镜里不断地看他，说了句：“小兄弟，要不要去警察局？”

曹烽摇头。

他想和弟弟说话，但弟弟并不理他，只是在低头发消息，好像是在问他朋友的事。

曹烽扭头看向车窗外流走的光线，映照在他暗淡的眼睛里。

段语澈发完消息说：“他们也在急诊，我们换一家医院吧，免得碰上了。”

曹烽点点头。

段语澈让司机换一家只远了一里路的医院，扭头看了眼曹烽："你还能坚持吗？疼不疼？"

曹烽说不疼，虽然在流血，但好像没什么感觉。

段语澈匪夷所思地看着他，心想这人真是铁打的。

司机开得很快，几分钟就到了医院的急诊部，那司机还提醒他们："直接进去，先找医生再去挂号。"

曹烽跟司机道歉："我好像把血不小心弄在您的车上了。"他多给了点钱，算是洗车费。

曹烽走进急诊室，他满身血迹，身材高大皮肤黝黑，看着像凶神似的。

"有医生吗？"段语澈进来，"我朋友受伤了。"

"怎么搞得？"一个护士去给他检查，说，"这么大的口子？这得缝十几针，打架斗殴？"

曹烽低声说："我是路见不平，流氓，该打！"

段语澈："……"

"你废话怎么那么多，赶紧去缝针。"

曹烽"嗯"了一声，他坐在病床上，护士把车推来，开始给他处理伤口。

护士说："会有点疼，要忍着点。"

段语澈看见针都觉得疼，牙齿都酸了，曹烽没吭声，抬手把他的眼睛遮住："你别看。"

段语澈听话地闭上眼，"不疼吗？"

"嗯。"曹烽表情忍耐着，另一只胳膊撑着自己的膝盖，手臂、额头的青筋爆了出来。

汗珠顺着头皮流下来。

护士手脚麻利，但也缝了一分多钟，最后贴了个医用敷料："明天换药，七天后来拆线。"

护士推着车走了，拉上了帘子。

段语澈扯了张湿巾，沉默地给他擦脸上、脖子上的血。

"今晚你这样还敢回家吗？"

曹烽也不知道，摇摇头。

“我爸看见你肯定要问的，编个理由吧。”

曹烽想了想：“我在路上看见了流氓欺负人，就揍了他。”

段语澈：“……”

曹烽盯着他垂着长睫毛，不太高兴的脸，忽然伸出手去，段语澈以为他又要来摸自己，扭过头：“干什么？”

“你脸上有蛋糕。”

“哦，刚才我们打蛋糕仗弄的。”

“蛋糕好吃吗？”他在家里做了蛋糕，一直在等他回家。

“不太好吃。”

曹烽又沉默了，心想自己做的，肯定不如卖的。

“小澈，哥问你件事。”

“……你问吧。”

“你跟那个人，摸你的那个，你们什么关系？”他语气是平静的，眼底泛着重重的波澜。

段语澈又想骂他了，是好不容易才忍住的：“就是我朋友。”

“那你为什么……为什么管他叫哥哥。”

“我没管他叫哥，你听的什么！”他气急败坏。

“我亲耳听见你叫的。”

段语澈反应了过来，气笑了：“那是人家外号，你知道蝈蝈吗，一种昆虫。”

曹烽恍然大悟：“哦，是那个啊。”他心里开心点了，看了一眼墙上的时间，刚过十二点，于是他又在衣服里摸了摸，“弟弟，你别生气了。你过来，你坐我旁边，别站着，我有个礼物给你，来，我给你看。”

“什么东西？”

曹烽拿出一个小盒子来，这个是昨天才完工的，他一直放在身上。

“给你的生日礼物。”

“哦。”他以为是曹烽买的，“谢谢，你想让我现在拆吗？”

“你也可以回家拆，不过还是现在拆吧，我不知道你会不会喜欢。”

段语澈心里想，礼物这种东西，都是一个心意，不管送的什么，他都会喜欢。

他打开盒子来，看见一个迷你的水晶球，像他平时吃的烧麦那么大，圆圆的，透明的，晃一晃会下雪。

“水晶球啊？”这个水晶球似乎和精品店的的不同，底托居然是金属，球体内不是建筑，而是一片迷你缩小版雪山，得认真看，看上面的纹路和纸屑，应该是……卫生纸做的。

曹烽说：“你看，像不像你们瑞士的雪山？”他是照着网上搜来的照片做的，雪山泛着蓝色的辉光。

“嗯……挺像的。”其实差远了。

曹烽嘴角翘起来：“这个不止是水晶球，你看下面，你把下面打开，有个发条看见没？”

“发条？”段语澈拿起来看了看，发现下面的结构更加精细，类似于钟表的齿轮，“看见了，这是什么？”

“你转两圈试试。”

段语澈听他的，拨动发条，卡了几秒后，水晶球响起了音乐。

声音特别小，曹烽伸手拿过，放到段语澈的耳边：“我尽力去修好它，但是太难了，我也不知道怎么让它声音变大一点。”

段语澈认真地听。

旋律是贝多芬的《致爱丽丝》——他的启蒙曲。

心情奇异地平静了下来，段语澈问他：“你自己做的吗？你每天在地下室里敲敲打打，就是做这个，这就是你的发明？”

“嗯……也做了别的东西，不过大部分时间，我都在修这个。”而且曹烽还把这个机械八音盒的原理搞清楚了，他现在可以复制出来一个一样功能的机械八音盒。

段语澈有些刮目相看，其实他对曹烽平时搞什么发明的，并不感兴趣，但是现在见了这个小礼物，忽然就觉得很有趣，至少很用心。

他晃了晃水晶球，雪花在里面缓缓飘落，曹烽说：“还有一个更漂亮的。”他伸出手，把着弟弟的手，移到对着灯光的方向。他眯着眼睛调整了方向，说：“小澈，你看。”

段语澈抬头望去。

他看见球体上面，浮现出一道彩虹色的光影，尽管很微弱，但他的确看见了：“诶？这个还有投影吗？”

“不是，这是牛顿环。”曹烽用简单的语言解释，“和三棱镜的原理差不多。”

“这样啊。”段语澈不是很懂物理，他只知道这个设计很巧妙，也很漂亮，对着光线一直看。

曹烽看他笑了，也跟着笑了，可牵扯到了伤口，有些疼，他扭头“嘶”了一声，问弟弟：“气消了吗？”

“我没有生气。”水晶球里，瑞士雪山大雪降落，段语澈把它放回盒子里，看向曹烽：“打人是不对的，你答应我，以后别打人。”

“好，答应你。”曹烽心想，若是再遇见一个那样的货色，他照打不误。

两人在医院的时候，就接到了段述民的电话，问他们怎么还不回家。

“出了点事，我们现在在医院。”段语澈也想不出什么好的理由了，只好按照曹烽编造的谎言那样说，“就是……他路见不平，见到一个流氓，跟人打架受了点伤。”

“伤的严重吗？”段述民果真很担心，“我马上来医院接你们。”

“不用了。”段语澈说，“我们马上就打车回来了。”

除了脖子上玻璃扎的伤口，还有脸上有一些，身上其他部位也还好，曹烽几乎没什么大感觉，就是外面风很大，吹在脸上刀割似的疼。

深夜的街道很萧条，路上有行人打着伞挡风，伞面被割得猎猎作响。

段语澈也觉得风大，看见曹烽身上的校服都吹得鼓起来，没想到十月底居然就这么冷了。

“你跟在我后面躲风。”曹烽说完，站在路边招手拦车。

他后背宽阔，像一堵墙那样可靠，段语澈抬头，看见他脖子后面贴着的纱布，那里缝了将近二十针，后脑勺还有暗褐色的血迹。

坐上车，这种快要被吹跑的感觉就不见了，曹烽报出小区地址。车上广播里正在发布对最近几日的台风“利奇马”预报，而临州沿海等地区，都有可能会受到影响。

“台风？”曹烽以前生活在山区，从来没有遇见过这种东西，他只在地理书上见过台风两个字。

“去年也来了台风，”车厢里固然温暖，可有股不好闻的味道，段语澈忍不住打开一条窗户缝隙，对着一边呼吸一边说，“当时放了几天假。”

“台风还会放假吗？这么严重？”

“可能会下暴雨，引发海啸。人走在街上可能都会被风刮跑。”这些都是段语澈从新闻上看来的，台风严重的时候，会造成重大伤亡。不过临州没那么严重，是被波及的城市。

到家时，段述民正在客厅等他们，他先看向段语澈，发现他好端端的，就松了口气，然后看向曹烽，见他伤势惨重，怒不可遏：“到底怎么回事？谁打的？”

曹烽摇了摇头：“太晚了，没看清楚。”

“在哪条街发生的？我马上打电话给派出所让他们调监控！太不像话了！”段述民这个身份，给了他不少的便利，在这个城市里，哪里都吃得开。

“是条巷子，那里没有监控。没关系的段叔叔，我去医院处理过了，没什么问题。”

段述民紧绷着脸：“你这样，明天去上学怎么办？不然给你请个假？”

曹烽说不用了：“我手脚都好着，能跑能跳，我那里还有消肿化瘀的药，不用请假了。”

段述民拗不过，暗叹一声，小烽这孩子哪里都好，就是太一根筋了，一天不去学校根本没什么，谁上学还没个生病的时候呢？

可一转念，他又想起自己以前读书的时候，也是如此，哪怕生病了，也念着要去学校上学，他是家里最小的儿子，父母养育他不易，全家供他一个人读书，于是他比所有人都用功。

没想到后来高考失利，就上了个师范，他做梦都想培养出一个考上名校的孩子。

正想让两个孩子去休息，段述民忽然想起什么，说：“我看见餐桌上的蛋糕了，小烽，是你自己烤的吗？”

曹烽不好意思地点头：“是给弟弟做的。”

“那正好，咱们把蛋糕分了再去睡吧，剩下的明天当早餐。”段述民如此发话，段语澈也没意见，是曹烽亲手做的心意，多少也吃一口。

曹烽上网搜的食谱，去超市精挑细选的原材料，他是个节省的，但买这些的时候全买的是最贵的，上面铺了一层大草莓，又淋了一层黑巧克力，是最简单的蛋糕了。

卖相差一些，味道并不差，段语澈端了一小块进房间前，给曹烽说了声：“你好好休息。”

“弟弟晚安。”曹烽回到房间，脱下衣服洗澡，才发现自己身上有些殴打出来的淤青，他冲着澡，反思了一下自己的做法，但觉得并未做错什么。

段语澈发消息问了蝈蝈的情况，还代曹烽跟他道了歉，但他没回。他坐在床上拆了大家的礼物，都是一些小东西，小夜灯，皮带什么的。唯有曹烽的那个，是最有心意的。

自从妈妈去世过后，就再也没有人这样为他亲手制作过礼物了，他把小水晶球拿出来，拨了圈发条，在安静的房间里听了一段《致爱丽丝》。

晃了晃水晶球，放在床头，段语澈准备睡觉了，手机忽然振了一下，打开一看，是曹烽发来的QQ消息。

“小澈，今天的事对不起。”

“生日快乐，弟弟，希望你永远都这么快乐。”

段语澈心里的气早就消了，回复了一个表情给他，代表晚安。

翌日清晨，他起床，看见床头悬挂着一只蓝色的毛线袜子，像风铃一样。

段语澈看了一会儿，坐起身，伸手把袜子摘下来。妈妈把他送回国的时候，专门告诉过段述民他的一些爱好和习惯：“Tommy相信圣诞老人的故事，所以你要每年给他准备圣诞礼物，在他床头放一双装着礼物的袜子。”

她也告诉段述民，说自己喜欢玩具。

他房间的那些车模、航模，都是段述民送的，不过他并不喜欢那些。

段述民记住了要把礼物放在袜子里，再在半夜偷偷放在他床头这件事，后来过生日也这么干了。

段语澈从袜子里面翻出一个盒子，盒子很轻，他晃了两下，打开一看，是两张轻飘飘的音乐会票。

票面的座位是最好的，但时间是年底，而且不在临州，而是在沪市举办的一场

音乐会，乐团是大名鼎鼎的伦敦交响乐团。

不过他兴趣不大，把票放回去，又塞到抽屉里。

曹烽早上给他做了一碗长寿面，一旁电视机打开，正在看早间新闻的段述民扭头看了眼阴沉的天色：“这次台风是近几年最大的一次。”

“不出门就行了吧，反正台风预警来了学校也会放假的。”段语澈不以为然。用筷子卷着长长的细面。

“也是。”但台风一来，势必造成一些损失，就像蝴蝶效应，他们金融行业也会因此产生一些影响。段述民看向儿子，忽地一问：“小澈，袜子里的东西你看了吗？”

“看了，谢谢爸爸，我很喜欢。”

段述民自然清楚他是不满意这个礼物，冲他几个月不会碰一次钢琴的态度来看，这孩子对音乐仅止于有一些喜欢而已。

但这并不是他送这两张票的主要目的。

“爸爸有个好消息要告诉你。”

“嗯？”段语澈看向他。

“你小姨年底要跟着那个……”他忘了是什么乐团了，“反正她和那个乐团要一起来沪市，年底你就去看演出，去看你小姨。”

“真的啊？！”段语澈高兴地站了起身，脸上的欢喜绽放出来，“太好了！谢谢爸爸，你帮我买机票了吗？我们一起去吗？”

“爸爸年底工作最忙，你也不是不知道，抽不开时间。如果到时候爸爸不能陪你去，就让你曹烽哥哥陪你过去吧。”

段语澈并不在乎这个，不管段述民去不去，他肯定是要去的。

曹烽以这个“坏学生”的形象去上学，自然引起了不小的关注，一进学校就有人看他，曹烽自己的说法是：“揍了一个流氓。”

马小波看他伤势这么惨重，立马把他叫到办公室里问话，还说：“如果遇见什么麻烦，遇见了任何暴力行为，曹烽，你不能有任何隐瞒，要及时告诉老师和家长。”

他可不希望这么个好苗子，被一些乱七八糟的事情毁掉。

曹烽点头表示知道了，但是并不惧怕什么，就算有人要来找他的麻烦，也不一定能打得过他。

他回到座位上，摸了摸放在书包里的腰刀。

这把刀从不离身，是他的朋友，连晚上睡觉都要放在枕头下。在过去，如果在下山的时候遇见了危险，他会拿出刀来保护自己，但是在这里，他不能这样做。

上了两天学，台风蓝色预警来了，学校这时还没给学生放假，因为蓝色预警并不算什么，直到又过了一天，开始下暴雨。黑漆漆的天空雷鸣电闪，豆大的雨滴啪啪地拍在窗户上，发出恐怖而剧烈的响声，教室里的窗帘被吹得像云朵那样飘浮起来，坐在窗边的同学艰难地关上窗户。

上午，气象厅发布了白色预警，中午马小波就接到通知，全体师生放台风假。

学生们又开心了，打电话的打电话，收拾书包的收拾书包，都要回家了。

曹烽已经上网搜过了，这次的台风是“热带风暴”级别，杀伤力巨大，这个台风假，估计得放好些天。

好多天不能上课，他有点发愁，于是把所有能用上的书，全部放书包里带回家。那些书太多了，连书包都撑不下了，而且怀里还抱着一本牛津英汉词典。

段语澈更是什么都没收拾，主动帮他分担了几本练习册，开始给小张打电话。

小张说：“堵车太严重了小少爷，你们得等等，我换条路过来，快到了给你打电话啊，到了你们再出来，暴雨淹脚了。”

曹烽和段语澈只好坐在教室里等，曹烽继续刷题，段语澈的PSP没电了，教室里乱成了一锅粥，整个教学楼都是怪叫声。几个男生趴在窗户看下面在风里艰难行走的同学，哈哈大笑。

不知道谁又把窗户打开了，风吹他有些冷，他做了一个拉紧拉链的动作。

就是这个动作，让旁边的曹烽意识到了，立刻脱下自己的校服给他：“你穿上吧。”

“不用，你穿，我不冷。”段语澈看他里面就穿了个薄的长袖，哪里好意思。

“哥哥也不冷，你摸摸看，我身上很热。”曹烽把手伸过去，段语澈碰了一下，果然体温很高。

“小澈，你穿上，别感冒了。”

段语澈看着他，曹烽表情很认真，漆黑的眼里含着清澈的执拗，似乎自己不穿上，他也不穿了。

他把曹烽的衣服穿上，看着暴雨发了会儿呆，小张才打电话，说马上就到了:“你们学校这里太堵了，我找不到地方停车，小少爷，你和曹烽到公交站前面的路口来吧。”

两人下楼，曹烽撑开伞，伞是对着急雨来的方向的，风很大，要用很大的力气才能往前。

段语澈被吹的眼睛都睁不开了，地面上还有积水，走了几步，水就进鞋了。

曹烽单手撑伞，另一只手揽住段语澈:“弟弟，你靠我怀里，我们走慢一点!”

段语澈点点头，帮他抱着词典，头侧过去，缩在他肩膀处。

平时走十分钟的路，今天走了不止二十分钟，中途段语澈还不小心把牛津词典掉在了地上，曹烽弯腰捡了起来，看见词典全湿了，有些心疼，段语澈说:“抱歉，我不是故意的。”

“没事，我拿回去用吹风吹干。”

上车的时候，段语澈全身都是雨水，手脚都是湿的，脸也冻僵了。

小张道歉说:“我的车开不进去，没办法在学校外面停车。”

段语澈说没关系，小张把暖气打开了。

台风来的时候，天气比中欧的冬天难熬多了。

段语澈鞋子进水了，连袜子都全湿透了。他穿了一会儿，觉得不舒服，三番五次弯腰去弄他的鞋，曹烽看见了，就说:“把鞋和袜子都脱了吧，穿着难受。”

段语澈摇摇头，表示不用了，他再怎么不舒服，也不会在外面这样，哪怕这是家里的车。

曹烽也不好意思脱鞋，他看见后面放了一件衣服，应该是段述民的运动外套，就拿了下来，递给弟弟，说:“把湿掉的外套脱了吧，穿这个。”

段语澈点头，穿上后，曹烽又问他:“手冷不冷?”

他摇头。

曹烽伸出手，示意他把手给自己。段语澈迟疑了一下，把手给他了。

曹烽的手很热。

段语澈很惊奇:“你不觉得冷吗? 你身上温度怎么这么高?”

“是天生的。”

段语澈正想说话，蓦地，他从段述民的衣服上嗅到了一股朦胧的香水味。

皱了皱眉，他又闻了一次。

老男人喷香水，不是什么值得大惊小怪的事，关键是，他觉得这上面的香水味不是男香。

是很甜的女士香水。

他脸色一变，直接把衣服脱掉。

曹烽问他："怎么了？"

段语澈丢出一个："热。"

曹烽有些摸不着头脑，不清楚他又是怎么了。

回家的路上，段语澈便一直靠着车门，看着雨，不再说话。

小张把他们送到，又开车走了，这次去接段述民。

曹烽和段语澈各自回房间洗了澡，曹烽把词典吹干，晾在桌上，他做了晚饭，段述民回来了，只是他没待多久，突然接到了一个电话，就急忙站了起来。

"你去哪？"段语澈问他。

"出去一趟。"段述民穿上外套，戴上眼镜，有些着急的模样，"爸爸有个朋友还在外面，打不到车，我开车去接她。"

段语澈一愣。

什么朋友，值得他冒着这种天气亲自跑出去接？

曹烽像是猜到了，也不吭声，段述民出门前，叮嘱了句："你们两个，乖乖的不要出去了，如果今天晚上我没回来，可能是在外面住酒店了。"

段语澈"哦"了一声。

晚饭后，曹烽洗了碗，段语澈窝在沙发看电视，是全英文没有中文字幕的电视，叫《神秘博士》。他是这部剧的忠实粉丝。

曹烽坐着陪弟弟看了一会儿，没怎么看懂，就烤了几个蛋挞，设定好时间，让弟弟听见提醒的声音就去拿来吃，接着去了地下室。

他最近在做的发明，是个有关灯光控制的小程序。

他的程序只做了个基础，现在还在做装置，买了十几个灯泡，桌上看着很凌乱。

尽管段语澈很喜欢看《神秘博士》，但这会儿，他的心思却不在剧情上，满脑子都在想，段述民到底去接谁了？

女人，一定是女人。

他烦躁的厉害，联想到了他最近常常应酬不回家，一切都有答案了。他知道自己无权干涉段述民的感情问题，可面对这种事，仍然感觉很害怕。他又拿过段述民的那件衣服，开始闻，上面的香水味淡了很多，取而代之是自己穿过后潮湿的雨水味。

这时，烤箱传来了提醒的声音，段语澈方才回神，刚刚烤好的蛋挞散发出的甜香，在这样阴郁的天气里异常地让人觉得心安，他戴着手套端着托盘，想了想去了地下室。

“曹烽？”他站在楼梯口，看见下面灯光一闪一闪的，不知道曹烽在做些什么。

曹烽听见了，应了一声，停下工作去看他。

“蛋挞烤好了。”段语澈下楼梯，“你也吃两个。”

曹烽笑着说好：“我干完这个就吃。”

段语澈好奇地围观他在做什么东西，接着在旁边唯一的按摩椅上坐下，曹烽正在做焊接的工作，回头看了一眼，段语澈已经闭着眼睛开始按摩了，还放了音乐。

曹烽没有叫他，又过了一会儿，他完成了一部分的工作，肚子有些饿了，看见盘子里的蛋挞，弟弟给他留了两个，剩下的都吃了，但他挑嘴只吃了蛋挞心，没吃蛋挞皮。

蛋挞已经冷了，曹烽也没有嫌弃，洗了手，直接吃掉了，连他吃剩的蛋挞皮也吃了。

时间已经很晚了，段述民还没回家，曹烽给他发了个消息，他说车子开不动，晚上住酒店去。

“小澈。”曹烽轻声地叫了他一声。

段语澈没反应，按摩椅早就停了，段语澈也靠在符合人体工学的按摩椅上睡着了。

“弟弟。”曹烽喊他，“不能在地下室睡觉，不舒服的。”

“弟弟。”

“你得回房间睡。”

“小澈。”

“汤米。”他知道段语澈早上赖床的时候，段述民去叫他，叫不醒就会叫他的英文小名。

连着喊了几声，段语澈终于有了一点反应，眼睛睁开一条缝，长睫毛耷拉着，小脸上满是倦意，也不说话，朝曹烽伸出手。

曹烽愣了愣，在心底琢磨，这是问他要抱的意思吗？

曹烽不想吵到他，便把手臂穿过他的后背，轻声说：“那哥哥抱你去床上。”

段语澈迷糊地发出一声鼻音：“唔。”

曹烽一用力，把他抱了起来。

弟弟体重并不轻，可是很好抱，因为他一点也不抗拒自己，好像是把自己错认成谁了。

段语澈睡得迷迷糊糊的，感觉有人抱着自己，把自己放在了床上。

他没有力气睁开眼，听见叫他“Tommy”，还以为是段述民，就用极其细弱的声音喊道：“爸爸。”

曹烽正在帮他脱外套，闻言微愣，不知道该不该应。

段语澈又靠上来，抱住他的胳膊，完全一副无意识的模样，用气声嘟哝道：“爸，你不要离开我……”

曹烽顿了顿，低头看着他依赖自己的模样，心脏倏地就化成了一滩水，揉了揉他的头发，说：“好，不离开你……我保证。”

他从来没有体会到过这种情感，非常复杂，想抱着他，保护他。曹烽对弟弟有种奇特的怜爱，好像是真的，把他当成自己的亲人了。如果他是段叔叔，他一定会好好疼爱这个儿子，至少在他需要爱的年纪，不会选择抛开他，但感情这种事，又很难说清楚，每个人的情感需求是不一样的。

待他真的睡着，曹烽方才起身，胳膊被他抱着睡觉，有些发麻。曹烽给他脱了袜子，再给他盖好被子，拉上了窗帘后，再关上门。

外面台风太大了，段述民没有在这个时候选择开车回家，段语澈发现他没回来，忍了忍没给他打电话，结果段述民自己打电话回来了。

“家里冰箱还有没有吃的？”

“还有，曹烽买了很多。”

段述民解释道：“等台风高峰期过去，爸爸马上就回家，风太大了，外面的汽车全都在报警。”

“没关系。”段语澈善解人意地说，“你去接的那个朋友，怎么样了？”

段述民停顿了片刻：“接到了，送回家了。”

段语澈垂下眼睛：“那就好，我等你回家。”

这次的强台风持续了一天半才停，学校挨个给家长发短信通知，周五上学，周末补课。

这次的台风假放了两三天。

段语澈注意到曹烽经常抱在身上的牛津词典有些被积水泡烂的痕迹，明明是新买不久的，却已经像用了好几年那样旧。

但这丝毫影响不了他学习的热情，有些人学习或许只是为了达成一个目的，比如考出好成绩，考上好大学，而曹烽固然也有这些目的，但更多的是他本身就好学。

他喜欢学习，喜欢吸收新的知识，把知识转化成智慧。

段语澈趁着放周末的时间，去给他买了个电子词典：“你别用这个牛津词典了，带着不方便，换这个吧，查单词很简单，还能教你正确的发音，有英音和美音两个选项，你喜欢哪个学哪个，我喜欢英音多一点。”

曹烽一看就知道，这个东西不便宜，想说退掉，段语澈说自己已经把发票撕了：“你也不知道我在哪里买的，退不了的，放弃吧，我买的便宜的，你拿着用。”

电子词典这个东西，本身也不值多少钱，但段语澈特意选的尺寸比较小，但质量好，能防水经久耐用的牌子。

这对曹烽来说很实用，收到礼物的当晚，就激动地背了几百个新单词——他从没用过这种产品，他喜欢电子产品但是买不起，倒是在废品站捡过许多乱七八糟的零件来研究。

天气越发冷了，同学们在校服里穿上了毛衣和棉衣，段述民也带曹烽去买了两件卫衣，还买了一件和弟弟一模一样的羽绒服。

上午，七班门口忽然来了几个高年级的男生，模样看着便凶神恶煞很不好惹，语气也不好，随手拽过一个从七班出来的同学就问：“喂，你们班那个叫曹烽的，坐哪里？”

“那……坐那里。”

“哪个？”

“长得很高的那个。”

周泽亮这两天才刚刚回学校上课，刚才他过来把段语澈叫走了，曹烽知道他们俩应该是偷偷去抽烟了。

当几个高个子，吊儿郎当地站在他书桌前的时候，曹烽正在用他心爱的电子词典查单词，他插上弟弟淘汰下来的耳机，听着标准的英式英语发音，很小声地模仿着。

他太过专注，根本没有注意到有人来找麻烦了。

“你就是曹烽？”有个人拿起他桌上的书翻开，看了一眼，确认他的身份后，就把书往地上一丢。

曹烽弯腰，把书捡起来，抖了抖灰，抬头看向几人，心平气和地说：“几位同学有什么事吗？”

“没什么事，就是听说很能打，特意来关照你一下。”

事情过去了有半个多月，曹烽脸上的伤基本上好了，脖子上伤口拆了线，还有新鲜的疤痕。

曹烽这回不说话了，已经猜到了对方是为什么来。

班上同学都吓到了，看着这边窃窃私语：“曹烽干了什么？”

“怎么这么多人找他麻烦？”

“他惹的那个人是高三的×××，那是我们学校老大啊，他要完蛋了。”

曹烽这种一心只向学习的人，自然什么都不知道，他态度依然很平静：“你们想做什么？”

“告诉你了，不做什么，你放学的时候，给老子当心点。”他们也不敢在教室里打人，这么声势浩大地过来，不过是为了吓他一下。

结果没想到曹烽会这么平静，平静得就好像不把他们放在眼里。

曹烽“哦”了一声，也不看他们，继续戴上耳机，播放英语。

这副冷淡而不以为然的态度，非常容易激怒人，前来的一个小弟见状，一把打掉他手上的电子词典，还抬脚用力踩上去，碾了碾，用挑衅而轻蔑的目光扫了眼曹烽。

曹烽一下绷紧了下颌，一只手握紧了拳头，另一只手摸上了书包底部的那把腰刀。

冷冰冰的，见过兽血的刀。

他忍耐到了极致，额上的青筋突突直跳，好像下一秒，就要暴起杀人了。

克制地吸了口气，深刻的浓眉下，眼睛沉得厉害，潜藏的暴力因子像风暴那样在酝酿，他用极度平静的声音说："周六下午放学，网吧一条街后面小广场，我一个人。"

为首那人又愣了一下，竟然有些欣赏起他来，说："有种。"

他们走后，曹烽弯腰捡起电子词典，又捡起一个小兵人，这是弟弟桌上的玩具，被他们不小心弄下去了。

把小兵人放回桌上，曹烽检查起被用力踩了好几脚的电子词典来。

质量很好，还没彻底坏掉，只是角摔碎了，屏幕也花了，一摁就开始闪屏。

他心疼得厉害，用力攥着电子词典，手都在发抖。

段语澈回来的时候已经开始上课了，他嘴里有烟味，不舒服，问曹烽要了颗话梅糖。

他丝毫没有注意到曹烽的异样，也没有注意到其他人看向曹烽的目光有了不小的变化。

只有贺恬恬跑来问了问曹烽："他们是谁啊？要不要告老师？"

曹烽摇摇头："没什么事。"如果要告老师，势必会牵扯出背后的事，他殴打段语澈的朋友，若是问他为什么殴打，他会守口如瓶，但旁人就不一定了。

他不希望任何人，有任何可能知道段语澈的"秘密"。

"哦，那你有什么，一定要告诉家长和老师。"贺恬恬表情有点担心，但好像和曹烽，也没有熟到那个份上，主要是她每次和他聊天，这个人总能一句话把天聊死。

她一走，段语澈就问："告老师？什么告老师？"

曹烽摇摇头："学习上的事。"

什么叫学习上的事，学习上的事就不告诉我了吗？段语澈心里有点不舒服："那个贺恬恬，她怎么总找你，她在追你吗？"

曹烽："……"

“怎么可能！”曹烽一口否定。

“怎么不可能了，不然她坐得那么远，为什么每天跑来问你题？”段语澈越想越觉得就是那么回事，“如果追你，那你就答应了呗，我觉得她配你……也还成。”

他承认曹烽的优秀品质，在心里挑剔着那女孩子，又觉得那女生条件都还不错，性格也好，长得也不错。

都找不到什么词来贬低了。

眼睛有点太大了，那总不能说人家长得像个青蛙吧。

曹烽越发窘迫：“你别这样说……”

段语澈以为他害羞：“早恋没什么不好，不要听老师的。”

“早恋不好！不行！！”

“为什么不？”

“我就是不喜欢……而且别人也不喜欢我，你不要乱猜了。”

段语澈笑了起来：“我看你不是不喜欢，是心里有人了吧？”

曹烽一呆：“什么有人了！我心里……”他整天忙着学习，照顾段语澈，哪里有心思装得下别人。

“你别否认啊，那个网友，上回我听你们说的，你不是有个什么网友吗，还跟人家搞网恋，啧啧啧……”

曹烽不知道段语澈怎么会这么猜测，他想说根本不存在什么网友，那只是他瞎编的而已，所谓的网友，指的就是弟弟。

段语澈一副你别解释，解释就是有问题的模样，像是认定了这件事。

曹烽哑口无言。

周六放学，曹烽陪着段语澈出了学校，跟他说：“小澈，哥哥还有点事，要晚点回家。”

“你有事？”他相当惊讶，曹烽几乎连朋友都没有，怎么会突然有事？他想了想，恍然大悟：“约会是吧？”

曹烽：“……嗯。”

段语澈：“……”

“那好吧，如果我爸回来了，我给你打掩护。”

坐在车上，段语澈心里越想越不是滋味，怎么连曹烽这样老实巴交的，都交上了女朋友？

他问小张："我爸回家没有？"

小张说："行长还在忙工作。"

段语澈心里冷笑，很清楚他到底是不是在忙工作。

曹烽在路边买了个肉夹馍，一边啃一边走向网吧一条街。

这条街后面有个废弃广场，是附近一个职高的约架圣地。

曹烽啃完了肉夹馍，把口袋丢进垃圾桶，感觉浑身都充满了力量。他打开书包，抽出腰刀，别在裤腰上。

"真是一个人来的？"小广场站着一票，约莫有十五六个男生，有高有矮，有胖有瘦，有的是学生，有的不是，还有那天那个"流氓"，蝈蝈。

曹烽一眼就看出，这些人里没一个能打的。

都是来凑数的。

"小子，真有种。"那天来找过麻烦老大看着他，说，"既然你这么有种，我们也不为难你，过来给他磕头认个错，挨他两脚，这事儿就算过去了。"

"那天打了你，我很抱歉。"曹烽保持着礼貌，围观的那些个混混都笑了，笑他怂。

蝈蝈带伤住了两天院，不严重，但他忘不了那种屈辱。

真是莫名其妙。

接着，曹烽又开口了："只要你答应我，以后不要再靠近我弟弟，也不要没事来我们班，打扰班上的同学学习，我就当作什么都没发生。"

"扑哧。"

围观的人笑得更大声："他是不是有病？"

"当自己谁啊？"

"我呸！"

"岩哥，这件事你还叫我大事化小，我咽不下去这口气！"蝈蝈这回是真的愤怒了，他知道眼前这个少数民族的武力值，朝前走了几步，但也不敢靠太近。

曹烽说："如果你同意，我认真地跟你道个歉，你也可以打我几拳，我一人做事

一人当。”

“你还真把自己当根葱了?!”

“现在这个局面，还敢跟老子提意见!我就跟你弟弟好了，怎么的?不对，汤米也不是你弟弟，你只是寄住在他家，穷、鬼。”

曹烽并不说话，只是把书包丢在了地上。

蝈蝈眼中厉色一闪而过，打了个手势，后面冲上来一半的人。

曹烽只动了一下，目标非常明确，大步迈向蝈蝈，手在后腰一抽，他抓着蝈蝈的头发，泛着冷光的刀比在他脖子上。

“我用这把刀杀过熊。”尽管没有杀死，他自己反而是九死一生，但这把刀的确插进过棕熊的身体。

一群人都被吓傻了。

比刀子的见过，没见过上来就划脖子上的。

这哥们儿是个疯子。

他们不约而同地想。

惹错人了。

曹烽声音平静地在蝈蝈耳边响起:“这口气，你咽不下去也得咽，以后别来惹我，今天的事也别说出去，我弟弟的事，你也给我憋着。如果他问你，你知道怎么回答吗?”

脖子上一把锋利的刀。

“知……知道，我要考大学，我要好好学习，不出来玩了。”蝈蝈丝毫不敢动弹，瞳孔急剧缩小，大气都不敢出。

“我不想惹事。”曹烽的普通话说的比刚来那会儿好上不少，带着口音和鼻音的警告，却显得威慑力十足，“听着，你如果要来报复我，我也不害怕你，但你要保证弄死我，你要是弄不死我，我就弄死你。”

“听明白没有?”

围观的人都惊呆了，目光惊惧地盯着他，更是不约而同地向后退。

“明……明白。”蝈蝈感觉脖子上热热的，他不知道是真的出血了，还是自己的心理作用，“大……大哥，你放过我，我保证，以后离你弟弟远远的，以后也绝对不会来你们学校找你麻烦，真的……刀，刀子，快拿下去，咱们和平一点，有话好好说……”

曹烽鹰一般的目光锁住他的眼睛，确认他是真的害怕了，这才把刀挪开。

蝈蝈直接一个腿软，跪在地上，他摸了摸自己的脖子，松了口气，没有血。

尽管如此，他仍能感觉到，这个曹烽，他是真的不怕，是真的……敢弄死他。

这种人……真的才十几岁吗？

众目睽睽下，曹烽捡起地上的书包背上，随手擦了下刀丢进去，在泣血的夕阳光芒下，头也不回地走了。

这些半大少年，集体吸了口凉气，甚至闪着崇拜的目光。

曹烽并不知道自己的办法是否奏效，他只是没有别的办法了，只好用他的那一套方式。

若是因为其他的原因，曹烽早就告诉老师，或是告诉段述民了。

但这件事，却是有关弟弟的秘密，他不能告诉任何人。

摇摇晃晃地听着磁带、坐着公交车回家，曹烽也觉得有些累，他没有动用武力，可不代表他心里不害怕，他想过可能会出事，比如说对方比他想象的要狠，不怕他。

若是到了那种地步，曹烽想，或许他也会按照他们说的，跪下来磕头认个错，也不能让这件事捅出去。

到家是晚上七点。

只是这个季节，七点已经很晚了，太阳下山，天空的光亮很暗淡。

曹烽用钥匙打开门，进门，看见段语澈把拼图毯搬到了客厅来，电视机打开，播放的是弟弟最爱的《神秘博士》。

听见开门的声音，段语澈抬起头来，有些意外：“诶？曹烽？”

这才七点，他以为是段述民。

“你不是去约会了吗？怎么这么早？”

曹烽根本没有约会，怎么敢答，问：“小澈，你吃饭了吗？”

“还没呢，我饿了，我爸说他等下就回来，我也没告诉他你出去了，他以为我有晚饭吃呢。”段语澈有点委屈，看向曹烽的目光也含着控诉。

“是哥哥的错，你想吃什么？我先给你下一碗面填填肚子吧，你想吃面吗？”

“好吧……”段语澈见他放下书包，脱了校服套上围裙，准备做饭了，就放下拼图凑到他旁边：“你跟谁约会啊？贺恬恬？”

“不是。”曹烽打开火。

“那是谁？网友？好看吗？”

曹烽摇摇头：“没有你好看。”

段语澈哈哈大笑，笑他是个马屁精：“曹烽啊，像你这样怎么找女朋友？”

“不找。”曹烽见水滚开了，把面条丢进去，“如果你愿意，哥哥可以给你煮一辈子的饭。”

“小澈。”曹烽轻轻地拍了下他的背，“下课了，我们要下去上体育课。”

段语澈从第二节课开始趴着睡，睡到了第四节。

“弟弟。”曹烽又叫了一声。

他才动了下，有些迷茫地把脸从臂弯里抬起来。

“上体育课吗？”他眼睛倦怠地半眯着，头发睡得凌乱，白皙的脸颊上是书本压出的红印子。

“嗯。”曹烽伸手帮他整理衣领，拧开他的杯子让他喝水，“我们该下去了，马上就上课了。”

体育老师虽然是个女老师，但每次去迟到了，都会挨她的白眼。

“哦……”段语澈刚醒，睡眼惺忪地喝了口水，仍有些迟钝的模样，默默地跟着曹烽站起来，曹烽看他迷迷糊糊的样子，怕他走掉，就拉着他走，段语澈走了几步，忽然把头靠在他的肩膀上，额头抵着他的肩胛骨，像是想停靠着休息一会儿。

曹烽立刻就不走了：“还困吗？”

“嗯。”段语澈靠着他眨了几下眼睛，还是清醒不过来，混混沌沌地说，“我鞋带松了。”

段语澈身上带一股奶味，他想长高，整天喝牛奶，这股淡淡的味道飘到了曹烽的鼻间。

“哥帮你系。”曹烽冷静心神，把着他的肩膀，怕他站不稳摔倒，然后再蹲下去给他系上了鞋带。

段语澈就那么低头看着他，看他认认真真地给自己系鞋带，还打了一个漂亮的蝴蝶结，眼睛慢慢眨了两下。

“好了，走吧。”

段语澈刚起床的这股劲儿，做完操才散去。

曹烽说要不要提前去食堂吃饭，段语澈摇头，说不去，要等周泽亮下课。

上周的时候周泽亮病好了回学校了，经常来找段语澈，吃饭也是一起，段语澈要带着曹烽，周泽亮非常不高兴。

曹烽知道他不喜欢自己，这没什么，他也不喜欢小澈的这个朋友，可他知道那是弟弟的朋友。

虽然他心里忍不住地想，如果小澈这个朋友，能一直病下去就好了。

在操场等到周泽亮后，三个人再一起去的小食堂。

周泽亮就当曹烽不存在，跟段语澈聊只有他们才能聊的事，聊鞋子和足球明星，也聊他们以前同学的八卦，这些曹烽都插不上嘴。

聊完了八卦，又聊女生，周泽亮说自己最近在追高二一个学姐：“她也会弹钢琴，跟你一样。”

“她长得很漂亮，不是很高，但很瘦，而且特别白，脖子也长。”

“她爸还是教育局的。”

“对了对了，她成绩也很好……”

不知怎么，虽然弟弟一直在回应周泽亮的话，但曹烽却看出来，弟弟似乎并不喜欢聊这些东西。

曹烽插嘴，问周泽亮：“你在追她，还没追上，她有男朋友吗？”

周泽亮诡异地沉默了几秒，模样好似有些尴尬：“我不知道。”

“你追人家，连别人有没有对象都不知道？”

“有对象又怎么样？”他横眉竖目，“分了不就完了！”

曹烽在心里说：你别想找到对象了。

但如果他找到了对象，似乎是一件好似，周泽亮去陪女朋友吃饭，就不会来骚扰弟弟了。

“你怎么追的？要到联系方式了吗？”

周泽亮又沉默了几秒：“关你什么事，还要你来教我？”他语气相当鄙夷，想攻击他的长相，发现曹烽长得居然比自己帅，浓眉大眼，还比自己高十公分，想攻击他的穿衣品味，又发现他里面穿的夹克和段语澈的一样的款式，他又想，这个曹烽貌似还是年级第一名——好像在不知不觉的时候，这个乡巴佬已经变了，变得像城里人。

他一口气提不上来，心里窝囊得厉害，好像曹烽唯一不如自己的，就是没自己有钱。他想了半天才想了句没什么攻击力的话：“就凭你，曹烽，就你这样，都没女生会看上你吧，长这么大还没交过女朋友吧？”

段语澈马上说：“我们班有几个女生喜欢他啊。”

周泽亮：“？”

段语澈：“有一个你上回来，说有点漂亮的那个女生，她每天来找曹烽问题。”

“而且他还泡了一个女网友，上周跟人约会去了。”

周泽亮：“……”

曹烽正想解释一下女网友的事，就听见周泽亮突然喊了一声：“哎！淼哥！”

似乎是看见了熟人。

周泽亮低声说：“这个孙淼，我们学校扛把子，他和我要追的那个女孩子，一个班的。”

但对方似乎不太乐意搭理周泽亮，甚至记不清他的名字，扫了他一眼，打了声招呼：“你也在这儿吃饭？”

“是啊，我每天都在这儿。”他有事想求人，又不知道怎么开口。

“我吃完了，先走了啊。”孙淼说完，忽然发现了坐在周泽亮对面的一个人。

穿着大众款的校服，表面上似乎没有任何不同，非常普通，但对方身上却缠绕着一股特殊的磁场。

和凡人不同的气场，没什么存在感，平静得不像话，一股子高人的风范。

“咦？这不是烽哥吗？”

曹烽扭头看了他一眼，没认出来。

“您忘了我？”孙淼马上坐在他旁边，“我们前两天才见过。”

曹烽想了起来，好像是那一群来找麻烦的。

他表情冷淡:“你好。”

周泽亮下巴都惊掉了。

孙淼是打心眼里觉得曹烽狠,就崇拜他这样的:“您太厉害了,前天……”

曹烽神情一凛,立马捉住他的胳膊,抓着他站起来,大步朝旁走去。

孙淼有些懵,以为他要揍自己,有点紧张:“烽……烽哥。”

“那天的事,你一个字也别提。”

孙淼立刻想到了曹烽的另一个身份,连忙点头:“烽哥,听说您是年级第一?”

曹烽平静地“嗯”了一声:“我回去吃饭了,这件事以后不要提了。”

“哎!明白,明白!”

曹烽回去坐下,周泽亮表情都变了:“你认识孙淼啊?”

“不认识。”他面不改色。

“那他怎么认识你?还叫你……哥?”而且那还不是调侃的语气,一个一个“您”,又不是北京人,用什么“您”?

这么尊敬的吗?

曹烽继续吃菜:“我学习好,他想向我学习。”

“……”

这件事不过是一个开始,第二天,又有人专门来七班找曹烽,说弄坏了他的电子词典,要赔钱给他,曹烽说修好了,不用了,对方就硬要请他吃饭。

“交个朋友啊烽哥,我有学业上的问题,想请教请教。”

曹烽说周六要回家做饭,没时间:“如果你有什么问题,可以在网上给我发消息。”

“好啊好啊!”对方马上受宠若惊地说,“您电话多少?QQ号是?”

连段语澈都特别匪夷所思,曹烽是什么时候,交了这么多朋友的?

而且看起来都和曹烽截然不同,都是学校里出了名的小混混。

这对曹烽的生活倒没有多大的影响,除了有时候充校园卡有人主动帮他去排队,走在校园里忽然有人跟他打招呼,叫烽哥以外,和以前没什么差别。

很快,期中考试一过,天气越发冷了起来,临州的冬天是湿冷,和曹烽老家差不多,不过城市没有山里冷。

段语澈也说:“中欧的冬天比这里冷得多。”

尽管如此,他还是全副武装,在十二月就穿上了羽绒服,戴上了圣诞节曹烽送给他的围巾——是曹烽亲手用毛线织的。

月底原本是要上课的,学校里还有跨年的活动,但段述民给老师打了电话,给两个小孩请了三天假。

段语澈把两张音乐会的票揣在书包里,又收拾了几件衣服,一些洗漱用品,塞进行李箱里,曹烽的东西也很少,几套卷子,两件里面换洗的衣服内裤,都放在了一起。

“爸爸给你们订了酒店,就在音乐厅旁边的喜来登,你们俩住一间,互相照顾,注意安全,沪市有很多好玩的,但也不能乱跑,这个电话号码你揣上,是爸爸一个同学的,他在沪市开了个公司,有什么需要就给他打电话,城隍庙不用去了,不好吃,东方明珠可以去一下。对了,你小姨是明天晚上的飞机到,她也住喜来登。”

早餐桌上,段述民叮嘱了一大堆:“身份证带没带?”

“带了,带了。”

“还有伞,那边天气不好,带着伞遮风挡雨。”

曹烽就跑去拿了一把伞,段语澈说这个不带:“酒店可以借伞。”

吃过早饭,段述民帮他们把行李箱提到了后备箱:“到了给爸爸打电话。”

航班也是他订的,他不是个铺张浪费的性格,只飞一个多小时而已,订的是普通经济舱,选了个靠前的好座位。

曹烽是第一次坐飞机,心里紧张,提前查过一些资料,类似:第一次坐飞机怎么办?

飞机安全带怎么系?

飞机上可以带刀吗?

飞机上不能带什么?

诸如此类的问题,搜了很多。

到机场,段语澈熟练地取登机牌,过安检,到登机口,上飞机。

机舱太窄了,对于曹烽这样高大的身材,有些憋屈。段语澈找到了座位号,脱下外套,露出里面的白色毛衣。

曹烽看着别人放行李，也有模有样地学起来。他表现出了一种相当泰然自若的姿态，学着弟弟那样系安全带，放下了桌板。

飞机起飞，曹烽呼出一口气，也不是那么地难。

这种紧张的状态，一直保持到了飞机平稳后，他看着舷窗外的云雾，有种非常渺小的平静之感。

世界这么大，人类却很小。

飞行时间短，没有飞机餐，段语澈早上吃了鸡蛋，现在有些不舒服，他戴着耳机听歌，扭头看见曹烽把脸贴在窗户上的模样，就笑了："云好看吗？"

"好看。"他甚至有些着迷，看见一只老鹰掠过，目光中流露出了惊叹。

"你听歌吗？"段语澈主动把耳机分给他。

"好。"曹烽接过耳机，看向他，段语澈此刻很精神，因为飞机上太吵了，他什么也没干，单纯地听歌，眼神放空地盯着某个点，琥珀色的眼睛璀璨如星。

入耳，是弟弟一贯听的那种音乐，曲调很平缓，叫古典乐。

曹烽听出来小提琴，还有别的，就听不出来了。他问了一句，段语澈就告诉他："是鲍罗丁2号，D大调弦乐四重奏。"

他当然不会知道鲍罗丁是谁，这是他的知识盲区，段语澈是很乐意给他科普这些的，显得自己有文化。

段述民订的只是普通标间，结果到了酒店，前台给他们升级了："给两位升级到行政套房了，可以使用三楼的行政酒廊。"

段语澈饿了，又不想出门去，好在曹烽带了一些小零食，刚好就用上了。但他却看上了放在桌上的泡面。

是酒店提供的泡面，香菇牛肉面，清汤的，他正好可以吃。

"曹烽，你帮我烧点水。"段语澈直接拆了包装，他平时吃这个的机会很少，在家也不喜欢吃，但是他记得吃过，味道似乎还不错。

"这个不健康。"曹烽嘴里这么说，已然接了一壶水烧了起来。

"我一年就吃这么一回，也不会吃出病的，你要不要？我也给你泡一碗？"

"我还不饿，等会儿晚上了，我们出去吃。"曹烽注意到了价格表，泡面要收二十块。

段语澈吃完，就换上睡衣爬上床休息，他认床，一般情况下很难睡着，就拿出手机给远在大不列颠的小姨发了个消息。

小姨那边还是半夜，没有回他。

段语澈有些无聊，看曹烽就坐在旁边，还在写试卷，也不忍心打扰他，便戴上耳塞，强迫自己睡觉。

过了一会儿，曹烽听见了他均匀的呼吸声，抬头看了一眼，弟弟已经睡着了。

曹烽终于松了口气。

写不下去试卷，曹烽放下笔，站了起来。

走到床边，看见弟弟是侧着睡的，他蜷缩起来，脸颊压在雪白的枕头上，紧紧裹着温暖的被子，一张安静的小脸上，浓密的长睫垂着，皮肤很白，但气色很红润，连嘴唇都是红色的，气息出得很均匀。

这时，曹烽心里忽然有了一个主意。

他转身去外面，打开行李箱，找出段述民的数码相机。

曹烽用过一次，知道用法，他开机，对准段语澈安然的睡颜，小心翼翼地拍了一张。

快门声倏地响起，那声音不大，却把曹烽吓得差点把相机摔地上。

眼见段语澈没什么反应，他才吐出一口气，吓死他了，还以为要被发现了。

他低头看着照片，他不懂什么摄影，可是这张照片显然非常好看，眼睛好看，睫毛好看，鼻子好看，嘴巴也好看，连头发丝都很好看。

曹烽穿上衣服，带上房卡，出了酒店，问了工作人员，他找了一家数码冲印店，把那张相片印了出来，又删掉了相机里的“罪证”。

曹烽把相片放进衣服内袋，那里靠近他的心脏。

回去的时候，曹烽正好撞上段语澈醒，他下床在找他：“曹烽！”

“你去哪里了？”弟弟刚醒，他光着脚站在曹烽面前，表情还有点可怜，望着他的眼睛里含着刚刚睡醒的水光，“我醒了找不到你，你出去了？”

段语澈看向他手里拿着的香菇牛肉面：“买泡面吗？”

“嗯。”曹烽把泡面放回原位，酒店泡面二十元，外面泡面一模一样的才三块钱。

段语澈揉了揉眼睛：“哦……我刚刚做了噩梦，起来发现你不在了，我以为……”

他在学校睡觉，就很容易被鬼压床，他不喜欢趴着睡，也不喜欢在外面住，就是这个原因。

家里的味道总是让他觉得安稳。

“以为什么？以为哥哥被鬼抓走了？”

他辩解：“不是……我知道世界上没有鬼。”可做了噩梦，难免会胡思乱想。

“别怕。”曹烽忍不住揉他的头发，低声说，“晚上……哥哥陪你一起睡，就不会做噩梦了。”

段述民打了一个电话过来，问他们：“沪市冷不冷？”

段语澈说：“还可以。”

“晚上吃的什么？”

“随便吃的。”顺便看了夜景，散了会儿步，路过电玩城进去玩了一会儿，曹烽给他抓了个娃娃，就打车回来了。

“晚上出门要记得加衣服，不然会感冒。”

“好。”

“早点睡觉，不要熬夜。”

“好……”

曹烽在一旁听着段语澈讲电话，察觉到他的敷衍，好像就是最近的事，父子俩的关系似乎变差了。

在上床睡觉前，曹烽还特意冲了个很仔细的澡，他洗得很干净，用了酒店的身体乳，抹得身上香香的才穿上睡衣出来。

他觉得自己身上应该是不臭的，毕竟他爱干净，每天洗澡，但香一点总归是更讨人喜欢一些。

他靠在床头，打开电视机，等段语澈出来。

曹烽平时不看电视剧，喜欢新闻和法制节目，但曹烽的注意力却完全不在电视上，他扭头看着浴室，本来是个透明的玻璃隔断，拉上了帘子后，只透出一道缝隙，水声淅沥沥地传到耳朵里。

房间里空调温度很高，曹烽只好下床，打开阳台的窗户透气。

外面那接近零度的冷空气吹了进来，他们住的房间很高，但还不是这个城市最高的建筑，曹烽眺望着灯红酒绿的城市夜景，目光露出迷茫。

他翻出下午拍的照片，拿出来看了一会儿，听见浴室里水声停了，又立刻把照片塞回原位藏起来。

段语澈湿着头发从浴室出来，说："早餐十点停止供应，所以我们九点起床就行了。"

他坐在床上擦头发："遥控器呢？"

曹烽找给他："你要看什么？"

段语澈开始一个一个地换台，似乎没有一个满意的，毛巾搭在他的头顶，微微敞开的薄睡衣衣领，能看见少年在柔软的灯光下呈现半透明的皮肤。曹烽站在旁边，良久不动，久到段语澈都注意到了，觉得奇怪："曹烽，你在站军姿？"

"不是……"曹烽喉结动了一下，"小澈，你跟别人睡过一张床吗？"

"有啊，跟Vic，还有周泽亮。"段语澈就看他："要不然我去睡沙发？"

"不、我不是那个意思，床够大，我们俩睡合适，我就是怕自己打鼾吵到你。"

"你还打鼾？"段语澈看他站在窗帘旁边，身体笔直得像个标杆，身材那么高，眉眼锋利又带着温柔。

"我不知道自己打不打，如果我……吵到你，你就叫醒我，我去外面睡。"

"好，你上来吧，别站着感冒了。"

没有一个让段语澈满意的频道，他调了一个小品，百无聊赖地看了一遍，讲的是女人怀疑男人出轨，最后发现就是一场误会，男人偷偷在背地里资助医院里的小孩子，经常联系的人是女护士。

段语澈若有所思："曹烽，你有没有觉得，最近我爸工作有点太忙了，他怎么老是不回家呢？"

曹烽："……"

"我、我没注意到。"他有点紧张了。

电视机忽明忽暗的光芒照在段语澈的脸上，他的眼神看起来是空洞的，不知道是说给自己听还是说给曹烽听："我爸妈那样的关系，我爸要是喜欢上了谁，不爱回家了，我都不能指责他，如果他爱上了别人，和她有了小孩，是不是以后就不会爱我了？”

“不会的。”曹烽只能机械地这样回答。

“你不能这么武断，你得承认，这是完全有可能的事，”段语澈目光显得黯淡无光，“他要是不爱我了，我怎么办？”

曹烽凝视着他的表情变化，似乎完全体会到了他的心情，感觉心脏倏地一痛，他不想看见弟弟这样，想看他笑。

“……小澈。”曹烽把手伸过去，抓住他握着遥控器的手掌，“哥哥爱你。”

段语澈看向他，曹烽表情认真，目光专注，像是在表达一个承诺。他忽地一笑，尽管不是很在意，可曹烽的话还是让他有所慰藉：“谢谢哥哥。”

没一会儿，头发干了，段语澈躺下睡觉，他认床这个毛病，让他很难在家以外的地方睡着，一般会扛到扛不住的时候才会闭眼。

而曹烽呢，因为枕头底下没有放腰刀，似乎也缺了点什么，那是他的护身符。

两人各躺一边，各自不动。

睡着的时候，段语澈无意识地抢被子，曹烽冷醒了，往大床中央挪了一寸，钻进了被窝里。

早上，闹铃响了，曹烽直接伸手按掉，他坐起身来，弟弟已经滚到床的另一边去了。

吃过早饭，两人打车出去逛了一圈，司机推荐了几个游玩的地方，他们就都去了，原本段语澈还想去机场接小姨，但小姨给他回了信息，说主办方安排了车子统一接他们过来，就不用他跑那一趟了。

晚上。

主办方的车把乐团送到了，整个乐团带替补几十个人，还有各种珍贵的乐器，一群人下车的时候，段语澈很轻易地就看见了那个他要见的人，立马从大堂的沙发站起来，他不顾身旁的曹烽，直接就跑了过去：“小姨！小姨！”

他小姨喜欢教他中文和中国文化，认为人不能忘本，要不是她有先见之明，段语澈刚回国估计就是个彻头彻尾的外国人。

段语澈冲过去抱住她，曹烽远远地看见，也走了过去，他看见了那个女人，和他

之前在网上搜到了，小澈的母亲Vivian有几分相似，但风格是完全不同的类型，皮肤白皙而五官明艳，她烫一头浪漫的短卷发，穿着一件形容不出来的粉色大衣，里面是枣红色的裙子，戴一顶更暗红的礼帽。

曹烽从来没见人这么穿过，但不可否认地觉得非常好看，好像和这个时代格格不入。

他看着这个女人侧头吻了弟弟的脸颊，然后捧着他的脸看，似乎在说什么长高了，长得更帅了之类的。

曹烽穿过人群过去，有几分紧张，他准备了一段英文的自我介绍，但感觉派不上用场，实在是太傻缺了。

“你就是小烽吧，你好啊。”和她的穿着一样，她的笑像个少女一样温柔，“Tommy和他爸爸都跟我说过你，谢谢你照顾Tommy。”

“没、没关系。”他窘迫地挠挠头。

这个小姨的中文也太好了。

“对了Tommy，我要给你介绍一个人。我这次回国，也不是为了演出，是为了邀请你们来参加我的婚礼。”

“Robbie。”她喊了一声。

段语澈愣了下，抬头望去。

是个比小姨大不少的白人男性，高大帅气，但目测最少有四十岁，按照白人显老的定律，就算他三十五，但配上他那模样和十八岁少女差不多的小姨，他心里却觉得很不合适。

“Robbie，这是Tom，你可以叫他Tommy。”她介绍起来，“Robbie是乐团总监……Tommy，我们决定明年结婚，到时候你要来啊。”

——乐团总监。

这个职位，三十五岁可办不到，段语澈扫一眼Robbie那英俊深刻，带着成熟男人魅力的面庞，想，他可能有五十了吧。

段语澈郁郁不乐地点头：“我会来的。”

Robbie跟段语澈打招呼，然后又问了句曹烽：“这也是你侄子吗？”

小姨说：“他是Tommy的……哥哥，他们一起住在他父亲家，你可以叫他……”

曹烽连英文名都没有，到紧张的时候，平时课文里的那些名字全都想不出来了，心里一慌，脱口而出：“我……我叫路易斯。”

段语澈看着他，不明白他怎么忽然把人外教的名字给偷走了。

哪怕段语澈并不喜欢这个彬彬有礼的小姨夫，还是跟着去吃了几顿饭，听了一场乐团的演奏会，而乐团还要去其他两个城市演出，段语澈一定要拉着小姨一起回家。

她还给段语澈带了礼物，一盒巧克力，是他以前没尝试过的口味。

段语澈带着小姨回家的那天，段述民正好不在家，她就问："你爸爸工作经常都是这么忙的吗？"

"也不是……因为最近是年底吧，银行事情多。"

"那你平时在家，谁给你做饭？"其实她心里对段述民把资助的小孩接回家是不太满意的，可现在看见Tommy有了哥哥，还挺依赖他，就觉得是件好事。

至少他有人陪着了。

"上学就在学校吃，回家就他给我做。"段语澈指了下一直沉默寡言的曹烽，"做的比爸爸好吃。"

"是吗？"小姨看向曹烽说，"汤米之前给我打电话，经常说起你。"

曹烽腼腆地笑了一下，心里很激动，又有些不知所措："我去洗水果吧。"

小姨对曹烽的观感很好，觉得这孩子一看就知道是好孩子，懂事的。她低声问段语澈："以前我们汤米没有哥哥，现在有了一个，高不高兴？"

"……高兴。"

曹烽端着果盘回来的时候，听见两个人在说什么考试的事。

"你要准备一首肖练，一首完整的贝多芬奏鸣曲，或者你可以选择海顿，另外要一首勃拉姆斯或李斯特的作品，难度越高越好……”

段语澈显得有些抗拒：“我不想练，我也不打算学这个，我不想出国读书……”

曹烽心沉了一下，放下果盘：“汤米要出国读大学吗？”

小姨无奈地说：“我有这个意愿，但是他好像不想去。”

段语澈固执地摇头，小姨摸了摸他的头发说：“不过这样也好，留在国内也很好。”毕竟段语澈还有她姐姐和外祖父留下的遗产，那些遗产很足够他优渥而无所事事地活一辈子了，即便她认为人生应当要去实现自己的价值，但无忧无虑的状态，是很适合她家这天生就有些忧郁的小孩的，要是再有一个爱他的另一半，就更好了。

小姨只待了一周，便离开了。

学校里正在准备一月底的期末考试，大部分的学生都在认真复习、备考，曹烽也是如此，他喜欢钻研课外的知识，但课堂内的，涉及考试的也不敢马虎，毕竟这代表着他的奖学金、贫困金。

临州的冬天冷得刺骨，潮湿的阴冷无处不在，又总是不见阳光，天气阴郁的让人无心学习。

这天上午，段语澈正抱着他心爱的小毯子睡觉，马小波抱了一摞信封进来。

“同学们。”他先叫来班长，把这些信封发下去，接着说，“学校组织了一次有意义的活动，给十年后的自己写一封信，你们可以畅所欲言，写好后放进信封，在信封上写好地址。”

“写什么信啊……不就是写作文吗？”有同学拿着印了学校校徽的白色信封抱怨。

“不是写作文。”马小波耐心地解释，“没有老师会检查你的信，你可以想写什么写什么。”

“这封信将妥善保存在学校的保管室，并在2016年的1月1日寄出。”

“哇。”

“免费的吗？”

马小波点头：“免费的，邮寄费用由学校承担，有意愿参加的同学，下周一交到班长处。”

信封发到了曹烽手上，他看段语澈在休息，就帮他领了，没有叫醒他。

曹烽是晚上到家，打开书包看见信封的时候，才想起来的，他拿着信封去敲段语澈的门。

“曹烽？什么事？”段语澈还是老样子，拼图完成了二分之一，他极有耐心地每天寻找一片新的，有时间的时候可以整个下午都泡在这个游戏上。

“学校发了这个，我忘记给你了。”

“信封？干什么的？”

“学校组织的一个活动，就是……给十年后的自己写信。”曹烽大致描述了一下。

段语澈露出了感兴趣的表情：“所以这封信十年后真的会寄到我手上？”

“嗯，2016年的1月1号寄出。”

段语澈抬头问他：“那你要写吗？”

“要写。”曹烽就这个爱好，他喜欢写信。

“你准备怎么写？你觉得十年后的自己是什么样的？”段语澈忽然开始跟他探讨起来，“十年后，那就是……二十六七八岁，如果我能考上大学的话，你跟我应该都大学毕业了，你应该也结婚了，说不定还有小孩了呢！”而且按照曹烽这么努力勤奋的性格，没准还小有成就。

段语澈可以轻易想到曹烽的未来，但是却想不到自己的。或许他还是这个样子，无所事事，挥霍着大人的钱，过着最好又最无趣的生活。

曹烽摇摇头，十年后太远了，他不知道自己会是什么样，他只是希望，到那时候，他有了成就可以报答段叔叔，他和弟弟还是好朋友，或许他可以赚钱买一套更大的房子，让段语澈住进来，如果他谈恋爱了，也可以让他的对象一起住进来……

他忍不住问段语澈：“你呢，小澈，你有什么想法，十年后你想做什么？”

段语澈想了想说：“我爸现在工作太忙了，他好累，我想让他早点退休，然后带他到处去玩，他还没出过国呢。”

曹烽低头笑了笑，觉得他好孝顺又有些苦涩，弟弟的规划里果真是没有自己的：“叔叔听见会很高兴的。”

“我写在信里就行了，我不会让他知道的。”

曹烽回到房间，拿出他舍不得用的笔记本，用米尺裁了一张下来。

“现在正在看着这封信的曹烽，你好。”他在信纸上这样写。

“现在的我，过着以前无法想象的幸福生活，我有了一个新的家庭，有了叔叔和弟弟，所以我想象不出，十年后的自己会有什么样的人生，还是会像现在这么幸福吗？”

“……我也有不可告人的烦恼，没办法对其他人说出，如果对十年后你说出来，似乎就变得容易了。”

“……”

“亲爱的汤米。”

曹烽胆怯地不敢重新看这封冗长的信，用密封袋装起来后，放进信封，然后用502胶水黏上了。

与此同时，段语澈也抛下他的拼图，打开笔记本，咬着笔尖开始思考要怎么写这封信。

他在开头用英文写：“Dear Tommy。”

一边写，一边读出声来。

在第二排用德文写：“谢谢十七岁的你给我写了这封信。”

第三排用潦草的法文写：“这个世界上能看懂这封信的人，只有你一个。”

第四排用中文写：“希望现在看见这封信的你，不是孤单的。”

把这封信搞成了摩斯密码难度后，段语澈满意地装进信封，填上了现在的地址。

信封在周一统一交了上去，美术课是自习，正在跟飞机下五子棋的段语澈，突然看见手机里的信息。

周泽亮：“！！！你猜发生了什么！！”

“我女神刚刚同意了！！！”

段语澈：“谁？”

“我跟你说过的啊，我喜欢的那个高二学姐，不过她跟我一个月生日的，还比我小一天，不能叫学姐了，现在是我女朋友了，哈哈哈哈。”

段语澈：“真的吗？恭喜你。”

“哈哈哈哈，中午我要陪女朋友，你和曹烽一起去食堂吧。”

“好。”

如果是以前，段语澈忽然收到这么一条信息，必定会患得患失，连好朋友都谈恋爱了，他自己怎么办。

不过现在，或许是因为曹烽总是在身边，就没有那种想法了，而是单纯地为周泽亮感到高兴。

下午，曹烽去办公室的时候，偶然碰见了周泽亮，对方并不像以前那样，一见到他就趾高气昂地翻白眼。

曹烽从办公室拿了习题出去，周泽亮抬步就追：“曹……曹烽，你等等！”

他顿下脚步，看着周泽亮，周泽亮挠挠头说：“那什么……兄弟，我下周请你吃个饭吧，你想吃什么？”

曹烽当然知道原因，摇摇头说不用了。

“那怎么行！你帮了这么大的忙，以前我那么对你……真的对不住！”他羞愧难当地说，“我没想到你居然对我这么好，还帮我追女生。”从孙淼那里，周泽亮得知曹烽在这件事上帮了很大的忙。

他非常不解，问孙淼：“我跟他也不熟，为什么帮我追人？还模仿我的笔迹帮我写情书，这也太……”亲兄弟也干不出这种事啊！

“烽哥说，你是他弟弟的朋友，看你很苦恼所以才帮你的，感恩吧。”

“我真的感谢你。”周泽亮抓住他的手腕，“真的，我真心的，你一定要接受我诚挚的谢意，这顿饭你一定要吃。”

曹烽不动声色地把手拽了回来，微笑着说：“没什么的，祝你跟她长长久久。”

尽管他拒绝了，但很意外的，这顿饭还是没能躲过。

是周泽亮给段语澈打的电话，要请他吃饭：“顺便你也把曹烽带出来吧。”

连段语澈都觉得意外，周泽亮说：“我现在发现了，我以前真的对他有点坏，处处针对他，唉，做人不能这样。”

他自己也觉得别人帮自己追人这事儿吧，有点丢脸，也就没提，但饭还是得请的。

曹烽跟着去了，是一家热闹的重庆火锅店，为了将就段语澈的口味，是鸳鸯锅。

“终于把你给请来了, 真是不容易! ”周泽亮对曹烽的态度明显不一样了, “来, 点菜, 你喜欢吃什么? 喝酒吗? 小澈喝不喝, 我点个雪花? ”

曹烽说: “下周就要期末考试了, 我和小澈都不喝。”

“哎! 那是下周的事了, 这还有好多天呢, 而且天气这么冷, 喝酒暖和! 这样, 我就点一瓶, 一人来一小杯算了。”

曹烽“嗯”了一声。

周泽亮是吃一口, 强要曹烽喝一口酒, 再发一条消息, 脸上满是热恋期的傻笑。

突然, 他站了起来: “她说她要过来! ”

段语澈捞了一块豆腐: “你女朋友? ”

“嗯! 她就在这附近……哎, 我说我跟你一起吃饭, 她说她认识你? 诶? 你们居然认识的吗? ”

段语澈不解地抬起头来。

周泽亮说: “慧诗说去年有次搞英语竞赛, 他们队伍缺一个, 听说了你以后就专门来问你, 结果你理都不理……”

段语澈自己都忘了: “……有这回事吗? ”

曹烽却想了起来, 说: “有这回事。”去年有一回他和段语澈闹了小矛盾, 追出去时, 看见一个学姐给了弟弟一封信。

当时他以为是情书, 后来在书桌上看见了信, 原来是类似邀请函的东西。

“你们先吃, ”周泽亮抓起羽绒服, “她找不到位置, 我出去接她啊。”

曹烽捞起一块虾滑, 夹到了段语澈的碗里。

段语澈低头吃了, 扭头看见他脸上的米粒, 也没提醒他, 想着他等会儿就能自己发现了。

接着, 曹烽又给他夹了一片火腿肠, 段语澈也吃了, 他吃东西的时候很斯文, 一口是一口, 慢条斯理, 赏心悦目。

随即, 曹烽给他捞了满碗, 捞到他碗里放不下, 段语澈也说: “够了够了, 你自己吃, 别管我。”曹烽才放下漏勺, 低头就着菜吃着白米饭, 不管在外面吃什么, 曹烽一定要吃米饭。

不一会儿, 周泽亮带着女朋友回来了, 曹烽刚收拾了一下餐桌, 食物垃圾都丢进

了垃圾桶，桌上显得很干净。

见到那学姐的时候，段语澈恍惚好像有一点印象了，学姐问他："你还认识我吗？"

"记得。"

"今天泽亮跟我说的时候，我就一下想起来了，怎么样段同学，今年的竞赛要不要跟我们一起去参加？"

段语澈这回说："我考虑考虑吧，这个花时间吗？"

"对我们要花时间，对你不算什么，抽个空考试而已。"

"学姐，我不喜欢考试。"

周泽亮说："哎呀，小澈，你就给我一个面子，去参加吧，你拿个奖，你爸爸也高兴，是不是？"

段语澈想了想："那就……我回去问问我爸。"其实他真的不想去，可是朋友这么说了，他并不好直接拒绝。

吃完饭，几人分开，段语澈和曹烽打车回家。

坐在出租车上，曹烽提了一嘴："小澈，那个竞赛，你如果不想去，直接拒绝就行了。"

段语澈看着他，瞥见了他脸颊的那颗饭粒。

曹烽还没发现。

曹烽继续说："虽然你参加了后，叔叔会高兴，不过既然你不喜欢，那就没有必要去考虑。"

"嗯……"段语澈指尖点了点自己的脸，示意他脸上有东西。

曹烽没懂，两人对视了一会儿，段语澈又指了指脸颊，饭粒啊，他差点就说出来了。

曹烽迟疑了一秒，好像在确认他的意思，又有些不能相信。

段语澈知道他会错意了，在他看来是有些好笑的，不过他什么也没说，毕竟这个哥哥是这么的干净纯粹。

出租车开到小区门口，两人进超市，曹烽拿了一包话梅糖，看见他要了一包烟一个打火机，也没说什么。

“我爸在家。”段语澈说，“你陪我走那边吧，我去把烟抽了再回去。”

“好。”曹烽陪他走上人行小道，见他打开包装，拿了一根点上，还是忍不住说了一句：“烟得少抽，对肺不好。”

“我抽得很少了，一天都不一定要抽一根。”段语澈知道曹烽不会告诉爸爸，并不在意在他面前这样。

“那你为什么……烟草又不好闻。”

“你不抽啊？”段语澈就试探性地递了一根给他，曹烽来这么久，他没见过这个人做过什么出格的事。

曹烽摇头，他会抽旱烟，这是寨子里所有男人都会的，无论老小总是旱烟袋不离身。但这种香烟倒是从来没有试过，他也不想尝试，一包烟十几块甚至更贵，觉得是不必要的花销。

他问段语澈是从什么时候开始的。

“什么什么时候？”段语澈点燃一根烟，咬在嘴里。

曹烽：“烟。”

两人穿过小道，走到小区设立的儿童游乐区，这么晚了，这里也没人。

段语澈坐在滑梯上：“初中。”食指和中指夹着香烟，烟雾飘到曹烽眼前，弥漫过他的视线，听见段语澈迷雾一般的声音：“蝈蝈给我的，我第一次抽就呛了，第二

次就学会了。”

说起这个，段语澈觉得好像有些奇怪：“不过蝈蝈最近说自己要考大学，给我发了条消息，说以后不要联系了，他要认真学习……”

曹烽站着低头看他，眼神变深：“这不是挺好的吗？”

“他要上进努力，是好事啦，我也高兴，但是发消息都不理人……好像把我拉黑了一样。”他眼睛垂下，有点怏怏不乐。

“说不定是家里人不允许，把他的手机没收了呢？”这种教小孩抽烟的朋友，曹烽觉得不要也罢，最好永远绝交，那会儿段语澈才十一二岁吧，就被朋友带坏了。

段语澈不知道该说什么，他有些冷，把一只手揣在兜里，顿了半天说：“我不知道是不是自己什么地方做错了，他们都不理我了。平时……我们跨年都要一起去的，今年都没有叫我，可是他们还是自己去了。”

说的是他那群朋友。

“小澈，不是你的错。”看着他失落的表情，曹烽有些心痛，又不禁懊恼自己这样是不是做了坏事，“想跨年的话，哥哥陪你跨年。”

“算了吧……这都过去了，下一次要等十二个月。”

路灯隔得很远，亮度朦胧，曹烽的脸沉在黑色的阴影里，眼窝显得特别深。

“春节也是年，春节我们一起在家里过，你想吃什么我都给你做。”

“这不一样。”段语澈蹙着眉，一件一件地数，“三个人没办法打麻将，家里也没有KTV，也没有按摩店……”尽管他并不是特别喜欢这些活动，但一切的事和朋友一起，也就不同了。

“不能打麻将，那也可以打扑克，没有KTV但是家里有音响啊，我可以买个话筒给你，按摩店……那要花钱的，我也会按摩。”

段语澈看向他。

曹烽情真意切地说：“我在盲人按摩店打过工。”

段语澈：“……”

脑子里不由自主地浮现出曹烽戴着黑墨镜，假装盲人给客人按摩的画面，他终于被逗笑了。

“不管怎么样，你还有我。”曹烽像是在承诺一般，认真地对他说。

段语澈心里动容，点头应了一声。

有业主牵着狗跑过，烟也烧到了尾巴，曹烽给了他一颗话梅糖祛除嘴里的味道，段语澈从滑梯上下来，低头嗅了嗅自己的手指：“曹烽，你闻一下我身上味儿大不大。”

“好。”曹烽低头去闻他拿过烟的手，鼻尖扫过他在冬天里冰冷的指节，说，“这里有味道。”

段语澈戴上羽绒服帽子：“我们回家吧。”

段述民最近是真的忙碌，他回家就想休息了，但两个小孩还没回家，于是坚持着没睡觉，坐在客厅里等。

段语澈直接进门，也不搭理他，就说累了要回房间洗澡。

实际上是怕靠近了段述民能闻到他抽烟了，他不确定爸爸知不知道这件事，他只是想保密而已。

“他怎么了？”段述民纳闷地问曹烽，“你们吃饭发生了什么？他怎么又不高兴了？”

“不是的，我们走回来的。”曹烽替他辩解，“小澈有点冷，回房间泡澡去了。”

“哦……”段述民忽然看见了什么，“哎，小烽，你脸上有颗饭粒。”

曹烽立刻抬手一摸，是颗冷掉的、僵硬的米饭。

这次期末考并不普通，涉及了分科。

老师会根据几次考试的成绩，推荐学生选文科还是理科，不过最后的选择权，仍然在学生和学生家长手里。

实外的英语教学质量最好，理科成绩不俗，文科是弱项。

马小波发了分科意向表下去，让同学们填好，家长签字后，拿通知书当天交回他手上。

拿着意向表，曹烽有些不知所措了。

七班是国际班，也将在分科后划分为文科班。

曹烽盯着这张意向表，问段语澈：“弟弟，你想好选什么没有？”

“我选什么都可以，反正我学的都不怎么样。”段语澈看向他，“你呢？”

“我也不知道……”

“那你以后想学什么？”

“计算机，物理……或者数学，电子工程什么的。”

“学文科这些专业都不能读了吧，那还有什么好纠结的？”段语澈不解。

“我……”他眼中露出迷茫，若是没有段语澈，他肯定毫不犹豫地就能做选择，而关键在于，他并不想和弟弟分开，就这样做同桌，曹烽觉得很好。

或许他可以留在七班，自学理科知识。

他冒出了这样的想法，就去问了马小波，马小波自然不愿意曹烽这么好的学生去其他班，但是在文科班上学，自学理科这样的想法，实在是太过荒唐了。

“曹烽啊，如果你喜欢理，那就学理科，老师也是为了你的未来考虑……像你这样的成绩，你应该去清北班。”

清北班，顾名思义是学校专门为那些最优秀的、能考清华北大的学生所设立的班级。

自打曹烽来之后，就连考了两回第一名，他的实力是毋庸置疑的。

期末考连着三天，回家，段述民把曹烽叫来书房：“你们马老师给我打了电话，说了分科的事，小烽，你说说你是怎么想的？想学理科？”

“……嗯。”

段述民：“那就选理科啊，去最好的班级。”

“我不想……”曹烽顿了顿，“弟弟一个人留在七班。”

“你弟弟又不是小孩子了，”段述民有点无奈，曹烽这孩子，就是太重感情了，分明是一个没有血缘的弟弟，他却真心当成家人来对待，“你不能做让自己后悔的选择。”

段述民继续说：“要是你弟弟成绩也有你那么好，可以去最好的班，我也不用这么跟你说了，他成绩太差了，待在国际班，会自在点。”

曹烽点点头，心里头沉闷得厉害。

要回房间的时候，曹烽有些犹豫，转身去敲段语澈的房门。

但是没人开门，他小心翼翼地打开一道门缝，看见浴室里亮着光，有淅淅沥沥的水声。

把门关上了，曹烽就站在门外，听他洗完了，才敲门。

“曹烽？”段语澈打开门。

“小澈，我能进来吗？”

段语澈刚洗完出来，头发还在滴水，闻言让他进来后，把门关上了。

“……曹烽？”段语澈伸手在他面前晃了晃，“要不要喝点水？”

“嗯……”他吞吞吐吐地说，“弟弟，我有件事。”

“你说。”段语澈去给他接水。

“分科的事，我不想……”

“不想？”

“我不想……离开你。”

段语澈递给他一杯温水：“我也不想啊，你走了我又跟飞机当同桌，飞机……”飞机也不是不好，就是有时候会戳到段语澈洁癖的点上。

反而是曹烽，要更爱干净。

而且曹烽也要更可爱。

曹烽握着玻璃杯，雾气上腾，他注视着段语澈：“我可以……留在七班的。”

“留七班干什么？你也不出国，你聪明，成绩也好，留七班太浪费了，你知道考上清华北大这种学校有多少奖金吗？我那天看见我爸的资料，说学校里给奖励两万，你还是少数民族，政府要奖励五万块。”

曹烽想说，哪怕他不去清北班，一样能考上的。

段语澈继续道：“再说了，你有什么舍不得的？”

“舍不得……你。”

“我又不会挨欺负。”段语澈实在想不通他怎么了，分个班闹得好像生离死别一样，“你在一楼，我在二楼，又不是见不到了。”

“弟弟……”曹烽都不知道要怎么解释了，他不知道怎么去形容这种舍不得分开的感觉，上课的时候，他只要扭头看见小澈在旁边趴着，就觉得心里很安稳幸福。

段语澈看着他那副失魂落魄、像找不到家的小狗似的，想安慰他，于是努力伸手，去摸曹烽的头顶，他头发一直没剪，卷起来毛茸茸的，段语澈揉了两下：“小烽哥哥，我在楼上上课，会想你的。”

段语澈显然是不如他高的，但做这个动作也并不吃力，曹烽低下眼，盯着他看。

两人距离有些近，他能看见弟弟在房间灯光下柔软的五官，脸庞上的细小绒毛，像琥珀一样的眼睛泛着光。

段语澈收回手，见他发着呆的模样，又说："你可以再考虑一下，爸爸希望你可以成为科学家，我也这么希望着。"

寒假到来，隆冬的天越发冷了，段语澈冷到不想动弹，只在开了中央空调的房子里活动，曹烽也找了个假期的兼职。他在报纸上浏览了信息，但是他这样还在上高中的学生，很不好找工作。

是班上一个女同学贺恬恬给他介绍了一家肯德基，说："我姐上回就在这家兼职的，她也没成年。"

那家肯德基正好在谭记板栗附近，离家半小时公交，曹烽想着下班还可以给段语澈买袋炒板栗回家，就去面试了。

他带着学生证和成绩单，他成绩很出色，值班经理问了句会不会英语，他说会，就把他给留下了。

兼职了没两天，段述民突然宣布了一件事。

"小澈，今年春节跟爸爸回家吗？"这个节日各行各业都要放假，银行也放。

段语澈摇头："不回去。"

"怎么又不回去？你爷爷奶奶都想你了。"

"太远了，我不想跑。"

段述民耐心地说："爸爸开车，你可以在后面睡觉的，八个小时就到了。"

"我不去。"他态度很果决，"你自己回去，我就留在家里，曹烽也不走吧？我和他一起过年。"

段述民老家在山里，也是农村，要开很久的山路。但段语澈倒不是讨厌坐车的原因才不肯跟段述民回家，前两年的时候，他刚被送回国，听见自己还有好多亲戚，

有爷爷奶奶，也很高兴。

可是两个老人见到他后，第一反应居然是怀疑他不是爸爸亲生的，觉得是有女人看他们家儿子有出息了，故意把拖油瓶丢给段述民。

段述民带着他回老家后，那些邻里亲戚看着他的目光，非常不友好。

他甚至听见父亲和老人在说话，奶奶问他："确定是你亲生的吗，小伟，带着去医院做过那个……DNA检查没有？"

段述民说检查了，是亲儿子。

"这孩子妈真缺德！"奶奶用当地方言骂了一大堆脏话，"弄个私生子自己不养了丢给你，回头别人都怎么看你？你带着这么大的小孩，谁愿意跟你结婚？上次谈的那个女朋友呢？"

段述民沉默了一会儿，说："分了。"

"我就知道！哪家姑娘受得了你这个……"奶奶大声数落着，段述民受不了了，就打断道："妈，你别说了！我分手不是因为我儿子的原因，他没错，他还那么小，他是你们孙子，亲孙子……别说了，别让孩子听见了……"

那时候，段语澈的中文还并不是特别熟练，尤其是这种有方言的情况下，就更弄不懂了。

可不妨碍他听懂一些字句。

爸爸老家的小孩，和学校里干净又礼貌的同学很不一样，段语澈看见他们随地吐痰，用手擦鼻涕，很不乐意去跟他们玩，就一个人在房间里玩他的小兵人，他很轻易地就陷入了自己孤单的世界，排斥所有人进来。

有一个瞧着比他大几岁的男孩，忽然进来，弄翻他的玩具，用天真的语气问他："你妈妈是不是妓女，养不活你了才把你送给我小舅。"

段语澈就跟那小孩打了一架，在地上滚作一团，两个人都伤得不轻，弄得鼻青脸肿的，段述民问段语澈为什么，段语澈倔强地不肯吱声，一张小脸板着，眼神里全是憎恶。那小孩一个劲儿地号啕大哭，说段语澈先动手的："他先打我的，他先打我的！"

段语澈甚至听见不知道谁在一旁说了句"没家教"。

段述民很快打圆场，说这件事就这么算了吧。他有威望，他的话管用，没有人再撒野了。

段语澈把自己反锁在小房间里，不争气地哭了起来，闹着不肯吃饭，说想回家。

半夜里，段述民让他开门：“汤米，别生气了，你出来，爸爸带你回家。”

他对别人的恶意极其敏感，谁对他有什么坏心思，他很轻易地就能看出来，谁对他真心，他也能看出来。

就那么一次的经历，导致他非常抗拒跟段述民回家，好在老人都恋旧，留在家乡，很少会来临州造访。只要他们来，段语澈势必不在家，他会去朋友家住。

所以一听说段述民要接一个他资助的学生，还是山里来的，段语澈就非常不高兴，他发自内心地认为那些山里来的都是没文化也不讲文明的坏人。

一开始他对曹烽印象也很差，是相处了，慢慢才改观的。

段述民是个孝子，不可能在春节这种日子都不回家，他不放心段语澈一个人在家，去年段语澈就去的别人家过年，好在这回有曹烽在，曹烽虽然年纪还小，但办事周正稳妥，自己也无须担忧什么。

段述民拖到腊月二十九才走，出门前，他去叫段语澈，可段语澈埋在被子里根本不理他。而曹烽一大早就坐公车去兼职的肯德基了，于是段语澈起床的时候，家里空荡荡的一个人都没有。

餐桌上倒是准备了丰盛的午饭，还细心地贴了纸条，让他用微波炉热一分钟再吃。

体贴倒是体贴了，可他心里还是觉得很不高兴。在肯德基那种地方干兼职能有多少钱？更别提曹烽每天下午回家都给他带十块钱的炒板栗了，还有公交费，一天算下来最多只能赚五十块——曹烽怎么宁愿去兼职都不肯回家陪自己。

段语澈睡了个午觉起来，久违地打开网游，发现又出了活动和新皮肤，往里面冲了几千块，在游戏上浪费了一个下午的时间。

下午六点了，段语澈看了眼电脑右下角的时间，曹烽是时候回来了吧？

怎么还不回来？

他心里有点急了，手指狂敲着鼠标和键盘。

临近过年，肯德基生意迎来了一个高峰，曹烽普通话说得不太好，值班经理本来

让他在总配干活，结果上午突然来了几个外国人，是德国人，英语也说得不怎么样。

值班经理都不知道怎么办好了，结果曹烽过去，用很不熟练的德语跟他们打招呼，然后用英语介绍菜单。

值班经理看曹烽的眼神马上就不一样了，随即就直接把他调到前台点单。

后面一直有人排队，曹烽忙不过来了，他的手机锁在柜子里，也没法去看。

人太多了，还有店员请假，值班经理就对曹烽说："你现在不能走，走了人手就不够了。"

"可是我还得回家做饭，我弟弟一个人在家。"

值班经理焦头烂额道："我也是没办法！你看这生意，人越来越多了，辛苦你再加班两个小时，这两个小时给你按双倍时薪算。"

曹烽略一犹豫，点点头同意了："经理，我得去打个电话。"

穿过后厨，打开员工换衣间的柜子，拿出手机。

"……喂，小澈，是我。"

段语澈一边打游戏一边接听电话。

曹烽说："哥哥今晚还得加班几个小时，你记得热一下饭菜吃，别饿着了。"

"什么？"段语澈皱眉，"你们那种……兼职还得加班？"

"人太多，忙不过来了。"

"那要加到几点？"

"我也不清楚，我尽量早点回来，你想吃什么吗？哥哥给你带回来。"

"……我不吃。"

"那……"

"我打游戏呢，挂了。"

曹烽话还没说完，电话那头就传来了嘟声。弟弟这脾气，他还真是没办法，无奈地叹了口气，曹烽把手机放回了柜子里，回到前台继续工作。

但是曹烽没想到，过了一个多小时，他能在店里见到段语澈。

弟弟穿了一件白色的羽绒服，毛领子很厚，他整张小脸都裹在蓬松的毛领里了，乌发雪肤，睫毛很长，若不是他头发短，表情还臭，能让人误会成女孩儿。

段语澈手揣在兜里，站在后面默默地排着队，排这列的女孩儿意外得多，曹烽其实长得很帅，又很高，穿一件制服也很显眼。

而曹烽注意到他的时候，他已经快排到了。

曹烽看着他，段语澈也看回去，随即把目光扭开，像不认识一样。

曹烽加快了给客人点餐的语速，在客人思考的时候给出推荐："点这个儿童套餐吧，现在购买有哆啦A梦送。"

很快，就排到段语澈了。

曹烽看着他，用很低的声音说："小澈，你怎么来了？"

"我也想要哆啦A梦。"段语澈说完，才回答他的问题，"我来买板栗的，想着你好像在旁边上班，就顺便看一眼。"他其实都不知道曹烽在哪一家肯德基上班，只是想到他每天都买板栗回家，那肯定在这儿附近，于是就直接打车过来。

"儿童套餐里有，我给你点个儿童套餐？"曹烽顿了顿，很小声地说，"再过一会儿哥哥就换班了，你坐着等我一会儿行不行？"

"那就儿童套餐吧，我再要两个甜筒。"他掏出钱付账，曹烽没有质疑他的两个甜筒，把小票和零钱找给他，回头对同事说："能不能先做这单？"

看弟弟的样子，就知道他肯定是饿了，不然不会出门觅食。

段语澈端着插了队的餐食，在店里找了个座位坐下。

曹烽工作的空隙，不时地去看他，偶尔视线会跟段语澈对上，让他忍不住去猜测，是不是弟弟特意过来，其实不是为了什么炒板栗，只是过来等自己下班的？

这个猜测让他心跳都漏了几拍，要不是他算数能力惊人，能把客人点的餐食价格算错。

又煎熬了四五十分钟，曹烽终于熬到了换班，他飞快地冲到换衣间，换下衣服出去。

段语澈早就没吃了，店里很热，他脱下外套抱在腿上，一只手托着下巴，另一只手在百无聊赖的把玩着桌上的小玩具。

曹烽大步朝他走去："这么喜欢哆啦A梦啊？"

他点了一天的餐，声音都哑了。

段语澈抬头看他一眼，语气淡淡地："哆啦A梦跟你不一样，我让它待在桌上不动，它就待在桌上，我让它待在衣服口袋里，它就乖乖待在我的口袋里。"

听见他意有所指的话，曹烽愣了愣，弟弟话里的意思……是在怪自己吗？

的确，他把弟弟一个人丢在家里，出来兼职，好像……是很不对的。

段语澈把玩具揣兜里，站起来说："我们走吧。"

"汉堡还剩这么多呢，你才吃一口。"曹烽注意到他的儿童套餐只动了一点，甜筒吃了一个，还有一个没吃，已经融化了。

"我不喜欢吃，你吃吧。"他穿上外套，朝外走去。

"小澈。"曹烽追上去，"好像有哆啦A梦的大电影上映，去不去看？"

段语澈说好。

两人从温暖的店里出去，外面的冷空气冷到了冰点，曹烽怕他冷，把自己的手套给他戴上，然后把帽子也给他掀上去，那大毛领几乎遮住他整张脸，只露出精致的五官来。

"那我们先去买电影票，再去吃点东西，然后去看电影。"曹烽一只手捏着他吃剩的汉堡啃，另一只手拉着他戴着手套的手心，朝商场里走。

结果是曹烽记错了，哆啦A梦下映好多天了，现在上映的电影都是春节档，曹烽问他想看什么，段语澈抬头看了眼排片表，随手一指："就那个吧。"

如今的电影票要八、九十一张，曹烽排队去买票，已经没有好位置了，都在边上。

顷刻间，他两三天辛苦工作的工资就没了。

曹烽也不心疼，弟弟高兴了就好。

两人吃完饭才进影厅，电影是《霍元甲》，座位在后排的边缘。

段语澈以为会好看，但或许是文化不同，他看了一会儿，就开始犯困，挣扎了一会儿，仍然没有看进去，他脑袋倚靠在电影厅的座位上，歪着头睡觉。

还没睡着，电影里冒出打戏，段语澈一下惊醒，抬起头来。他看着屏幕，揉了揉自己酸痛的脖子，侧头看了眼曹烽。

曹烽的眼里映照着电影银屏的光，似乎极为专注。

段语澈就没提要走，闭上眼继续睡，电影院很吵，可这样吵闹的氛围，却意外地催眠。

再一次醒来，是从曹烽的肩头上醒过来的。他不知道是自己主动睡上去的，还是曹烽把他的头放上去的。

电影结束了，观众正在陆续退场，曹烽拧开矿泉水，喂他喝了一口。

等到观众差不多都走光了，他才拉着段语澈起身："你睡着了，哥就没舍得吵醒你。小澈，我们回家再睡吧。"

"嗯……"他颇为迟钝地应了一声，走下楼梯。

出了商场，夜已经很深了，天空还飘起了小雪绒，不细看的话，和雨水差不多。

这么晚了，公交也已经停运了，曹烽在路边招手拦出租车，段语澈抬起头来，望着在路灯昏黄的光芒下旋转的小雪花。

那雪花太小了，也太脆弱了，还没落下来，就在半空中凝结成雨滴了。

水滴落在了眼皮上，段语澈眨了下眼，听见曹烽说："车来了。"

坐上车后，曹烽报出了小区地址，段语澈觉得车上味道不好闻，开了一道小缝隙，呼吸缝隙里刮进来的空气。

"还困吗？"曹烽看他无精打采，人又很迷茫的样子，知道他是没睡醒。

段语澈摇摇头。

曹烽说："困的话，你靠在哥哥身上睡，这样不冷。"

"不困。"段语澈头靠在窗户上，眼睛瞥着他，"曹烽，你明天还上班吗？"

"要上的。"

"哦……那你能不能不上？"

曹烽有点为难："明天不行，我调休了大年夜和初一，后天和大后天，这两天哥在家陪你。"

"我可以给你发工资，你明天别去了，你就留在家里……"

段语澈想掏钱给他，摸了摸衣兜，只摸到了快餐店送的小玩具。

他有点沮丧，从另一个衣兜里找到了钱包，把所有的钱都拿出来，还把玩具一起给他："你还要干几天，够不够？"

段述民在对儿子的零花上，一点不吝啬，他自己几乎没有什么开销，工资一是拿来还房贷、付小张的工资，二是资助学生，三就是拿给儿子花。

所以他把钱包里所有的钱都拿出来，不用数就知道至少得有三四千了。

曹烽可是见过他冰箱里的小金库的。

那出租车司机都忍不住在后视镜里看了又看，暗叹现在的学生怎么这么有钱。

“收回去！”曹烽接过钱，装回他的钱包里，嘴里认真地说，“小澈，等下我给经理打个电话，看能不能请假，如果不能，明天哥哥带你一起过来，干完明天我就辞职。”

“……好。”段语澈望进他的眼睛里，“你要说话算数。”

尽管他在言语上没有过多的软弱和恳求，但曹烽还是从他那双澄澈的眼睛里，看出了里面深藏着的不安和彷徨。

他又懊恼，又心疼，怎么能把弟弟一个人丢在家里呢？哪怕他想找点事情来转移注意力，也不该放着他一个人的。

“嗯，说话算数。”曹烽把钱包又揣回他的兜里，抬手摸了摸他的头发，“钱自己收好了，给自己买好吃的。”

段语澈点点头，说：“那我们明天去买年货吧，过年不都是要买这个吗，买点零食回来。”

在这个时候，他是非常信赖曹烽的，觉得他是个很好的人，比爸爸要好。

到家，在电影院还莫名其妙犯困的段语澈，一回家就精神了，缠着让曹烽陪他打了两个小时的游戏，才放他去休息。

曹烽没能请假成功，他知道尽管是兼职，但也不能说不去就不去，跟经理好好沟通了后，经理说明天面试新人接替他的位置，但是他明天必须得去上班。

他工作时间早，曹烽起床后，先做早饭，快好的时候才去叫段语澈。

自打放假后，他就再也没有十点前起过床了，一如既往的赖床，曹烽一叫他名字，他就钻进被窝，缩成一个蚕蛹。

“小澈，起来吃完早饭再睡。”曹烽想把他扒拉出来，没成功，也不敢怎么用力，就把手往他被子里伸，“再不起床我就去上班了。”

他的手成功伸进了被窝，不知道碰到了哪里，是段语澈的皮肤，触感温暖而丝滑，像上好的羊脂玉。

他手掌的温度比起被窝，要凉一些，凉得段语澈在被子里打他的手背，迷迷糊糊地喊：“爸爸，我困。”

曹烽还是没把手拿出来，声音低得沙哑：“汤米，我是哥哥。”

“昨天你说要跟哥哥一起去肯德基，还去不去？”

段语澈听见了他的声音，心想这哪有睡觉有趣，可他又忍不住地想到昨天，当家里只剩他一个人时的感觉。他害怕那种感觉，就像在小时候，妈妈每次离开去国外开展览的时候，他都是这样一个人在家。

“去……”段语澈挣扎着把脑袋从层层叠叠的被子里拔了出来，眼睛还没睁开，先抱怨，“你的手是冰块吗，怎么这么冷，你别摸我肚子了。”

原来那块皮肤是肚皮。

曹烽把手拿出去了，把羽绒服给他：“小澈，先穿上，免得着凉了。”

段语澈皱着眉，一脸不高兴地打着哈欠坐起了身。

“蒸的米糕好了，我去关个火，你去洗脸吧。”

段语澈动作磨蹭，还在收拾书包，在书包里装模作样地装了本书，一包湿巾，一盒巧克力，又拿了一盒没拆的乐高放进书包里。曹烽也没有催他，他知道弟弟肯定会慢吞吞的，所以比平常起来的还要早。

一出门，曹烽就主动接过他的书包帮他背着，两人走出小区，曹烽还在往前面走，段语澈问他：“你往哪儿去？”

“公交站台就在前面。”一百米不到。

可是坐公交，好像有些委屈段语澈了。

曹烽顿了顿：“我们打车吧。”

“……也可以坐公交。”段语澈想到曹烽的工资，“我还没坐过，可以体验一下。”

这种大车，他只坐过类似的校车。

近年关，大家都放假了，这么一大早赶公交的人却还是很多，大多是闲不住跑去大超市抢购的大爷大妈。

曹烽上车刷了两次卡，段语澈跟着上去，扫视一眼，公交车上已经没有座位了。

“要坐多久？”

曹烽说：“二十多分钟。”有时候站台上下车人多，就半小时。

“哦……”站二十分钟对段语澈来说，也不算什么，只是他想不到这车刹车的时候会这么猛，曹烽早有先见之明，一只手拽着拉环，另一只手直接抱住他的腰，段语澈一头撞他肩膀上，还踩了他一脚。

中途经过一段正在修路的颠簸路段，车子抖个没完，车上的气味让他有些晕，段语澈干脆一手抓住他的衣服，额头抵着他的肩头。

曹烽的衣服是新换的，洁净的洗衣粉味道反而让他觉得舒服。

到餐厅，曹烽去换衣服，跟同事换班，段语澈要了一杯咖啡，选了一个角落的，又能看见曹烽的位置坐下。

早上不忙，段语澈大概是闲得慌，就一直往前台跑：“能不能给我拿包糖？”

曹烽：“要几包？”

“一包就够了。”

曹烽多给了他一块话梅糖。

同事都看出来不对了：“这个小帅哥，你认识啊？”

曹烽说：“我弟弟。”

“弟弟啊？”同事看看他的少数民族长相，又看看要糖那小孩，混血儿般瓷娃娃的长相，“一点也不像，不过你弟弟真乖，哥哥上班还跟着来。”

曹烽正在低头看小票对账，闻言嘴角忍不住地上扬，抬头去看段语澈：“他黏我。”

段语澈跑了几次，糖也不吃，放着打算等会儿还回去。

过了中午，人就多了起来，段语澈玩着乐高，忽然听见有人叫他的名字。

他抬起头来，没想到会是班上的贺恬恬。

“段语澈，好巧啊。”

段语澈放下他的乐高，礼貌地说：“你好。”

贺恬恬：“你住这儿附近吗？”

他“嗯”了一声：“你呢？”

她说：“我过来游乐场玩。”这附近有家欢乐谷，在一公里不到的地方。

段语澈微微一笑，没有说话，贺恬恬说：“先不说了，我去点餐，拜拜。”

他看着她排队，恰好选的是曹烽那一列。

段语澈想起来，游乐场附近有各种快餐店，必胜客、麦当劳全都有，为什么特意跑来一公里远以外的这家？

她也知道曹烽在这个兼职？

曹烽告诉她的？

曹烽为什么要告诉她？他不是有个女网友的对象了吗？段语澈有点不舒服，手指摆弄着乐高，眼睛瞥向曹烽。

他在跟女同学说话，脸上带着笑容。

怎么笑那么高兴？

有那么高兴吗？

段语澈眉头一蹙，扭过头去，趴在桌上。

一眨眼的工夫，曹烽去看段语澈，却发现他的位置空了，桌上没有任何东西，另一位女士端着餐盘坐在了那个位置上。

曹烽扫视了一圈，没有发现他，心里一慌，点了手上的单，对同事说：“我肚子有点痛，我出去一下。”

他打开柜子拿出手机，马上给段语澈拨电话。

那边没有接。

曹烽给他打了好多个，他也没有接，他知道弟弟年纪不小了，不会走丢，但还是

忍不住地担忧，换下衣服就跑出去找他。

拐过拐角，曹烽就看见他家小孩站在谭记炒板栗的店门口，弯腰看着炒板栗机运作，那神态不知道比上课认真多少。

曹烽立刻松了口气，朝他走过去："小澈，你出来怎么不跟我说一声，吓得我……"

"我饿了，买点东西吃。"段语澈直起身，"你怎么翘班出来了？不会扣钱的吗？"

"过了今天就不干了，扣就扣吧。"曹烽也算是想开了，他拿这些时间来多看一本书，多学点知识，要有用的多，不过这个工作，也算是一个小小的锻炼，锻炼了他的普通话，也锻炼他的人际交往能力。

"板栗还没好吗？"曹烽说。

段语澈："我要吃刚出炉的，我已经等了十多分钟了，还要等一会儿。"他盯着板栗在砂石里翻炒的过程，"要是能把这个机器搬回家就好了。"

闻言，曹烽看向那炒板栗机。

构造简单到他一眼就能分析出来。

难的是火候，板栗翻炒多少下最合适，一斤用多少糖多少砂石。

曹烽琢磨了一下，直接问那店老板："老板，你这板栗，一锅出炉多少斤？"

老板正在给另一个客人称葵花籽，回答说："一锅出四十斤。"

"那得费不少石英砂吧？"

"不费，砂可以循环利用。"

"那……"

他问了很多乱七八糟的问题，直接把人配方都搞到手了，老板还跟他聊上劲儿了。

下午下班，曹烽领了工资，带上段语澈，没有直接回家，而是问他："小澈，你想不想去游乐场玩？晚上有个新年灯会，前几天社区送了票给我们店里，我这里有两张。"

"游乐场？灯会？"段语澈想到下午来这里的贺恬恬，"你想去啊？你想去我就陪你去。"

曹烽还以为段语澈是想去的，但是碍于面子，就把这个锅推到自己身上。

他点头道：“嗯，我想去，这边走过去只要十五分钟，我们走过去吧。”

段语澈说：“你都这么大了，还喜欢去游乐场？”

曹烽其实根本没去过，要说不感兴趣，肯定是假的，就老老实实地说：“我以前没去过游乐场，在广告牌上见过。”

段语澈愣了愣：“我还以为，你是因为……”

“嗯？”

“我以为你是因为那个贺恬恬，才去游乐场的，你不是去见她的？”

“怎么可能。”曹烽失笑，觉得他的猜测非常不靠谱，不希望他误会，“就是普通同学。”

“普通同学专门来店里看你啊？”

曹烽耐心解释：“她是路过，买了东西就走了。”

段语澈看着他，他戴着帽子，眼前全是毛茸茸的须：“曹烽，你对人家真的一点意思都没有吗？”

# 33

晚上，游乐园的设施大部分都没有开放，只有一些小项目，旋转木马之类的，还有很多人在排队。灯会的票大部分是赠票，来了大量的游客，游乐园入门便挂着大量的花灯，进去后，两旁是动物造型的灯，喷泉池里都飘着十数盏荷花灯，再往前走，湖面上还停泊着龙舟造型的灯，湖边有不少人在放飞孔明灯。

段语澈是第一次逛灯会，曹烽也是第一次来这么大规模的，他也不敢认真看，人太多了，生怕弟弟走丢了找不到，于是便一直抓着他的手腕。

结果段语澈嫌他力气太大，自己喜欢到处跑，就摘了一只手套说：“你别牵了，我把手套分你一只，你戴上，我就不用怕你走丢了。”

他戴的手套，两只之间缝了一根线，是可以挂在脖子上的。

曹烽戴上后，还能感觉到他的体温。

灯会逛起来很快，曹烽看他喜欢孔明灯，就买了一只和他一起点，也没计较明显不符合市场的价格，孔明灯原理很简单，他花几块钱买个原材料，一会儿就能做出来。

放飞了孔明灯后，他们还吃了夜宵，这才坐车回家，曹烽一天的工资又花完了，还倒贴了不少进去。

“明天你是不是不上班了？”到家，段语澈都没开灯，直接脱掉鞋，往沙发上一倒。

“不上。”曹烽打开了吊顶上的射灯，坐在旁边问他，“今天你累坏了，明天晚点叫你起床，明天想不想去哪里玩？”

段语澈想了想:“去超市吧,买点东西,本来说今天去的,谁知道你想去灯会。”

灯光很柔软,他的面容染上暖色,曹烽低头看着他,声音低柔:“还想放孔明灯吗?要是想,哥哥明天白天做几只,我们晚上一起放。”

“嗯……那就做……两只,你一只我一只。”对于曹烽的这些时不时冒出来的小技能,段语澈已经见怪不怪了,曹烽不仅可以修电视、修冰箱、修电路,还会织围巾做针线活,他甚至还能把梅子用小刀雕成花瓣的形状。

段语澈大约今天在肯德基坐了一天,早就累了,躺在沙发上不一会儿就闭上了眼睛,这一回,曹烽甚至没有叫他,很自觉地把他抱了起来,结果段语澈根本没睡熟,曹烽把他抱到床上,给他脱袜子的时候,段语澈又睁开了眼睛,望着他。

曹烽对上他的目光,声音很轻地解释道:“哥看你睡着了,不想打扰你,继续睡吧。”

段语澈摇摇头,正准备起身:“我还要洗漱。”

曹烽马上说:“我给你拿漱口杯过来。”

听见他的话,段语澈躺在床上,索性也不动,有些怔怔地望着曹烽的背影。

段述民也这么照顾过他,前两年他刚回国第一次回老家那次出了那种意外,半夜段述民开车送他回家,他在后座眼睛红肿着睡着了。

那时候,段述民老家的山路要更烂,开了足足有十一、十二个小时才到,车子开到了,他也没有叫醒自己,自己把他从后座抱了出来,抱到床上,还给他脱鞋。

这时段语澈才醒。

问他饿不饿,吃不吃东西。

他摇头,然后段述民给他拿来漱口杯还挤了牙膏,又打了热毛巾给他洗脸。

段语澈从来没有体会到过这种感情,他以前总是问妈妈,为什么自己没有父亲,别的孩子都有,他是不是不要我了。妈妈最开始讲童话故事骗他,说他和其他人都不一样,后来他懂事了,知道这些都是骗人的,但已经没有勇气再去问了。

热毛巾的热气熏在他的脸上,段语澈又很不争气地流了眼泪,段述民无奈地用毛巾给他擦掉。

现在,他看着曹烽在辛苦站着收银一天后,还照顾他,给他端了漱口杯和牙刷让他漱口,然后端了一盆热水,打湿毛巾给他擦脸,一下就想到了当时的段述民。

这种弥足珍贵的真心，段语澈看得很透彻，甚至有的时候，他比段述民还体贴自己。

曹烽看他一直发呆，以为在酝酿睡意，动作很轻地给他擦了脸后，问他："小澈，还有力气换睡衣吗？我去给你拿。"

段语澈说换，在床上磨蹭着把毛衣和秋衣脱了，套上睡衣睡裤。

曹烽跟他说了晚安，给他关了灯，正要出去的时候，听见段语澈充满倦意的声音传来："曹烽……你明天不要早起了，睡个好觉，要好好休息，我带你去吃好吃的。"

他的关心让曹烽大脑有片刻的空白，随即暖意侵占了他的四肢百骸，在这样的季节能感觉到火炉一般的温暖，应声："好。"

尽管话是这么说，曹烽仍旧起得很早，他有"一日之计在于晨"的观念，觉得无论早上做什么事效率都更高，他并未叫醒段语澈，开门看了他一眼，随即从冰箱里拿了一盒牛奶，去地下室画图纸，做孔明灯。

孔明灯的构造十分简单，一个小时不到，他一个初学者就做了两个出来，曹烽觉得不够好看，就又花了半小时，重新做了两个。

段述民打来电话，问他段语澈醒没有。

曹烽说还没，段述民说："今晚让他必须洗个澡，最好用柚子叶，你们去超市买柚子的时候看看有没有，没有就算了，明天就是初一了，我初二晚上动身回来，初三早上就到家。"

曹烽应声，段述民继续道："对了，小烽，你和弟弟的压岁钱我给你放在电视柜抽屉了，压在吸尘器说明书下面的，给你们俩的钱都是一样的，你记得在晚上的时候，把压岁红包给他装袜子里，挂在床头，压在枕头下面他发现不了。"小孩不是在国内长大的，没有那种概念。

"好的段叔叔，我都记住了。"

"对了，还有……"

段述民交代了他不少事，然后才挂断。

到了晚上，段述民又来了电话，是打的家里座机，曹烽正在给段语澈剥松子，他调低了电视音量，接起电话，打开免提。

"小烽？你们买了烟花没有？烟花要小心点放，别烧到手了！你们没有看新闻，烟花炸起来会引发火灾的。”

“买了。”段语澈抱着零食在一旁插嘴，“放都放完了，全是哑炮。”

曹烽：“……”

烟花是曹烽买的，他看便宜就买了，没想到是去年积压的货，已经上潮了。

段述民也不知道该说什么：“你们俩自己在家多注意点，关好门窗，春节期间也有很多小偷的。”

春节，许多人家都回老家过年，小偷会趁机入室偷窃。

段述民说了一些废话，两人听见有人在电话里的画外音，叫段述民去打牌，段述民又叮嘱了两个小孩几句，这才挂电话。

曹烽继续给他剥松子：“叔叔很关心你。”

“他才不关心我，”段语澈继续吃他的浪味仙，“他要是关心我，就不会……”说到这里，便是一个停顿。

曹烽看向他。

段语澈往嘴里丢了一个浪味仙，声音有几分凉意：“我觉得他，好像有女人了。”

曹烽：“……”他完全想不到段语澈居然已经知道了，上次听他提，见他伤心，只不过以为他是猜想以后的事。

“真、真的吗？”他心里一颤，却表现出佯装不知的模样，假装非常惊诧，“是什么时候的事？小澈……你是怎么发现的？”

“他经常不回家啊，以前也忙，但没这么夸张，哪里会不回家，还神神秘秘打电话，台风天都要跑出去接人。”其实破绽很多，自从他发现了以后，开始观察，就看出了很多的不对劲，“曹烽，你还记得有一回我们坐车回家，哦，就是台风假那一天，我发现他的外套上有女人的香水味。连小张也帮他撒谎，骗我说还在工作，谁不知道银行下班早啊？还当我什么都不懂……啧。”

他说完看向曹烽，好像在等待他评价一句渣男。

曹烽还震惊于他柯南般的推理当中，沉默了几秒，说：“段叔叔……他瞒着你，或许只是因为……”

“我知道他为什么瞒着我。”段语澈打断道，“我也可以理解他，但我就是不

高兴。”

他还知道段述民前女友的事，就是因为自己才分手的。

他看着电视，自言自语一般：“像我爸妈这样，连个全家福、结婚照结婚证……一切象征着爱情的东西都没有的家庭，哪怕我发现了他有对象了，我也只能装作不知道。”他扭头看着曹烽，“你也不许说，保密知不知道？”

“……我会保密的。”

“而且嘛，他是男人，他还不到四十，”段语澈见他摊开放在腿上的纸巾已经堆了一把剥开的松子，就伸手从他腿上抓松子吃，“想女人，我能理解。”

“我上回去他银行，不论结婚的，还是没结婚的，好像都对他有意思，我爸长得帅，单身，招女人喜欢，不过他也没什么钱，都以为他有钱，其实他房子都是贷款买的，要不是因为有政策，他连贷款都还不起，还好我妈走的时候给了他我的抚养费……”段语澈一边吃，一边点评段述民这个人。

“不好意思。”段语澈把纸巾上的松子一把全抓走，没成想抓漏了几颗，索性纸巾把纸巾端走。

曹烽忙起身，逃也似的冲回房间，从桌上翻出牛津词典，翻到书签那页，从上一次的单词开始读："gallant! G-A-L-L-A-N-T……"

表面上他在读单词，甚至读出了拼写，可他的脑袋里，只是机械麻木地反映出所看到的的字母，他根本记不住自己看见的单词。

电视里，节目主持人在说新年快乐，电视机里的烟花爆发的声音，和窗外同时变亮的天空交相辉映，他也转头，望向曹烽说了句："新年快乐。"

曹烽压制住内心的激动，大声说："新年快乐。"

段语澈："……你忽然这么大声。"

"我高兴！"曹烽嘴角上扬。

段语澈想出去看烟花，两人走出去，望着天空良久，曹烽拿出白天做的孔明灯，递给段语澈一个，还在孔明灯上写了字，曹烽生怕被人发现似的，不仅写的是繁体，字也很小，按照段语澈的文化水平应该是看不懂的。

放飞孔明灯过后，各自道过晚安，曹烽和段语澈分别回了房间。

初一早上，曹烽穿上没穿过的新衣服，把昨天买的鞭炮点了，做了很丰盛的早饭。

曹烽陪弟弟玩了一天的拼图，这种拼图是开头难，几个小时找不到一片正确的，但拼到后面就会有种拨开云雾见青天的感觉，也不会有前期的困难，而是越来越快。

从早拼到晚，终于快拼好全部了，断断续续磨了小半年的成功就在眼前，段语

澈显然心情很好，拿出巧克力跟曹烽分着吃了。

结果拼到最后两片的时候，段语澈忽然发现拼图缺了一块。

“诶？”他掀起拼图毯，“跑哪里去了？我明明每次都有收好，怎么不见了。”

“别着急，可能滚到哪里了，我帮你一起找。”曹烽把拼图端到一旁，这拼图质量很好，直接拿起来也不会散架。

段语澈的眼睛在地上搜索小小的拼图块，他房间里经常都是乱七八糟的，但拼图每次他拼完都把余下的收好了，哪怕家里来钟点工打扫，也会避开他这堆东西。

不可能会丢的！

“最后一片，最后一片啊！”段语澈看着缺了中间一块的拼图抓狂。

曹烽趴下来看床底下，漆黑一片，他问段语澈要手电筒：“可能是在床底下，小澈，你不要急。”

段语澈就去到处找手电筒，床底下定期会清扫，里面有一些灰尘污垢，但是并没有什么拼图。

“我们昨天大扫除了。”段语澈想起曹烽昨天过来帮他整理房间，整理书桌，说，“会不会是昨天打扫的时候，不小心弄丢的？”

“没有。”曹烽说，“你的东西我都不会乱动。”哪怕是一些看起来像垃圾的盒子，他也不会丢，除非是很明显的纸团。

“那去哪里了？”段语澈坐在地上，好像下一秒就快哭出来似的皱着小脸，“我都快拼好了……曹烽，我都快拼好了，怎么可以丢呢？”

曹烽看他难过，自己也难过，拼图是他们一起拼的，是心血，他没法安慰出“结果不重要，重要的是过程”这种话，只能继续翻他放过拼图的桌上：“别急，别急，哥哥再帮你找找，一定能找到的。”

“找不到的……”他沮丧地垂着头，“太小了，它太小了，这么小一个，不可能会找到的。”

“我再找找。”

“曹烽，你别找了。”段语澈叫他，“可能是工厂出的错，只有2999片，根本没有3000片，这个拼图，原本就缺一块。”

他以前也买到过一次那种缺了一块的拼图，不过是小的，当时他就难过了很久，在别人看来或许是一件小事，但对他而言不是这样。

曹烽站起来，摸了摸几乎是完成品的拼图。

每一块质量都很好，是压实了的，哪怕进水也不会烂掉。

曹烽又去看缺的那块的形状。

从四周的画面，完全可以推理出中间那一块是什么，如果是纯色，那就好办许多，但偏偏不是纯色，不过也不难画出来。

“别难过了。”曹烽坐到他旁边去，搂住他的肩膀，“小澈，这件事我来想办法，我会把它拼好的。”

“没事的。”段语澈并不抗拒他的拥抱，“我不伤心，就是一小块而已，一小块而已……”

他重复这句话，好像在自己安慰自己。

“我们可以来玩点别的，”曹烽说，“你不是还有别的拼图？我们可以开一盒新的。”

段语澈抬起头来：“那万一、万一又缺一块怎么办？”

“……不会发生这么倒霉的事的。”

“我不玩了。”他已经彻底丧失了热情。

“乐高呢？”

“不玩。”

“打赛车游戏？”

“不玩。”

“看不看电影？”

“……不看。”

“《神秘博士》也不看？”

“……现在不想看。”

曹烽失笑，抱着他的背：“先起来吧，别坐在地上了，地上凉。”

段语澈抓着他的手站起来了，曹烽说：“既然电视你也不想看，游戏也不玩，那就教哥哥说英语吧。”

曹烽经常用电子词典，词典能发声，他就跟着读单词，口音已经进步了不少。

“你想怎么学？”段语澈问他。

“你教我读课文吧。”曹烽从他的书桌上，找到干干净净的英语书，翻开最近学的那一课，是篇对话，“你读一句，我跟着读一句。”

“……好吧。”段语澈没什么心思，但是充当一会儿曹烽的老师，他还是有兴趣的。

只是课文内容有些弱智，他读着很没劲，就跟英语课配音似的，特别无聊，于是就提出：“我来问你问题，你用英语回答，不能用中文，至少得用完整的句子回答问题。”他顿了顿，“不过我们得有点惩罚，要是你在半分钟内没有回答上，没有回答上的话……”

曹烽忽然想起来了什么：“打耳光？”

“……你不是不喜欢那个吗？”段语澈虽然经常那么玩，但也觉得很荒唐，他才不随便打人，每次哪怕赢了，也只是意思一下拍一下脸，反正他赢了，对面输了丢了人，就已经够了。

“别人……打你我反正不高兴。”曹烽说，“你打我就没关系，我们只是在家里闹着玩，外面那样……不好。”

“好吧。”段语澈问了第一个问题，问他最喜欢什么活动。

曹烽用完整的英语回答：“我最喜欢的活动是……上课。”

“你最敬佩的人是谁，为什么？”

曹烽：“尼古拉·特斯拉，因为……”

几个简单的问题过后，段语澈见他对答如流，感到无趣，于是加大难度，问：“你怎么看待中国法律？”

曹烽：“……”

段语澈数了三十秒，高兴地说：“你输了，脸过来。”

曹烽默默地把脸凑近。

“我会轻一点的。”段语澈才没有打人脸的爱好，更别说曹烽是他朋友，以极轻的力道，近似于抚摸般，在曹烽的侧脸上轻轻地挨了一下。

就这一秒，曹烽睫毛一颤，心想这真是个糟糕的游戏。

曹烽故意输了几次，有些问题虽然的确刁钻，但他也不是答不上，一看居然难住了曹烽，段语澈高兴得不得了，但每次惩罚他，用的却是很温柔的力道，还问他："我说不疼吧？"

他倒不是喜欢被人扇巴掌，只是想到段语澈多半不会真的用力。

曹烽一直玩到他觉得困了，这才肯结束。

为了做出和原版JUMBO拼图一样的大小材质，曹烽按照缺口量了尺寸厚度，画了图纸，在家里搜罗了不同的纸张，做了几个失败品。

不过这个小东西虽然做起来很容易，但想达到天衣无缝的效果，得买到合适的颜料才行。

曹烽在老家做过蜡染，但这里没有这个条件，他在网上发消息问了贺恬恬，问她应该在哪里买颜料，贺恬恬就给了他一个地址："国美旁边，从涌金广场的西湖大道走，有个巷子，你进去，两边全是画廊卖画材的。"

贺恬恬："你要买什么？我就住那旁边不远，你要买专业的东西我可以陪你一起去。我经常在那里买画材，有折扣的。"

曹烽已经用水彩笔画出了缺失的那一块应有的造型，虽然很小，可毕竟想象出来的，他也不是专业画画的，对专业上的事并不熟知。

曹烽沉吟了几秒："那就麻烦你了，我有些急，明天就要买到，不知道你明天有没有时间？合适的话，我请你吃顿便饭。"

之所以是明天，是因为段述民说过初三早上就回来，如果他初三上午出门，弟

弟也不至于会一个人在家，等段语澈睡醒，就会看见爸爸回家了。

约好过后，曹烽再三感谢。

贺恬恬一直说：“没事没事，大家都是朋友。”

第二天一大早，曹烽就坐车出门了，贺恬恬说的地方在老城区，不算很远，曹烽以为她家住得很远，所以才住校，没想到就在离他们实外不远的地方。

到站下车，曹烽步行了几步路，很快就见到了她，她穿了一件白色的大衣，招了招手，喊道：“曹烽，我在这儿。”

曹烽大步走过去，贺恬恬问他：“你吃早饭了吗？”

“吃了。”

贺恬恬说：“我还给你买了瓶酸奶，你先拿着吧，等会儿喝。”

曹烽有点不好意思：“谢谢你。”

“不用客气，我们走这条路，画材店就在那边。”贺恬恬边走边问，“对了，你买画材做什么？画画？”

“不是……家里有个拼图缺了一块……”曹烽解释清楚了缘由，还拿出相机给她看：“这是拼图，这是缺的那一块。”

他没有拍完整的拼图，只拍下了局部，他心底是不愿意给人看见那张拼图全貌的，那是他和段语澈共同的心意。

曹烽还说：“我做好了拼图块，以防万一做了好几个成品，现在就是挑颜料上色了，我觉得缺的那一块应该是长这样。”他又拿出他用水彩笔画的成品。

和整体看起来很不搭调。

贺恬恬说：“这个黄色没用对，这个白色，它不是白色，而是有点米色，用芽黄灰和象牙白应该能调出合适的，不过你用量这么少，都不用买颜料了，刚好我要买一些丙烯和水粉，用得上你就拿去用，用完剩下的就改天上学再还给我。”

“这不行，我怎么能……”曹烽觉得让人家女同学出来帮他挑画材已经很麻烦别人了，现在这样，相当于自己一分钱没花，这哪能行。

“这有什么，你还得买画笔呢，那些东西你买了以后也用不上，还不如给我，干脆我买了借给你，不是一样的吗！”贺恬恬说，“而且你不是还要请我吃饭吗？这旁边有家餐厅的西湖醋鱼做得一绝，等会儿我带你去尝尝。”

听她这样说了，曹烽也没能找到拒绝的理由，只能说："谢谢，太谢谢你了。"

虽然已经来临州小半年了，但没事的时候曹烽绝对不出门，对这边很不熟，南山路非常漂亮，由于是春节期间，这边学生放假了，人倒也不多，很多画材店都关门了。

但也有的店，初三就开门做生意了。

贺恬恬挑了有十罐颜料，一罐都是100ML，她平时画画用量大，不用小管的。接着还买了几只新的画笔，一张新的调色盘，还买了她自己需要的施德楼，橡皮，14B……

等于是曹烽在陪她逛画材店。

逛了接近一个小时，东西买全了，贺恬恬说："快中午了，我们去那家餐厅吧。"

到餐厅，贺恬恬点了两三道菜，给他讲怎么调色："相片肯定是有色差的，具体的颜色你得自己回家对比，我没见过实物，只能告诉你这个黄得用明黄加点橙色调，用法用量你自己在纸上试试看。"

曹烽太感谢她了，如果是自己一个人跑过来，肯定两眼抓瞎不知道怎么选。

贺恬恬又问他："你这个拼图看起来很复杂啊，你拼的吗？"

"我和……我弟弟一起拼的。"

"哦哦，你弟弟也在这边读书啊。"

这时，曹烽揣在兜里的手机忽然响了起来，是家里座机的号码，他接起电话："喂？"

他不敢叫小澈，毕竟他和段语澈的关系，是个秘密，七班除了班主任一个人，谁也不知道他和段语澈到底什么关系。

段语澈好像有些生气，还有点委屈："曹烽，你去哪里了？"

"我……在外面买点东西，"曹烽感到不对劲，"叔叔没回来吗？"

"没有……他说开夜车太困了，昨晚在服务站睡了几个小时，今天下午才能回来……你什么时候回家？"

服务员过来问："两位需要酒水饮料吗？"

"我要茶水就好了。"贺恬恬问他，"曹烽，你要饮料吗？"

曹烽指了指茶，继续讲电话："冰箱里冻着饺子，你烧开水煮十个，在家里等哥

哥，哥哥马上就回家。”

段语澈好像听见了他那边的声音，是个女孩子，在问曹烽要不要饮料。

他心情越发低落：“……你是不是在约会？那你不用管我了。”说完，也不听他怎么解释，就生气地挂了电话。

贺恬恬问他：“怎么了？是你弟弟？”

“嗯，他一个人在家，我怕他没吃东西饿肚子，对不起，我得先回去了……”

贺恬恬一愣：“这么多菜，你都不吃一口？”

曹烽拿出钱要买单：“下次再请你吧，今天真的不行……我弟弟他没办法一个人在家。”

贺恬恬说：“那好吧，我一个人吃了，你吃不到了。”

曹烽觉得自己这么做真的是很没绅士风度了，但他实在放心不下段语澈，就说：“等下你吃完回家，你就给我发个消息吧，路上注意安全。”

贺恬恬微微一笑，点头道：“嗯。”

餐厅不贵，曹烽拿的一百块还找了不少零钱。

以最快的速度回到家，已经是半小时后了。

段语澈正乖乖地坐在餐厅，拿着勺子吃牛奶燕麦片。

曹烽松了口气，还以为他不吃东西呢。

段语澈：“你怎么回来了？”

“你给我打电话了，我肯定要回来的。”曹烽是失算了，没想到段述民会没有准时到家。

段语澈：“那你就不管……你女网友了？”打完电话他就在家里瞎琢磨，大年初三出门见谁？

女同学还是女网友？

反正他也没听出来是谁的声音，只知道是个女的。

“不是什么女网友，我没有约会，就是买了点小东西。”

“买的颜料吗？”段语澈眺望他手里的口袋，“你买这个干什么？”

曹烽笑着说：“做完了再告诉你。”

段语澈哼了一声：“我也不想知道。”

曹烽这才脱下外套，穿上围裙：“想吃什么？冰箱有饺子，你想吃饺子还是面条，或者炒饭？还是给你烧菜，有牛肉。”

“我想吃鱼。”

“家里没有鱼。”

段语澈胳膊撑在餐桌上，闲闲地看着他：“你可以去买，我现在也不饿。”

曹烽摘下围裙：“那我现在去买鱼，你得在家乖乖等我，除了鱼还想吃什么？我一起买回来。”

段语澈：“……”

他没有想到曹烽会这样，毕竟平时他说自己想吃什么，家里要是没有，段述民要么不理他，还是煮粥，要么就带他出去找餐厅吃。

并不会像曹烽这样，看得出自己明显是在耍性子，也对自己百依百顺。

这冲淡了他心里的怒火，尽管也不知道这莫名其妙的怒气是从何而来，为什么会比知道段述民有女人了还不高兴。

下午，曹烽就泡在地下室里调色，试了几次，终于调出了正确的颜色。

他把拼图块放在桌上，等待晾干。

晚上，段述民才风尘仆仆地开车回家。

原来他在服务站睡了一觉后，上午开车又不小心遇到了追尾事故，对方不肯赔钱，还说自己挡了他的路，段述民本来没想计较，这下来了脾气，就一直等到交警过来处理。

他回到家的时候还没吃饭，曹烽给他热了饭菜，段述民问他们这两天是不是没有出去玩：“想不想去哪里玩？”

段语澈说没什么好玩的。

曹烽说：“我没关系，小澈想出门我就陪他。”

段述民本来想带两个孩子去香港，但曹烽没有通行证，就重新选了一个目的地：“那我们就去长白山泡个温泉，我现在订酒店，明天就出发，十号就回来。”

他是在老家累坏了，应付那些亲戚比他应付客户还累人，就想着马上找个地方度假休息休息，毕竟平日假期也不多。

段语澈没什么意见，段述民拿出手机开始订票、订酒店。

曹烽去了地下室，发现颜料已经干透了，就拿着去了段语澈房间。

段语澈正在收拾行李箱，房间很乱，衣服乱丢。

“曹烽，你来得正好，我找不到我一件毛衣了，是白色的，但是和我其他的白色毛衣不一样，你帮我找找看。”

于是曹烽暂且放下拼图块的事，给他找衣服，不过段语澈有好几件白毛衣，曹烽也不清楚他说的到底是哪件，但无论他找到哪件，段语澈都说不是。

问他有什么特征，但段语澈也说不出来，因为都差不多。

但他就是要那件衣服，一副找不到不肯罢休的模样。

曹烽知道他并不是说多么喜欢那件白色毛衣，只是因为找不到，找不到他就会一直挂记着，睡觉也会想着到底放哪里了。

从他那么纠结拼图的事，还伤心到差点气哭就知道了。

曹烽看他烦躁，就趁着他不注意，把自己做的拼图块放进了缺口。

“小澈。”曹烽叫他，“你看我找到了什么？”

“毛衣找到了？”

“不是。”曹烽说，“你过来看看。”

段语澈不耐烦地站起来，结果看见拼图被填满了，立刻就愣住了：“找到了？”

“也可以说是找到的。”拼上后，从表面看是一副完整的图，很难从3000片里找出那一块肌理有所不同的手工制品出来。

“不对。”段语澈上手摸了一下，他记得那个缺口的位置，一摸就发现了不对，“这不是原装的，是你……那些颜料！”他恍然大悟。

“不是问我为什么白天不在吗，我就是为了这个。”曹烽低头看着弟弟，发现他从吃惊，逐渐变为狂喜，眼睛亮晶晶的，“小烽哥哥，太谢谢你了！”

曹烽就是从这时候起，才知道该怎么正确地去讨他开心。

段述民订的两个房间，一个是标间，一个是大床房，告诉段语澈他和谁住一间都行。

段语澈本来是想一个人住，结果发现大床房在A楼，标间是B楼，并不挨着，就打了退堂鼓。

他脑补了一大堆恐怖画面，他有时候会看一些恐怖电影，看的时候壮着胆子，看完后某些场面却对他有深远影响。更别提是在这种陌生而寂静的地方，让他想到了“雪山凶灵”。

段语澈略一犹豫，说：“我和曹烽住吧。”

段述民这下很意外了，两个小子这么亲吗？连一旁沉默的曹烽都觉得意外，看了他一眼。

段语澈却理直气壮地说：“他阳气重一点。”

爸爸是个文书生，真要出了什么状况，估计一点也不禁打。

房间装修得很别致，是木结构的墙面，不过不算大。段述民出门很少订套房，但由于工作便利，他有几家五星连锁的钻石会员，通常都会给他升级一下房型。

这回给他升了个山景间，两间屋子都靠山林，落地窗外的白雪皑皑连绵一片，洁白而空旷，仿佛整个世界只剩下白色的雪了，很是壮观。不过这种雪景，对曹烽并不稀奇，他以前也住山里，山里一下雪就是几个月，还会封路。

为了上学他不得不暂时搬到县城里租住。

对段语澈而言，也不算很稀奇的风景，不过到临州四年了，这个地方四年来只下

过一次小雪，晚上堆积了起来，第二天一早就消融了。

唯有段述民，放下行李就兴致勃勃地要去滑雪，说滑完雪去泡温泉。

段语澈说想休息一会儿：“等会儿你滑完雪给曹烽打电话，我们就去温泉那边等你。”

段述民这回订的酒店价格不菲，度假村里自带滑雪场，温泉池是必不可少的，考虑到段语澈或许不会喜欢和陌生人泡一个池子，他还专门预订了室外私汤。

“你们过去后，报爸爸的房间号和手机号，”段述民一个人也要去滑雪，“就有工作人员会带你们过去。”

长白山冬天天色暗得早，段述民滑了两个小时，天就有些黑了，不过说是三个小时，但实际上有一个半小时的时间都在跟刚认识的东北大哥吹牛皮，吹什么投资啊、基金啊……意识到时间很晚了，段语澈肯定饿了，他忙打电话给曹烽，说去餐厅集合。

曹烽叫上玩了两个小时游戏的段语澈，吃过晚饭后，和段述民一起去了温泉馆。

换衣服的时候，曹烽还有点不好意思，暗自扭头去看段语澈，他是背着自己的，明晃晃的一片白，和雪色差不多，身材是很匀称的，偏瘦削，后背有一点肌肉。

这还是段语澈懒，近段时间没怎么运动的结果。

“曹烽？”段语澈穿上浴袍，看曹烽还磨蹭着在脱外套，“你干什么呢？”

曹烽说没什么，低头把毛衣给脱了。

这时，段语澈忽然看见他后背的伤疤，很长一条，而且还有好几道。接着，他还注意到了什么：“你是不是没带泳裤？”

曹烽“啊”了一声：“我带了几条内裤。”

而且专门带的开线的，有破洞的，这样泡完就能直接丢掉，也不需要洗。

段语澈盯着他洗得发灰的黑色底裤上的破洞，看了好几眼。

都穿成这样了，居然还不换。

段述民听见了，就说：“不穿泳裤也没关系，泡温泉也不是游泳，再说我们三个老爷们儿，就是不穿泡一个澡堂子，也没关系。”

段语澈发现他爸滑雪回来后，好像学了一口东北口音。

穿着浴袍和拖鞋走在室外雪地上，鞋底发出“咯吱咯吱”的声响，积雪凝固在树枝尖，不小心从树叶上落下来一团，吹到头发上。

走了一分钟，段述民找到了他们预订的温泉池，是个随形的池子，不大，以岩石和树木隔离了起来，池中稀释后的温泉水冒着腾腾的热气。

段述民冷得不行，一只脚先探进去，暖意立刻从脚底升腾，发出满足的喟叹。

“你们也赶紧下来，不过要慢慢下去，这水温太烫了。”

曹烽试了下水温，说：“煮温泉蛋肯定好吃。”

段述民被他给逗笑了：“小烽，你们老家有温泉吗？”

“有，”曹烽也下了水，“山里有个泉眼，很烫，可能有一百多度，老乡就把鸡蛋、鹅蛋，都放下去，过个二十秒捞起来吃。”

段述民哈哈大笑，说这要是落到有点经济头脑的人手里，马上圈起来，打出天然温泉的招牌赚钱。

曹烽也笑了笑：“山上有野猪呢，不可能带游客上去的，要是碰上了，可能会闹出人命。”

一旁，段语澈只是听着，不插嘴，但是不免有些嘴馋，想吃温泉蛋和野猪肉了。

温泉里含的硫黄对人的身体有很好的作用，能补充阳气，在这样温暖的热气下，熏进人的每一个毛孔。段述民泡了十几分钟，中途还起来过几次，但已经头晕的不行了：“不行了，不行了，我不能泡了，你们俩还泡吗？”

“要。”段语澈觉得暖和，不肯起来，“我们再泡一会儿，要不你就先回去休息吧，你下午滑了那么久的雪，等会儿我和曹烽泡完了就回去了。”

段述民点点头，披上浴巾说：“也别泡太久了，容易头晕的。”

两人没想到，段述民出去，打算在外面坐着等他们俩出来，结果正好碰上下午滑雪认识的那个东北大哥，大哥非常热情，看见段述民就给自己的伙伴介绍：“银行工作者，特别懂投资！走哥们儿，俺们请你去喝酒！”

段述民忙说自己不喝酒，那大哥就皱眉，一副不高兴的模样：“那你就是不给我面子！”

段述民性格含蓄，唯有一双嘴皮子利索，他根本抵御不住这样的热情，被生拉硬拽走了。

温泉池里，段语澈泡得有些口干，坐起来说想喝水。

曹烽说马上回换衣间给他接一杯。

“算了。”段语澈不让他去，他才不敢一个人泡着，“我还能忍，等会儿再喝。”

曹烽抬眼四处看了看。

有个水龙头，但是结冰了，放不出水。

曹烽伸手，动作很轻地摘了一片树叶下来。

他双手捧着树叶，缓缓靠近差不多四十度的池子。

段语澈有些惊奇地看着雪化成了水，心想自己怎么想不到这种办法。

“这是雪水。”曹烽缓慢地抬起手，生怕水倒了出来，“里面的酶化合物比普通水要多，所以对身体更好。”

而且这里是原始森林，雪是干净没有污染的，显然比饮水机里的水要好。

段语澈说：“我吃过雪的。”

小时候吃的，他把雪捏成雪糕的模样，然后施了个魔法，以为和雪糕就是一个味道了。

他没有伸手去拿，怕水从树叶中央滑下去，于是低头，像在河边饮水的小鹿那样，把脸埋进曹烽的手心里，用舌尖去舔。

曹烽的两只手掌合在一起，和他头差不多大。

段语澈的举措带着一点不可思议的天真。

树叶上的雪水并不多，一口就没了，剩下的都洒在曹烽的手指缝里了。

曹烽问他还要不要，段语澈也泡得脸红，说不要了：“我们再泡几分钟就回去吧。”

曹烽低低地“嗯”了一声。

段语澈说不泡了，他马上站起来，以最快的速度穿上了浴袍。

曹烽和段语澈都没换衣服，只是在浴袍外面穿上的外套，再把秋裤、外裤一律套上，结果领取鞋子的时候，出了点状况。

段语澈拿着号码牌去领，却被工作人员告知已经被人取走了。

“号牌还在我这里，谁取走的？”段语澈不可避免地觉得生气，曹烽说：“我们刚从浴场出来，没有取过，你们再找找，是一双巧克力色的雪地靴。”

“真的取走了, 柜子里是空的。”

那经理连忙跑过来处理, 先跟他们道歉, 然后去询问员工。

有个员工这才说了实话: “刚才有个先生说号牌弄丢了, 但是记不清哪个柜子了……他非要我们给他鞋, 说是一双棕色雪地靴……”

“给错了? ”

“那穿上也应该觉得大小不对劲啊, 怎么就穿走了呢? ”

员工都快哭出来了: “那先生穿上觉得有点小, 以为是泡温泉把脚泡大了……穿上就走了。”

经理无语: “那说明两双雪地靴是长得一样的, 你们再找找看, 找一下穿错那个人的鞋给他。”

几个员工就找了起来, 没一会儿就说: “找到了! ”

段语澈脚冷, 但是袜子都湿了, 他就给脱了。

他还以为真的找到了, 结果接过来一看, 就发现了不对, 长得是很像, 可他那双是新的, 牌子也不一样。

“这不是我的鞋, 你们是不是拿错了。”

经理马上出来道歉, 说: “这是新来的临时工, 有个先生刚才过来取鞋, 说号牌丢了, 是一双棕色雪地靴, 我们员工就不小心……”

段语澈觉得奇葩: “那他就那么穿走了? ”

经理: “实在是……不好意思, 我们稍后看监控, 联系一下那位先生, 把鞋给……给您还回来。”

段语澈脸黑得吓人: “不要了! ”

他才不穿别人穿过的鞋。

经理又是道歉, 又是送券的, 段语澈只好说算了算了: “你们拖鞋借我, 我穿走了。”

经理说送给他了。

段语澈: “……”

他穿上拖鞋往外走, 曹烽看他脚上什么都没有, 就说: “弟弟, 你要不要穿我的袜子? ”

段语澈摇摇头：“也没多远，走十分钟就到了。”

这家度假村修的大，而且是一栋一栋的建筑，他们的A楼在最深处。

结果段语澈走了几步，雪就渗了进去，冻得他不行，更是生气得直接把鞋直接踢飞，在雪地里滚了老远：“什么破鞋，穿了和没穿有什么区别！”

曹烽蹲下来说：“你上来，哥背你回去。”

段语澈正是生气的时候，但是也怕冷，直接趴了上去。

“别生气了。”曹烽抱着他的腿站起来，安慰他，“明天哥去给你买一双新的雪地靴。”

段语澈出门的时候本来还带了一双运动鞋，想了想似乎也没什么必要，就没带，没想到会遇见这种事。

谁也想不到会遇见没鞋穿的状况。

曹烽腾出一只手，摸了摸他的脚，凉得厉害。

他说：“你看看能不能够着浴袍的兜，把脚放进去，暖和一点。”

“在哪儿呢？”他看不见，在曹烽身上一通乱蹭。

曹烽抓着他的脚腕，往浴袍兜里一塞：“是这里。”

段语澈觉得自己这样看起来肯定滑稽又可笑，偏偏酒店里还不时有人路过，他总觉得有人在看他，嘲笑他，便更觉得丢脸，把脸埋进曹烽的颈窝，生怕别人看见他的脸。

他的呼吸喷在曹烽的脖颈处，曹烽还背着他，感觉到他的依赖。

路途显得十分遥远，段语澈无聊地找话题，突然问：“曹烽……野猪肉是什么味道？好不好吃？”

“野猪肉很难得的，不过我那是在山里，没有超市，要吃肉只能打猎，吃这些可是犯法的，还有病菌，你可不能吃。而且野猪动辄三四百斤，连山大王看见都怕。”

“山大王？”

“哦，就是老虎。”

“连老虎都怕野猪？那你是不是打过野猪？”段语澈手也冷，就直接从他羽绒服领子里伸了进去。

曹烽累得很辛苦，还得陪他聊天：“打过，还打过熊，我命大逃了，身上还有伤。”

“就是你背上那些？”

“嗯，腿上也有。”当时伤口深可见骨，要不是苗疆有些古怪的秘术，也活不到现在。

好不容易把段语澈背了回去，他立马要开热水洗脚，曹烽阻止了他：“这样容易生疮，你坐在床上，用被子捂着，捂到了正常体温，再去泡下热水，我先去浴缸里给你放点热水，等下泡个脚，就好了。”

段语澈脱下外套就跳上床，听他的话，在被窝里捂着。

曹烽在里面放了水，又出来，段语澈可怜地望着他说：“还是好冷啊，怎么办？床上也是冷冰冰的。”

“用手捂着了吗？”

“嗯。”段语澈盘腿坐在床上，“还是冷……”

曹烽坐到床边，把手伸进被窝：“我来。”

脚上慢慢暖和了起来，曹烽的两只手都在被窝里，包着他的脚趾，一面搓一面问他："还冷不冷？"

段语澈有点痒，就说："好了好了，我去泡个脚。"

他赶紧爬起来下床，浴缸里的水放满了，段语澈不会在里面泡，只是把脚放进去，暖了一会儿才出来。

两人坐在一张床上看电视，段语澈非要给他讲"雪山凶灵"的故事，结果没把曹烽吓到，反而因为窗外的风声把自己吓了一跳，不敢睡觉了。

曹烽给他讲了一些雷锋的故事，好不容易把段语澈哄睡着了，他也准备早点休息，明早去给段语澈买鞋的时候，接到了段述民的电话。

"小烽！"他嗓门特别大，比平常说话大不少，"你过来！我跟他们说……你酒量好，你快来，把他们给我喝趴下！"

"段叔叔？"曹烽怕吵到弟弟睡觉，走到外面去讲电话，"你在喝酒吗？"

"喝、喝！"他大着舌头说，"我在外面吃朝鲜烤肉，你也来，来！"

一听他这说话颠三倒四的状态，曹烽就知道他肯定喝的不少，而且还跟人一起喝的，可是段述民才来这边，他跟谁喝酒呢？

曹烽马上说："段叔叔，您别挂电话，我现在就过来。"

他立刻回房间换衣服，但是怕弟弟等会儿醒了找不到自己害怕，还用酒店的纸笔写了便签放在床头，告诉他自己去接段述民了。

段述民说的朝鲜烤肉，就在外面不远，曹烽问了问酒店员工就找到了。

附近还有别的酒店，所以烤肉店里人也不少，灯光很亮，照在每个人欢乐的脸上。

曹烽仔细找了找，发现了段述民，他和几个不认识的大汉正举着酒杯在喝白酒。

曹烽心里立刻警惕了起来，大步过去："段叔叔。"

"哎，小烽啊，你来得正好！"

段述民揽过曹烽的肩膀，把他按着坐下，说："这是我大儿子。"

"大侄子这么壮呢？哎哟我去，这有一米九了！跟熊似的，老弟，你儿子咋这么高？"那老哥扯着嗓门，一边喊一边拍桌子，显然喝得也不少。

曹烽不认识他们，自然有些警惕，但段述民显然喝得很开心，满嘴跑火车："大儿子生出来就是保护小儿子的。"

其实对段述民而言，曹烽和段语澈都是半路儿子，只不过一个是亲生的，一个不是，但是他寄予了曹烽很高的厚望。至于段语澈，他只希望这个儿子以后平平安安过一辈子。

"大侄子能喝酒不？你老爸说你能。"

曹烽说谢谢，自己不喝，他还得看着段述民呢。

"咋地？你不给叔面子是不是？来服务员，再来份碗筷！杯子，给他满上满上！"

曹烽一开始是真没准备喝，就想把段述民弄回去休息，结果段述民不依不饶，他和客户喝酒，从来不敢喝这么多，怕喝多了答应了什么不该答应的事，签了什么不该签的文件。

可陌生人就没那么多的顾忌了，对方也不知道自己是干什么的，只知道在银行工作，而且也不是临州人，他想说什么就说什么。

结果越聊越投机，越聊越起劲。

从婚姻聊到家国大事，聊政治、聊朝鲜，最后还一起骂鬼子。

曹烽开始只是听着，想等他喝完了送他回去，结果后面也听得热泪盈眶，不知不觉喝了几杯。

后面段述民彻底喝趴下了，曹烽也有些头晕，架起他要结账，被告知那几个老哥

已经付过钱了。

曹烽把他扶着进了酒店，找了酒店的车，把段述民送回了房间，他看见段述民房间的床的那瞬间，差点也想躺上去了。

曹烽下楼，酒店工作人员问他住哪里，曹烽神志不清地说："A楼……"

A楼和B楼挨得很近，工作人员开着车，几秒钟就到了。

"先生，您住哪一层？我送您上去吧？"

曹烽在冷风中晃了晃脑袋："不用了，我自己上去吧，谢谢你。"

一栋楼只有五层，曹烽坐电梯上去，掏出房卡开门。

曹烽也没有开灯，晕头涨脑地进卫生间撒了一泡尿，房间暖气很热，曹烽开始脱身上的衣服，接着直接往床上一趴。

段语澈直接被身上的重物给压醒了。

迷迷糊糊地睁开眼："……曹烽？"

"小澈。"曹烽近距离地注视着他，"我梦见你了……"

段语澈闻到一股浓烈的酒气，推了推他，但是没推动："你居然出去喝酒了？"

"嗯……"

段语澈一个用力，把他推开。

标间的床很窄，曹烽一声闷哼，摔了下去。

"曹烽？"段语澈立刻坐起来开灯，怕他摔坏了。

但他趴在地上不再动弹，身上没穿衣服，因为突如其来的光亮，他紧紧闭着的睫毛颤了颤，眉峰像是有什么苦恼一般，深深地锁着。

段语澈看了他几秒钟，曹烽端正英俊的面容上浮现一种酡红，嘴唇是殷红的。他忍不住伸手探了一下曹烽的呼吸。

出气倒是很正常。

段语澈叹了口气，下了床，想把他抱到床上去睡，可曹烽太重了，体温还烫得吓人，他使出了最大的力气，也只是把他的上半身抱了起来而已。

曹烽瘫软在他身上，下巴搁在他的肩头。

段语澈实在是抱不动了，打算就让他在地上睡了。

“曹烽，你给我起来，我要生气了啊！”段语澈用力拍他的背，“你听见没？”

曹烽好像一点感觉不到疼似的，真把这当成一个梦了，结果他感觉段语澈在用听不懂的话骂他，好像又有些醒了，呢喃了句“对不起”。

“你等着，等你明天酒醒了，我一定要收拾你……”段语澈咬牙切齿，也不知道该说什么威胁的话，“你弄脏了我的睡衣，我要把你的鞋丢了！”

这下，曹烽彻底没了动静。

“听见没有？我要丢你鞋！”

段语澈喊了一声：“喂？”

“……曹烽？”

他推了一把，曹烽纹丝不动。

段语澈咬他的肩膀：“你还不穿衣服，你快点给我起来！”

曹烽不省人事，他丢了一床被子给曹烽盖在身上，也懒得管他死活了。

段述民宿醉起不来，曹烽也一样，醒得最早的反而是段语澈。

他没有鞋出不了门，不能去吃早饭，但是肚子又饿，就在曹烽的书包里翻了零食出来吃。

曹烽醒得很突然，他从地上坐起身，茫然四顾，看见段语澈坐在沙发上吃饼干。

“小澈。”曹烽正准备站起，突然发现自己没穿衣服，一下就慌了，“这是怎么回事？我怎么……”

“你昨晚跟谁喝酒？喝了多少？”段语澈放下饼干，擦了擦手指上的饼干屑。

“你睡了以后……叔叔给我打了电话，他好像在这边有朋友，就一起喝酒，我、我没喝多少。”曹烽尴尬地裹着被子站起来，在地上捡起自己散乱一地的衣服，“衣服是我自己脱的？”

“还能是我给你脱的？”段语澈表情很不好看。

曹烽：“……”

他魂不守舍地穿好衣服，懊恼又后悔，不是没喝过酒，只是糯米酒和高度白酒是两码事，曹烽又找不到自己的鞋了，就问段语澈。

“不知道，没看见，是不是昨晚在外面把鞋穿丢了？”

“可能是吧。”曹烽挠挠头，不知如何是好，他有点心疼，鞋子是段述民给他买的，不知道价格，总归是不便宜。

鞋子消失了好几天，买了新的雪地靴，到最后一天要离开的时候才被发现。

原来是放在窗台外面了，鞋面上堆了一层积雪。

回家后，没几天就开学了。

新学期，曹烽被分到了新组建的清北班，也就是原来是一班。

实外师资好，竞争力强，原先在七班的时候，曹烽是一点没有感觉到，似乎没有人在乎成绩，他考了年级第一，最多就是周围同学说一句看不出来你这么厉害。

结果一到新班级，按照临时的座位表坐下后，他就发现周围的人讨论的全是分数，大学。

“黄冈我都写完了，我现在刷高考真题卷……”

“我们班老师都有谁？”

“墙上贴有课表，班主任是我们年级的数学组长鸿星尔克，他以前教我们一班的，语文是……不过我觉得他教得不怎么样，我上过他公开课。英语是马小波，他是国际班的老师。”

“为什么叫班主任鸿星尔克？”

“秃逼NO.1啊！看见他你就懂了。”

曹烽的临时座位在第一排，他一直在听四周的同学八卦，同时整理自己的东西，心里想着就在楼上的弟弟。

他在干什么？在睡觉还是玩游戏？还是下五子棋？

座位是按成绩来分的，班主任进来后第一个看见他，也没想到这个年级第一居然会这么高。

“咳咳。”他走进来，大声咳嗽了两下，也不说话，背过身在黑板上写下了一句话：“路是脚踏出来的，历史是人写出来的。人的每一步行动都在书写自己的历史。”

曹烽下意识地抬头去看所剩无几他的头发。

“这句话是谁说的，有哪位同学知道？”鸿星尔克说话有点拿官腔，和张校长说话的腔调差不多。

但没人知道这话的出处。

鸿星尔克环顾一周，继续说：“这句话是吉鸿昌说的，也是本人的座右铭。”

“在座的各位同学，都是佼佼者。进了我们清北班，足以证明大家的优秀，接下来的两年，希望同学们共同努力、相互竞争，以考上清华北大为最低目标而上进，你们的每一步，都是在书写自己的历史！”

做了个自我介绍，班主任开始现场按照身高调座位，曹烽太高了，坐得还很端正，坐第一排中央把后面的人全挡住了。

鸿星尔克担心他视力不好坐后面看不见，他说自己不近视，鸿星尔克就把他调到靠墙。

清北班人少，只有四十名学生，没有同桌。

曹烽摸了摸书包里的零食，还是早上段述民塞的，让他到新班级踊跃交新朋友。

他摸出一包鱿鱼丝，先和前面的男同学打招呼：“吃吗？”

男同学说谢谢：“你以前哪个班的？”

曹烽说“七班”。

“国际班啊？”男同学打量他的穿着，“我叫杜哲，你叫什么？”

“曹烽。”

杜哲马上就说不出话来了，非常诧异地盯着他。

诡异地沉默了几秒，心里肃然起敬：“你是曹烽？”

知道年级第一叫曹烽，但是没多少人知道到底是谁，因为没见过。

“你认识我？”

“当然啊，红榜第一啊大哥，你脑子怎么长的，怎么考那么高的分？传授一下呗？”杜哲说，“我理科总分差你三十分！”

曹烽没想到自己的名声居然这么大，也有点腼腆：“其实理科做题就好了。”

“做题？”杜哲要吐血了，“谁不知道做题，我天天做题啊，你肯定没我做的多。”

曹烽沉吟几秒，说：“不过实践比书面的东西重要。”

“咦？这个怎么说？”杜哲马上来了兴趣，“你喜欢搞实验？”

第一天上午，曹烽就认识了前后两个同学，中午放学，曹烽拿上饭卡出教室，上二楼。

七班也正好放学，曹烽见老师不在了，直接走进去，看见这回段语澈又挨着飞机坐了，桌上果不其然放着上课下五子棋的罪证。

他正准备叫弟弟去吃饭，就听见贺恬恬叫他：“曹烽？你来找我吗？”

“我……”曹烽侧头过去，想起来一件事，“那个颜料，我今天忘带了，明天给你带过来。”

“没事没事，我平时画得少，也不急着要。”

曹烽仍然说：“谢谢你，明天给你带来。”

段语澈这时站起来，瞥了贺恬恬一眼，心情微妙的不舒服，叫曹烽：“走了。”

“你女人缘还挺好的啊。”段语澈刚出教室，觉得冷，把手套戴上了，“清北班怎么样？”

“还可以，人不多。”

“你同桌男的女的？”

“没同桌。”曹烽解释，“我们班都是单独一个人坐。”

“这样啊。”刚好走到一楼，就在一班旁边，段语澈扭过头看了一眼，他们班座位安排得很开，“你坐哪里？”

“那边，最里面靠窗。”一楼外面有绿化带，曹烽的座位恰好在绿化带旁边。

“你前面是男的女的？”

“男的。”

“后面呢？”

“男生。”

段语澈又刨根问底地问他侧面呢。

曹烽说：“有个女生，不过我们班女生很少，只有十个。”

他是问什么答什么，段语澈又问：“有漂亮的吗？”

曹烽不知道他问这个什么意思，就说没注意。

段语澈就看着他：“哦，那有长得帅的吗？”

曹烽只当他是随口问，想了想回答说：“有吧。”

一个下午，曹烽上课不在状态，段语澈也不在状态。

他上课埋着头打了会儿游戏，意外地收到了一封邮件。

对方的头像是一只加菲，是他家德国邻居家的加菲茶杯——这个人正是离家出走的维克多。

大约三个月前，维克多在离家出走后，听闻父母到处找自己，便回复了一条邮件，报了平安，声称自己在其他国家找到了新的工作，过得很踏实，如果父亲无法接受自己，他就不会回家。

到现在，维克多依然没有回家。

之前维克多的妈妈给他发过消息，告诉他此事，让他不要担心。可此时此刻，维克多突然出现在他的“眼前”，给自己回复邮件，知道他安然无恙，段语澈很高兴，回复了邮件。

他告诉维克多，自己是汤米，说自己现在在中国，问他在哪。

只过了一分钟，对方就发来一句熟悉的脏话。

段语澈发了一个大哭的表情，说好想他。

两人用邮件认亲了一会儿，维克多说：“我现在到处旅游，在一个地方待一段时间，工作一段时间，开始一段新的感情，结束后就出发去下一个城市。”

段语澈认真地提议：“你可以来中国，这里除了空气，什么都好，地大物博，很多好吃的，人也很好。”

维克多回复：“如果有要紧事，汤米，你可以给我发邮件，我看见了就回复你。”

好几个晚上，曹烽都不像以前那样去敲段语澈的门。

连段述民都看出来了，早餐桌上，段述民抖了抖报纸，眼睛从报纸上方瞥向安静吃饭的段语澈，然后瞥向曹烽。

两个人坐在一起吃饭，早饭是曹烽做的锅贴和米糕，但是两个人不对视，不交流，中间好像有一堵墙似的。

诶？闹矛盾了？

段述民觉得这样可不行，他特意观察了几天，果然是怪怪的，就先去曹烽房间找他谈话，拐弯抹角地问了几句："你最近和你小澈弟弟，是不是有什么小摩擦？"

曹烽抬头，看见段述民有一丝担忧的表情。

"没、没有。"曹烽马上摇头。

"那你们俩……怎么看起来没有以前好呢？在家里都不怎么说话了。"段述民纳闷。

"可能是……"曹烽解释，"最近要考试了，我压力有点大。"班上很多同学自习到晚上十一点才回家，学习上力争上游，非常拼命，让曹烽也感到了一丝压力。

可尽管如此，他的压力来源对象百分之九十九都不是来自于这件事。

"学业有压力，正常的，正常的，你啊，也不要给自己太大的压力，叔叔对你没什么要求，小烽，你的努力叔叔都看在眼里，别把自己搞得那么累，累坏了就不好了。"段述民拍拍他的肩膀，"还有啊，平时也多关心关心弟弟，要是闹矛盾的，你知道他性格的，他缺个台阶下，给他吃个糖就马上跟你好了。"

尽管不知道两兄弟间出了什么事，不过段述民知道，这肯定是段语澈的问题，曹烽是个包容的性格，不管遇上了什么都会忍让，他怎么可能会惹段语澈生气。

曹烽应下，说知道了。

从曹烽房间出来后，段述民又去找了段语澈谈话，段语澈正趴在床上，在一本厚厚的画册上玩小兵人。段述民总觉得他都这么大了，还玩这些，有些太幼稚了，但指望他成大事是不可能了，所以哪怕段述民看不惯，也是纵容着，还经常给他买这些东西。

段语澈看向突然闯入的段述民，问他："爸，什么事？"

"没什么，爸爸过来跟你聊聊天。"段述民坐在床上，他一上来，床垫往旁边一偏，小兵人倒了几个，弄得段语澈马上就不高兴了，把小兵人立起来，生硬地问："聊什么？"

"就随便聊聊，爸爸最近工作忙，对你有点疏于照顾，还好有你曹烽哥哥。"

"……嗯。"

"他对你好不好？你看啊，每天早上都给你做饭是不是，昨天甜酒冲蛋，今天给你包馄饨，不像爸爸，只会做三明治和牛奶燕麦片。"

段语澈心说你说的这些我能不知道吗，就是知道才心里烦。

要是曹烽没有这些优点，还出了这种事，他马上让段述民把人赶走。

"爸爸给你讲过你曹烽哥哥家里的事没有？"

"我知道嘛，他家是贵州苗寨的，他爸爸妈妈都没了。"

"曹烽小时候就是被收养的。"段述民说，"所以严格来说，他应该不是当地的苗裔，你没看见他长那么高吗？当地苗裔都没有他那么高。爸爸知道的也不多，只知道他小时候应该是被家里人带出去旅游然后丢在了深山里，差点死了，被他养母捡了回去，然后收养了，后来出了点意外，他养父先去世了。"

"我们国家的一些少数民族，有一些繁杂的宗族文化，"段述民当年是研究过的，不过他知道段语澈听不懂，就尽量用简练的概括性语言告诉他，"族里有些人就认为曹烽不属于他们寨，是外人，他从小就被人排斥。"

段语澈愣住了。

段述民继续道："他养父母双双去世后，他的日子一下就变得很困难。爸爸当年资

助他，是因为去那里做扶贫调查的时候，看见他很不一样，别的小孩有草鞋穿，他连草鞋都没有。政府盖的小学，他连上学的资格都没有，因为他的名字都不在族谱上。”

“我就问他，小朋友，你家长呢？”

“他听得懂一点汉语，但是不会说，就看着我。”

段述民当时望着小孩子黑漆漆的天真的大眼睛，一下就想到了自己小时候，没有鞋穿不能出门上学，他特别可怜这个小孩，就打听了一下情况，然后选择资助他。

临走的时候，段述民把揣在包里的一本书送给他，当作礼物。

就是因为他的资助，曹烽有吃的有穿的，才能上学。

每次段述民打开抽屉，有一抽屉都是曹烽写给他的信，他很早便动了干脆把曹烽接过来读书的想法，只是这个想法，因为段语澈的存在而搁置了。

陡然听闻他养母也去世了，而曹烽也到了要上高中的年纪，段述民认真考虑了很久，就想跟儿子商量一下，同不同意接一个哥哥回来。

儿子果然不同意，还跟他大吵一架，闹离家出走。

但段述民最终还是下了这个决定，他怕自己不这么做，这个孩子的未来就会毁掉。他花钱资助，自然是希望他有出息的。

“所以偶尔啊。”段述民摸了摸儿子的头发，轻声说，“你也得学会体谅别人，爸爸知道我们汤米心地善良，所以你对哥哥好一点，你也知道他的性格，你对他好一点，他就会加倍对你好。”

“两兄弟嘛，哪有什么隔夜仇？是不是？”

段语澈低着头看着兵人，没有说话。

他心里为曹烽的遭遇感到难过，可他并不是和曹烽闹矛盾，也没有吵架，他和曹烽之间的问题，是不能告诉段述民的。

“小澈？”段述民又喊他。

段语澈点点头：“我知道了……我会好好对他的。”

段述民满意地笑起来，说：“我看他好像在地下室里做东西，你要不要去看看他在做什么？再分点零食给他吃？”

“哦。”段语澈坐起身，下了床。

见他打开冰箱，从里面拿出巧克力来，段述民感到非常欣慰，认为自己又做了一件好事。

地下室传来嗡嗡嗡的电机声音，有点像吸尘器和电吹风。

“曹烽？”段语澈走下去，电机声音马上停了，他刚下去，就看见曹烽很慌张地用塑料布在遮什么东西。

“这是什么？”段语澈闻到了糖炒栗子的香味。

曹烽见避无可避，就只好把塑料布拿下来，露出那个饮水机水桶大小的机器，说：“炒栗子机。”

他用了一口锅，凿开底部安装电机，运作的时候栗子和石英砂在锅里翻滚，曹烽设置了谭记糖炒栗子的秘方数值，均匀翻炒过后就会自动断开开关。

只是一个傻瓜发明，但是声音非常大，也颇为耗电，而且他做的机器小，一次只能出锅两三斤板栗，还不如用天然气铁锅炒省钱呢。

曹烽便一直在试验，换能源，看能不能把耗能降低到最小。

结果中途就开始研究节能去了，现在东西倒是做好了，就是他始终也没有勇气去叫弟弟过来看，这也不是什么了不起的东西，看起来还有点丢人。

段语澈又是很惊奇，连这个也能自己做？

“我闻到了香味，咦，已经炒好了吗？”他凑过去闻。

“应该好了。”他没有试验很多，就丢了十几个进去测试功率。

打开密封锅盖，浓烟和香味弥漫地下室，段语澈正要把手伸进去拿，曹烽一把把他的手抓开：“小心，里面很烫的，别碰，我去拿双筷子。”

段语澈马上说：“我去拿。”

过了一会儿，他拿了漏勺回来，迫不及待地就把炒熟的栗子从锅里捞出来，弄得一手黑不说，烫得他刚拿起来就“啊”的一声放了回去。

“我来剥吧。”曹烽用纸巾包着，栗子他划过一刀，是开壳的，很容易就剥开了。他剥开后，凉了几秒才喂到段语澈嘴边，段语澈张嘴就吃了，咬到了他的手指头，赶紧道歉：“不好意思，口水弄你手上了。”

曹烽说没关系，然后继续给他剥第二个。

段语澈说这个栗子炒得很好吃，不比谭记差：“你别光给我剥，你自己也吃。”他说着把巧克力拿出来，坐在旁边的按摩椅上，“这一盒我刚刚收到，Vic从比利时

寄给我的，我们一起吃……”

“V……那个维克多？”曹烽表情微微一变。

“对啊，你还记得他啊，我好像就跟你说过一次。”

“嗯……我记得，他也是那个，他回家了吗？”

“没，他去比利时了，现在到处旅游，还说过段时间就来中国找我。”这是段语澈早就想好的说法，“不过我不希望他来，虽然我们关系很好……”

“那你就告诉他，让他别来了！”

段语澈抬头看着他的表情：“我不能这样做，他对我很好很好的……”

“为什么不行？”

“因为……不行就是不行，”段语澈斩钉截铁，同时害怕段述民听见，声音不由自主压低，“我并不希望伤害他，他对我太好了……”段语澈觉得自己应该终止这个话题了，不能继续下去了，他起这个头就是个错误。

“有多好？”曹烽的脸上浮现出愤怒和痛苦几种情绪，低吼着道，“小澈，你还小，你不能因为别人对你好就轻易地去相信别人，而且再好能有多好？能好一辈子？不可能有人会那样！”

段语澈并不喜欢他这种和段述民类似的教育语气，大声接道：“曹烽，我可没忘记，你写给我的信里就黑纸白字地写着，一辈子对我好，怎么，难道你写的东西就是骗我的？”

曹烽整个人怔住，半晌，变得像漏气的气球一样沮丧，只是看向段语澈的眼神中，仍含有一种清澈的执拗，认真地说：“我没有骗你……我说一辈子，就一辈子。”

曹烽的话给他的冲击很大，他很容易区分出真话和谎话，一个人是真心还是虚情假意，而曹烽是他见过最真诚的人了。

躺在床上，段语澈一遍遍地回忆他做过的事，人不是草木，不可能对此无动于衷的。

在段述民眼中，兄弟俩关系没有僵多久，关系很快就恢复了。哥哥去叫弟弟起床，两个人一起打游戏看电视，非常正常。

这天，段述民忽然在饭桌上提起一个话题：“小澈，你记不记得你有个表叔？”

“……什么表叔？”段语澈最受不了的一点就是段述民的那些乱七八糟的亲戚，“你家那么多人，我怎么知道你说的是哪个？”

“哎呀，就是来过咱们家的，两年前呢，你表叔和你舅奶奶一起来的，还给咱们家提了一麻袋红薯，给你塞了个红包呢？”

段语澈倒是想起来了，但嘴上还是说：“我记不清了。”他记得这家人是非常的穷，来的时候舅奶奶笑容热情又有些胆怯，旁边一个男孩子黑黑的，瘦瘦的，又有些高，穿得破破烂烂，不敢进他们家门，给段语澈塞了几百块，他没有要，舅奶奶就生气，说让他一定要收着。

段述民让他陪那个表叔玩，段语澈就打开电视跟他一起看。后面舅奶奶睡了一晚上走了，第二天早上，段语澈看见他爸给了那个表叔一沓人民币，起码有好几万了。

当时他也问过段述民，为什么要给钱。

段述民蹲下来对他说："帮过你爸爸的人不多，你舅奶奶舅爷爷一家，以前在我困难的时候，二话不说给我借了钱。"其实是远方亲戚，只不过叫得亲近，而且住得也不远，算是看着段述民长大的，"你觉得，现在他们有困难，爸爸能袖手旁观吗？"

段语澈只能说："不能。"

他不是抠段述民那点钱，他是不喜欢段述民对别人太好了。

只是别人可怜，他也没办法，反而看着觉得心酸。

当时舅奶奶带着那个比自己大不了多少的表叔走了，后来再也没有来过，还以为他们家的困难已经解决了，没想到现在段述民又提了起来。

他知道段述民一提起这些亲戚，就有这样那样的困难要说，段语澈已经不厌其烦了。

果不其然，段述民叹了口气："你舅奶奶生病了，是胰腺癌，送到临州市人民医院来治疗了。"

听到癌症，段语澈马上想起妈妈的病。

"没什么人去看她，她这个病，治疗也是活受罪，拖不了多久了。"段述民说，"你们今天考试是不是？下午考完晚上就没事了，我给马老师打个电话，下午你打车过来，看望一下她，她还记得你呢！"

段语澈乖乖点头，说："好。"

段述民摸摸他的头发："好孩子。"

他的车昨天刚刚送去保养，过几天才能回来，所以这天早上，段语澈和曹烽是坐公交车去的。

两人运气好，刚上车就有了个空位坐下，只不过到了下一站，有个老人上车，曹烽主动站起来让座，他站在了段语澈面前。

段语澈给他讲几年前那个舅奶奶过来的事："我爸有些亲戚经常喜欢登门造访，不过大多时候，都不会让他们住我们家里，而是在外面给他们订酒店，宁愿花钱也不往家里带。他往家里带呢，说明这家对他有恩，是好人。"

"他太心软了，就喜欢帮助人，当然我不是说这样不好，做好事当然好，能保佑长命百岁，不过我觉得，他早晚会栽在这上面的。"

段语澈喋喋不休地说着：“曹烽，你下午跟我一块儿去吧，考完试反正也没什么事情做了，你成绩好，一请假准管用，我不想一个人打车去医院……”

他是有点怕应付不熟悉的人，有个人陪着会好很多。

曹烽应了一声，看他难过的样子，猜测他是不是想起妈妈了，都是一样的病。

曹烽不知道用什么语言去安慰他，只能掏出书包里的磁带机，然后插上耳机，递给他一个：“听歌吗？”

“磁带？”段语澈是坐着的，得仰着头看几乎被车顶压着头的曹烽，觉得有些好笑，“听什么，听英语吗？”

“不是，我买了歌曲磁带的。”

这年头谁还用磁带听歌？

曹烽继续道：“是钢琴曲，你听。”

段语澈接过耳机，是自己用淘汰的铁三角，他戴上，果然是钢琴曲：“咦，你还会听理查德·克莱德曼？”

曹烽腼腆一笑：“卖磁带的地方只有这一个带子是钢琴曲，还有一个是凯丽金的萨克斯风。”

“审美有进步了。”段语澈对这种不感冒，但小时候也学过他的，偶尔听一听也很好。

很快，公交车行至目的地，还要走一会儿才到学校。

考试的时间比平常上课晚一点，不过仍然有早读，得早点去布置考场，两人加快了步伐，曹烽想起一件事来，就问他：“弟弟，维克多是不是要来中国找你？他什么时候来？”

这件事曹烽已经想了好多天了，又在想这个维克多到底是个什么样的人。

“哦，他不来了。”段语澈随意地说，本来那天晚上说的事就是唬曹烽的。

“啊？不来了？为什么？”

“你说的啊，我不喜欢他，他来有什么用，干脆不要来了。”

曹烽：“……”

今天一天都是考试，考室是打乱排的，曹烽在实验楼考试，段语澈的考室就在楼上。而曹烽刚好遇见了国际班的同学，是以前班上的体委潘旭。

潘旭就坐他旁边，考试的时候一直在踢曹烽凳子，想抄他的答案。

曹烽一直没有理他，考完第一堂语文，今天上午就算考完了，体委在考室门口拽住曹烽，明明比曹烽矮，非要踮起脚来用威胁的目光盯着他：“喂，我一直暗示你，你动都不动，不给我面子？好歹以前都是同学吧，这点面子都不给？”

曹烽纹丝不动，面不改色地说不好意思，自己忙着做题，所以没时间理他。

“你当我瞎呢？你他妈早就写完了，以为我看不见？还挡试卷！挡你妈呢，你也不撒泡尿照照自己的穷酸样，缺钱是不是？老子给你钱，下午再给你一次机会，你要是还来这套，你给我等着瞧！”潘旭摸了一张五十块出来，丢给曹烽。

曹烽微微皱着眉，躲开了，五十块掉在地上，他也不捡：“我不缺钱，也不会给你抄的。”

他本质是个脾气好的人，遇到过非常多的奚落，也并不为此生气，真的要生气，肯定是遇见了触犯到他逆鳞的事了。而潘旭显然是个素质不行的人，对于没素质的人，他向来都不会理会，有时间去理这种人，还不如多背几个单词。

“给你脸不要脸是不是？还装逼，你有钱吗？五十块都看不上？我呸！”他一口唾沫喷到曹烽校服上，“穷酸鬼，整天穿假货，还跟爸爸说不缺钱……”

段语澈刚睡醒，交了卷从楼上下来，结果正好看见这一幕。

他一下暴怒，大步走过去：“你他妈骂谁呢？”他语气不客气，动作更不客气，曹烽从没见过他动手打人，却见到他眼神都变了，一把拽过潘旭的脖子，掐着他的脖子把他拖到了人已经空掉了的考室里，按在地上就是一拳：“谁穿假货？谁穷酸鬼？你再骂一句试试？”

潘旭目瞪口呆，被他揍的还没回过神来，满头金星地大声道：“我骂他，你他妈打我干什么？”

“打的就是你！”段语澈觉得吐口水太恶心了，他干不出来这种事，就又给他一拳，把他鼻血打了出来。

站在一旁的曹烽根本来不及阻止，他心里又吃惊又意外，但是也很害怕段语澈因此惹上麻烦，所以马上拉他起来：“小澈，快起来，先别打了……”

“曹烽！”他大喊了声，“把你校服脱了，给他用口水擦脸。”

曹烽就把包里的东西全拿了出来，校服脱了，丢在潘旭身上，看见段语澈手上有血，立刻拿出湿巾："不打了不打了，小澈，快擦下手，手疼不疼？"

"那是他的鼻血。"段语澈站起来一边擦手，一边不解气，又踢了他一脚。

潘旭躺在地上，只是两拳，并不严重，但内心觉得极其受辱，恶狠狠地盯着两人。

段语澈丢下狠话："你给我记住了，你敢找他麻烦，我就找你麻烦！"

曹烽正要拉段语澈走，又回头看了一眼，然后往他腿间踢了一脚。

潘旭痛苦地打滚："啊！"

段语澈："……"

曹烽说："我怕他报复你，现在我补一脚，他会更恨我，就找我麻烦。你跟他一个班，要是他找你，你给马老师说，或者下楼来找我。"曹烽想的是，如果自己也动手了，到时候潘旭告状要追究，自己就揽下所有责任。

"我会怕他？"段语澈把湿纸巾丢掉，语气是十足的看不起，"我马上找几个人去吓他！看他还敢不敢找你麻烦，垃圾一个。"

曹烽感动他为自己出头，但又很担心，思考有没有办法可以解决，但人已经揍了，梁子算是结下了，唯一的办法就是让对方害怕，知难而退。

告老师是一种方式，但可能会激发潘旭这种人的复仇心，没准会在校外搞埋伏。

曹烽饭卡里没钱了，吃完饭充钱，还没排队挤进去，立刻有个小弟来喊他："烽哥，您充卡来了？来来来我帮你。"

曹烽说："谢谢，我自己排吧。"

潘旭这种人欺软怕硬，曹烽想，没准可以找人帮忙解决这个事。

下午，曹烽找到监考，先换了一个座位考试，免得潘旭在后面影响他。

一考完，曹烽就回班级找到鸿星尔克，请他给自己开张假条，理由是家里有人生重病，得去医院看。

鸿星尔克给他开了，嘴上说："晚上尽量回来自习，复习明天要考试的科目。"

曹烽点头说知道了。

鸿星尔克又问他："你校服呢？"

曹烽说弄脏了，明天会穿的。

他上楼去找段语澈，两人出了校门，打车去市人民医院。

段语澈给段述民打电话："哪栋楼？几楼几号床？"

"在ICU，八楼，爸爸就在楼上，快上来。"

段语澈应了一声，转头看见曹烽在买果篮。

两人提着果篮进了电梯。

医院是段语澈最不喜欢的地方，他排斥这里的气味，电梯里有好几个病人，他对这种味道要更敏感，屏住呼吸，忍着不用鼻子吸气。

结果电梯里人太多了，每一层都要停一下，他憋得脸通红，只好在袖子里呼气。

曹烽低头看着他的举措，忍不住笑了，低声说："马上就到了。"

出电梯，段语澈马上吐槽："等下就走楼梯。"

他不知道往哪边走，问了一个护士后，看见段述民就在门口，冲自己招手："儿子，这边！"

段语澈抬头，看见段述民旁边站着一个男生，高高瘦瘦，穿一件灰扑扑的印字母卫衣，牛仔裤，地摊盗版匡威鞋。

他已经认不出来了，不过他想，这个应该是那个表叔。

就这身糟糕的装扮，比他刚见到曹烽的时候都要好得多。

曹烽提着花篮，跟在后面。段述民说："小澈，这是你小表叔，喊小表叔。"

"小表叔。"段语澈喊。

曹烽不知道怎么喊，因为这个男生看起来年纪不大，应该还在读书，没想到是段述民的表弟。

"还买了花篮？"

"曹烽买的。"段语澈说。

"小烽懂事。"段述民点点头道，"走吧，跟我一起进去，要戴口罩的。"

ICU里为防感染，要穿防护衣，护士说："一次只能进去两个人，只能家属探视，只能探视十分钟。"

曹烽马上说："那我在外面等吧，叔叔，你和弟弟进去吧！"

段述民点点头，带着段语澈一起进去了。

一进去，段语澈就能感觉到这里面散发的生命垂危的气息，里面躺着不少的病人，都是奄奄一息的。

忽然，他听见一个男人号啕大哭，好像是因为医生给他生病的妻子下了最后通牒，说只剩两天时间了，被护士赶出去了。

段语澈看着这一幕幕，心情越发低落。

段述民拉着他走到一张病床前，一个瘦骨嶙峋的光头老人躺在上面，她睁着青灰色的眼睛看向段语澈，段述民低头对她说："舅母，这是小澈，是您孙儿。"

舅奶奶颤颤巍巍地伸出手，好像是想说话，她嘴唇动了动，眼睛里有水光。

触景生情，段语澈马上想起妈妈临走的时候，也是这么看着他，好像有话要说。

ICU病房从外面是看得见一点里面的，曹烽站在外面，看见段家父子走到一个病床前，病床上躺着一个人，但是病人太瘦弱了，那床看着几乎是平坦的。

他看着觉得难受，就坐下，正好看见段语澈那小表叔蹲在玻璃门外面，脸上几乎没有表情地看着里面。

探视时间太短了，段语澈出来，换小表叔进去，段语澈看着特别难过，出来都没理曹烽，一下子冲进楼梯间。

曹烽立刻追上去，但他走到楼梯间外面，就停下了脚步。

通过门缝，他看见段语澈背靠着墙，无声地在哭，眼泪一颗一颗，像珠子似的滚落，嘴巴紧紧闭着，一点声音没出。

曹烽心揪起来，推门而入："汤米。"

段语澈红着眼眶，抬头看着他，又难堪地低头，声音带着一丝哽咽："你不要看我，你出去。"

曹烽走到他面前，伸手帮他擦脸上的眼泪："哥哥不看你，哥哥闭着眼睛呢。"他没见过段语澈生气揍人，更没见过他哭，听他讲爸爸有女朋友了，都没像现在这么流眼泪。

段语澈控制不住，一下把头埋在他的肩膀上，他高大的身躯像是一个港湾般可靠，温暖的气息让段语澈逐渐平静下来，眼泪停止了，可仍然控制不住自己，心里觉得难受。曹烽手臂紧紧抱着他，无声地告诉他，自己还在。

—《小祖宗》上册完—